庫

樋口一葉　日記・書簡集

筑摩書房

目次

編集方針について

＊本書には、樋口一葉の日記および書簡をそれぞれ抄録する。

＊日記は、『明治の文学17　樋口一葉』（坪内祐三・中野翠編　二〇〇〇年九月　筑摩書房）所収の「日記（抄）」を底本とし、「みづの上」（一八九六年二月二十日）を補った。ただし、最近の研究成果などを参考にして、解説者が補訂した箇所がある。

＊書簡は、『樋口一葉全集』第4巻・下（塩田良平・和田芳恵・樋口悦責任編集　一九九四年六月　筑摩書房）および『樋口一葉來簡集』（野口碩編　一九九八年一〇月　筑摩書房）から、解説者が抄出し、脚注を付した。

＊書簡では、くずし字の（候）、（まゐらせ候）などを漢字に改め、句読点を適宜補った。

＊資料篇は、解説者が編集した。その際、原文にある圏点は削除した。

＊「人物関係図」は、右記『明治の文学17』にあるものを使用した。

樋口一葉　日記・書簡集

編集・解説　関礼子
脚注　花﨑真也
（日記篇のみ）
脚注図版　林丈二・林節子
（日記篇のみ）

日記（抄）

若葉かげ（明治二十四年四月―五月）

花にあくがれ月にうかぶ折々《をり〳〵》(1)のこゝろをかしきもまれにはあり。おもふことといはざらむは腹ふくるゝてふたとへ(2)も侍《はべ》れば、おのが心にうれしともかなしともおもひあまりたるをもらすになん(3)。さるはもとより(4)世の人にみすべきものならねばふでに花なく文《ふみ》に艶《つや》なし、たゞその折々《をり〳〵》をおのづからなるから、あるはあながちに(5)ひとりぼめして今更《いまさら》におもなきも(6)あり、無下《むげ》にいやしうてものわらひなるも多かり。名のみことごとしう若葉かげなどいふものから(7)行末《ゆくすゑ》しげれの祝《いは》ひ心《ごゝろ》には侍《はべ》らずかし。

卯《う》のはなのうき(8)よの中のうれたさ(9)に

(1) 花に心を奪われ、月に浮かれる。
(2) 腹ふくれる（うっぷんが積もる）というたとえ。徒然草一九段をふまえる。
(3) もらすのだけれど。「なん（なむ）」は係助詞で、それを受ける活用語を省略して余情を表す。
(4) とは言うものの。逆接の接続詞。
(5) 強引に。
(6) 恥ずかしいものも。
(7) いうものの。
(8) 「憂き世」にかかる枕詞。
(9) 嘆かわしさ。

おのれ若葉のかげにこそすめ

卯月《うづき》十一日⑩　吉田《よしだ》かとり子《こ》ぬし⑪の澄田川《すみだがは》⑫の家に花見の宴《えん》に招《まね》かる〵日也《ひなり》。友なる人々は師《し》の君《きみ》のがり⑬つどひて共に行《ゆ》き給《たま》ふもおはしき。おのれは妹《いもうと》のたれこめのみ居《ゐ》⑭て春の風にもあたらぬがうれたければ、⑮いでやともに⑯などそゝのかして⑰誘《いざな》ひ出《いで》ぬ。花ぐもりとかいふらんやうに少し空打霞《そらうちかす》みて日のかげのけざやかならぬもいとよし。⑱上野の岡はさかり過《すぎ》ぬとか聞《き》ゝつれど、花は盛りに月はくまなきをのみ愛《め》づるものかは、⑲いでやその散《ちり》がたの木《こ》かげこそをかしからめといへば、ならびが岡の法師《ほっし》⑳のまねび㉑にやといもうとなる人は打《うち》ゑみぬ、さすがに面《おも》なくて㉒得《え》いはず成《なり》ぬる事もをかし。我《わが》すむ家㉓より上野の岡は遠きほどにてもなかりければ、まだ朝露《あさつゆ》のしげきほどに来《き》にけり。聞《き》ゝけんやうにもあらず、㉔清水《きよみづ》の御堂《みだう》㉕の辺《あた》りこそ大方《おほかた》うつろひたれど、権現《ごんげん》の御社《みやしろ》㉖の右手の方《かた》など、若木《わかぎ》ながらまださかり也《なり》き。さと吹く朝風のひやゝかなるにぬれたる花《はな》びらの吹雪《ふゞき》と斗散《ばかりちり》みだるゝ、はいとをしくて、おほふ斗《ばかり》の

(10) 明治二四年四月一一日。
(11) 萩の舎の先輩で、実業家夫人。「ぬし」は尊称。
(12) 隅田川。
(13) 師、中島歌子の小石川の家に。「がり」は、その人の居る所の意。
(14) 家にこもってばかりいて。
(15) 嘆かわしいので。
(16) さあ。
(17) 強くすすめて。
(18) 鮮明でないのも。
(19) 徒然草一三七段を引く。
(20) 徒然草の作者兼好法師。京都御室の双ヶ岡に住んだことがある。
(21) まね。
(22) 面目なくて。
(23) 本郷菊坂町の家。
(24) 聞いていたようでもなく。
(25) 上野公園の不忍池に臨んで建つ清水観音堂。
(26) 上野東照宮。

袖《そで》もがな(1)などいはまほしけれど、(2)例のと笑はれんがうしろめたくてやみぬ。澄田川《すみだがは》にも心のいそげばをしき木《こ》かげたちはなれて車坂下《くるまざかくだ》るほど、こゝは父君《ちゝぎみ》の世にい給《たま》ひし頃《ころ》花の折《をり》としなればいつもいつもおのれら(3)ともなひ給《たま》ひて朝夕立《あさゆふたち》ならし(4)給《たまひ》し所よと、ゆくりなく(5)妹《いもうと》のかたるをきけば、むかしの春もおもかげにうかぶ心地して、

山桜《やまざくら》ことしもにほふ花かげに
ちりてかへらぬ君をこそ思へ

心細しやなどいふまゝに、朝露ならねど二人の袖《そで》はぬれ渡りぬ。山下《やました》といふ所よぎりてむかし住《すみ》けん宿《やど》のわたり(6)過《すぐ》るほど、よの移り行《ゆく》さまこそいとしるけれ(7)。まだ八《や》とせ斗《ばかり》のほどに下寺《したでら》(8)といひつるおきつち所《どころ》(9)は鉄《てつ》の道引《みちひき》つらねて汽車の通《かよ》ふ道とは成《なり》ぬ。其《その》車とゞむる所を始め、区の役所、郵便局など、其頃《そのころ》思ひもかけざりしものあまた所出来《ところいでき》にたり。わがはらから(10)難波津《なにはづ》(11)ならふ頃、その師《し》のがり行《ゆく》とて常にこのあたり行《ゆき》かよふほどやがてはかくならんなど人の語りて聞かせつれど、

(1) 後撰集「大ぞらにおほふばかりの袖もがな春さく花を風にまかせじ」を引く。
(2) 言いたいけれど。
(3) 私たち。
(4) しばしば訪れ。
(5) 思いがけなく。
(6) あたり。
(7) 大層はっきりしている。
(8) 現・上野駅構内に当たる場所にあった寛永寺の別院。
(9) 墓地。
(10) 長兄泉太郎。明治一二年頃、浅草三十間堀の小永井小舟の漢学塾に通っていた。二〇年に病死。
(11) 「古今集仮名序」の「難波津に咲くや此の花冬ごもり今は春べと咲くや此の花」の歌。手習いの始めに用いたとされる。

其《そ》はいつのよの事なるべき蜃気楼《しんきろう》のたぐひにこそと打笑《うちゑ》み草《ぐさ》(12)にしたりしも、よの事業の俄《には》かなる早くも聞けんやうに成《な》りにたるを、おのれらこそあれ其折《そのをり》に露《つゆ》たがはず何仕《なにし》いでたる事はなくて徒《いたづら》(13)にとしのみ重ねたるよと打《うち》なげかれぬ。このほとりより車ものして(14)角田河《すみだがは》(15)までは行《ゆき》たり。枕《まくら》ばし(16)といふより車はかへしにき。散《ちり》もはじめず咲《さき》ものこらぬ花の匂ひいとこまやかに、遠くのぞめば只一村《たゞひとむら》の雲かと斗《ばかり》うたがはれ、近く見渡せば梢《こずゑ》につもる雪かとのみ見ゆめる。まだ人々少なきほどゝて花のかげを我《わ》が物にしてみありくほど、まこと小《こ》蝶《てふ》に身をかへたらん心地ぞする。秋葉《あきば》(17)、しら髭《ひげ》のわたりよぎりて梅若《うめわか》の塚《つか》までも花を探りき。このあたりには人のかげもなきがいと嬉《うれ》し。かへさ(18)には長命寺《ちやうめいじ》の桜もちゐ求めて妹に渡しぬ。こは母君《ははぎみ》にまゐらせんとて也《なり》。おのれは三めぐりのほとりにて袂《たもと》わかちぬ(19)。かとり子《こ》ぬしの家はその御社《みやしろ》のそがひ(20)に高くそびえたる三階《さんがい》がそれなり。おのれより先にみの子《こ》の君《きみ》、つや子《こ》の君《きみ》(21)おはしき。例のざれごといひかわすほどに、

(12) 笑い話の種。
(13) 何も成し遂げた事はなくて。
(14) (人力車)を雇って。
(15) 隅田川。
(16) 十間川が隅田川に注ぐ河口の小橋。墨堤の入口。
(17) 秋葉神社。以下、白髭神社、梅若塚、三囲(みめぐり)神社。いずれも、墨堤・向島の名所。
(18) 帰りみち。
(19) 別れた。
(20) 後ろの方に。
(21) 田中みの子と小笠原艶子。萩の舎の門人。

今日は大学の君たちきそひ舟《ぶね》(1)ものし給ふとてはや木《この》ま〱にこぎいで給《たま》ふも折《をり》からいとうれし。遠眼鏡《とほめがね》ものして見渡せば、此高《このたか》どの(2)ゝしたこぎ行《ゆく》やうにぞみゆる。赤しろ青紫など組々《くみぐみ》にて服の色わかち、おのがじゝ(3)漕《こぎ》きそふさま水鳥《みづとり》などのやうに心のまゝ也《なり》。堤にはその友だちの君なるべし、赤よ白よなどおのが引方《ひくかた》を呼《よび》はげまして心もとなげに(4)舟とともにかけ給《たま》ふもいとさまし。みの子《こ》の君《きみ》うらやましげに見居《みゐ》たまひて、かち給《たま》はゞさもこそ嬉《うれ》しからめとの給《たま》はすに、おのれもまけたまはゞさもこそくやしからめと打《うち》うめきて笑はれにき。かゝりしほどに(5)師の君も友だちの君たちも来給《きたま》ひぬ。龍子《たつこ》の君《きみ》、(6)静子《しづこ》の君《きみ》(7)はきそひ舟見《ぶねみ》にまねかれ給《たま》ひてこなたのむしろには後《のち》にこそつらならめとて(8)出行給《いでゆきたま》ふ。難陳《なんちん》(9)などもよふすほどまことに心や空にあくがれけん花のかげ斗《ばかり》みえてそゞろにすぎぬ。折《をり》から花火のあがりぬれば師の君

花にはなびをそへてみるかな

とかき給《たま》ひて此《この》かみつけ給《たま》へと伊東《いとう》の夏子《なつこ》ぬし(10)にしめさせ

(1) 第五回帝国大学春期競漕会。
(2) 高殿。かとり子の家。
(3) 各自それぞれ。
(4) じれったそうに。
(5) こうしている内に。
(6) 田辺龍子。花圃と号し、小説「藪の鶯」を発表。のち、三宅雪嶺と結婚。
(7) 田辺静子。龍子の従兄の妻。
(8) 後ほど必ずご一緒いたします。
(9) 難陳歌合。判者が勝負を決する前に、左右が互いに論じあうもの。
(10) 伊東夏子。萩の舎の門人。一葉と同じ名（なつ）ということもあって、仲が良かった。

給《たま》へば、君たゞちに、

　思ふどち⑾まとゐする⑿さへうれしきを

とかいしるし給《たま》ひてさしおき給《たま》ふさま例ながら⒀優《いう》にうるはしうこそ。更《さら》にみの子《こ》の君《きみ》句《く》のしもかき給《たま》ふ、

　蛙《かはづ》の声《こゑ》ものどけかりけり

おのれにかみをとすゝめたまふに打《うち》おどろかれて、かの花かげにあくがれありくうかれ心《ごゝろ》呼《よび》かへすなどまことにあわたゞし。時うつる⒁とせめられて、

　おもふどちおもふことなき花かげは

といひたらんやう成《なり》しがうつしごゝろ⒂ならねば覚《おぼ》えず。猶《なほ》君《きみ》たちの玉《たま》の言《こと》の葉《は》⒃いとしげかりしもみな忘れにけり。この事終《ことをは》りて後久子《のちひさこ》の君《きみ》⒄が引《ひき》すさび給《たま》ひし⒅琴のねは心なき⒆おのれさへ松風のひゞきともやいふべからんと思はれ侍《はべ》りき。いでや日もくれなんとするを御《み》ことのねに心はひかるゝものから、花かげのくらくならんもいとをしければと師の君のの給《たま》ふ折《をり》しも、龍子《たつこ》の君《きみ》もしづ子《こ》の君《きみ》も帰り来《き》給《たま》ひぬ。あるじの

⑾　親しい者同士。
⑿　つどい合う。
⒀　いつもながら。
⒁　時間が経つ。
⒂　はっきりとした心。
⒃　美しいことば。
⒄　吉田久子。かとり子の妹。
⒅　弾き興じられた。
⒆　風流、風雅を解する感受性がない。

君今しばしとも、の給《たま》ひしかど、まかり申《まを》して(1)出《いで》ぬ。供《とも》なる男子《をのこ》ども、酒など給《たま》ふほどなれば後《あと》よりこよとて、師の君はじめ十三四人して堤には来たりぬ。折《をり》しも日かげは西にかたぶきて夕風少し冷《ひやゝ》かなるに、咲《さき》あまりたる花の三つ二つ散《ちり》みだるゝは小蝶《こてふ》などのまふやうにみえてをかし。酔《ゑひ》しれたる人の若き君たちにざれ言《ごと》などいひかくるぞろうがはしくも(2)いとにくし。やう〳〵日の暮行《くれゆ》くままにそれらの人はかげもとゞめずなりにたれば、今は心安《こゝろやす》しとて花の木《こ》かげたちめぐり、おのがじゝざれかはすほどにいつしか名残《なごり》なく暮《くれ》はてゝ、川の面《おも》をみ渡せば水上は白き衣《きぬ》を引《ひき》たるやうに霞《かす》みて向《むか》ひのきしの火《ほ》かげ斗《ばかり》かすかにみゆるも哀れなり。いでやまかりなん(3)よ、月だにあらばよかるべきよなんめるを中々にうしろめたければ(4)と師の君のの給《たま》ふも実《げ》に(5)ことわり、若き君たちのみなればなり。今しばしともいはまほしけれど、供の男子《をのこ》なども来てぞゝのかせば、(6)いとをしけれど木《こ》かげ立《たち》はなれて車ものする折《をり》から、春雨《はるさめ》少し降《ふり》そめぬれば別れの涙にこそとの給《たま》ひ

(1) いとまごいをして。
(2) 不作法で。
(3) さあ、帰りましょう。
(4) 帰りのことが気にかかるから。
(5) まさに。
(6) うながすので。

かはす。枕ばしまではもろとも成《なり》しが、こゝよりおのがじゝ行別《ゆきわか》れ給《たま》ふさままことに残りをしげなり。まことに春のうちの春ともいふべき日なりと思ふにも、今しばし空の晴《はれ》なましかばとおもはるゝ、はかの蜀《しよく》をのぞむ⑺とかいへる人心《ひとごゝろ》にや。

十五日　雨少しふる。今日は野々宮《のゝみや》きく子ぬし⑻がかねて紹介の労《らう》を取《とり》たまはりたる半井《なからゐ》うし⑼に初《はじめ》てまみえ参《まゐ》らする⑽日なり。ひる過《すぐ》る頃より家をば出《いで》ぬ。君が住給《すみたま》ふは海近き芝のわたり南佐久間町《みなみさくまちやう》といへるなりけり。かねて一《ひと》たび鶴田《つるだ》といふ人までものすること有《あり》て其家《そのいへ》へは行《ゆき》たる事もあれば、案内はよくしりたり。愛宕下《あたごした》の通りにて何《なに》とやらんいへる寄席のうらを行《ゆき》て突当《つきあた》りの左《ひだ》り手がそれなり。門《もん》くゞりいりておとなへば⑾いらへ⑿して出《いで》きませしは妹の君なり。此方《こなた》への給《たま》はすまゝに、左手の廊下より座敷のうちへと伴《ともな》はれいるに、兄はまだ帰り侍《はべ》らず今暫《いましばら》く待給《まちたま》ひねと聞《きこ》え給《たま》ひぬ。誠や君は東京朝日新聞⒀の記者として小説に雑報《ざつぱう》に常に君があづかり給《たま》ふ所におはせば、さもこそはひまもなくおはすべけれと思ひつゞく

⑺　望蜀。後漢書・岑彭伝「人苦レ不レ知レ足、既平レ隴復望レ蜀」から、一つの望みを遂げて、さらにその上を望むことをいう。

⑻　野々宮菊子。一葉の妹くにの友人。菊子と東京府高等女学校の同級である半井桃水の妹幸を通じて、半井家に寄宿する鶴田たみ子の仕立物をくにが引き受けたのが契機となり、一葉は桃水を知る。

⑼　半井桃水。「うし（大人）」は師または学者の敬称。先生。

⑽　お目にかかる。

⑾　訪問の声をかけると。

⑿　返事。

⒀　明治二一年創刊。昭和一五年「大阪朝日」を合わせ「朝日新聞」と改題。

るほどに、門《もん》の外に車のとまるおとのするは帰り給《たま》ひしなりけり。やがて服など常のにあらため給《たま》ひて出《いで》おはしたり。初《しよ》見《けん》の挨拶《あいさつ》などねんごろにし給《たま》ふ。おのれまだかゝることならはねば(1)耳ほてり唇かはきていふべき言《こと》もおぼえず、のぶべき詞《ことば》もなくて、ひたぶるに礼《れい》をなすのみなりき。よそめいか斗《ばかり》おこ(2)なりけんと思ふもはづかし。君はとしの頃《ころ》卅年《みそぢ》にやおはすらん、姿形《すがたかたち》など取立《とりたて》てしるし置かんもいと無礼《なめ》なれど、我《わ》が思ふ所のまゝをかくになん。色いと良く面《おもて》おだやかに少し笑《ゑ》み給《たま》へるさま誠に三才の童子《どうじ》もなつくべくこそ覚《おぼ》ゆれ。丈《たけ》は世の人にすぐれて高く、肉豊《にくゆた》かにこえ給《たま》へばまことに見上《みあぐ》る様になん。おもむろに当時の小説のさまなど物語り聞《きか》し給《たま》ひて、我《わが》思ふに叶《かな》ふべきは人好《ひとこの》まず、人このまねば世にもて遊ばれず、日本《につぽん》の読者の眼《め》の幼《えう》ちなる新聞の小説といはゞ有《あり》ふれたる奸臣《かんしん》(3)賊子《ぞくし》(4)の伝《でん》或《あるひ》は奸婦《かんぷ》(5)いん女《ぢよ》(6)の事《じ》跡様《せきやう》の事をつゞらざれば世にうれざるをいかにせん、我今著《われいまあらは》す幾多《いくた》の小説いつも我《わが》心に屑《いさぎよし》としてかきたるものはあらざるなり、され

(1) 慣れないので。
(2) おろか。
(3) 悪心を抱いた家臣。
(4) 主君にそむく者。
(5) 夫以外の男と密通する女。
(6) 多情な女。

ば世の学者といはれ識者《しきしや》の名ある人々には批難攻撃面《ひなんこうげきおもて》も向けがたけれど、いかにせん我《われ》は名誉の為《た》め著作するにあらず、弟妹父母《ていまいふぼ》に衣食《いしよく》させんが故《ゆゑ》なり、其父母弟妹《そのふぼていまい》の為《た》めに受くるや批難もとより辞《じ》せざるのみ、もし時ありて我《わ》れわが心を持《もち》て小説をあらはすの日あらんか(7)甘んじて其《その》批難を受けざるなりとの給《たま》ひ終はつて大笑《たいせう》し給《たま》ふさま誠にさこそと思はれ侍《はべ》れ。猶《なほ》の給《たま》はく、君が小説をかゝんといふ事訳野《わけの》々《ゝ》宮君《みやぎみ》よりよく聞及《きゝおよ》び侍《はべ》りぬ、さこそはくるしくもおはすらめどしばしのほどにこそ忍び給《たま》ひね、我師《われし》といはれん能《のう》はあらねど談合《だんがふ》の相手にはいつにても成《な》りなん、遠慮なく来給《きたま》へといとねんごろに聞《きこ》え給《たま》ふことの限りなく嬉《うれ》しきにもまづ涙こぼれぬ。物語りども少しする程《ほど》に夕げしたゝめ給《たま》(8)へとて種々《くさぐ》ものして出《いだ》されたり。まだ交《まじはり》もふかゝらぬものをと思へばしば／＼辞《じ》すに、君、我家《わがいへ》にては田舎《ゐなか》ものゝ習《なら》ひ旧《ふる》き友と新らしきとをとはず美味美食《びみびしよく》はかきたれど箸《はし》をあげさせ参《まゐ》らするを例とす、心よくくひ給《たま》はゞ猶《なほ》こそ喜《うれ》しけれ、我《われ》も御相伴《おしやうばん》をなすべきにとあ

(7) あるならば、その時は。

(8) 食べていらっしゃい。

また丶び聞《きこ》え給《たま》へば、いろひもやらで(1)たうべ終りぬ。(2)かゝりしほどに雨はいや降《ふり》に降《ふり》しきり、日はやう〳〵くらく成《なり》ぬ。いでや暇給《いとまたま》はりなん(3)といへば、君車はかねてものし置《おき》たりのりてよとの給《たま》ふ。帰《かへ》さにした丶め置《おき》たる小説の草稿《さうかう》一回分《くわいぶん》丈差置《だけさしお》きて君が著作の小説四五冊を借参《かりまゐ》らせて出《いで》ぬ、君がく(4)まなきみ心《ごゝろ》ぞへの慕《したは》しく八時といふ頃にぞ家に帰りつけり。

＊(5)

(四月)二十二日　例の午後より井《ゐ》うしをとふ。種々《しゆ〴〵》のもの語りども聞《きこ》えしらせ給《たま》ひて先の日の小説の一回《くわい》新聞にのせんには少し長文なるが上に余り和文めかしき所多かり、今少し俗調《ぞくてう》にと教へ給《たま》ふ。猶《なほ》さま〴〵の学者達をも紹介し参らせんなれどいさゝかさわる所なきにしもあらねばやみぬ、されど吾友《わがとも》小宮山即真居士《こみやまそくしんこじ》(6)は良師《りやうし》ともいふべき人なれば此君《このきみ》のみには引合《ひきあは》せ参らせんなどの給《たま》ひ聞《きこ》ゆ。昨夜かきたる丈《だけ》の小説の添删給《てんさくたま》へとて差置《さしおき》たるまゝ此日《このひ》は早々帰《さう〳〵かへ》りぬ。人一度《ひとたび》

(1) 断りもできずに。
(2) 食べ終った。
(3) おいとまさせていただきます。
(4) よく行きとどいた。
(5) この「日記（抄）」はそれぞれが抄録。＊がついているところは本文を省略している。
(6) 小宮山桂介。東京朝日新聞の主筆。

みてよき人も二度めにはさらぬ(7)もあり、うしは先の日ま見え参らせたるより、今日は又親《またした》しさまさりて、世に有難き人哉《かな》とぞ思ひ寄《より》ぬ。

*

（五月）十五日　ひる過《すぐ》るほどより契《ちぎ》りしやうに半井《なからゐ》(8)のうしを平河町《ひらかはちやう》にとふ。こたびの家はいとめでたき所(9)なりけり。行《ゆき》てのちしばし有《あり》て帰らせ給《たま》ふ。何等《なにら》(11)のみ用にやと、ひ参らするに、いなとよ(10)我《わ》がしる大阪の書しにて雑誌をこたび発兌《はつだ》(12)せんとす小説かく人世話し給《たま》はれと申しつれば君をこそと物語りおきつるなれ、さるをあやにくに(13)露《ろ》国太子《こくたいし》殿下《でんか》(14)の急変《きふへん》(15)にて俄《にはか》に用事出来たりとて今朝しも汽車にて帰阪《きはん》なしたり、断《ことは》りまゐらせんともおもひたれどはや及ばじとおもひてさしおきぬ、百罪《ひやくざい》ゆるし給《たまひ》てよと詫給《わびたま》ふも心ぐるし。此日《このひ》はものがたり少しして帰る、日没前成《にちぼつまへなり》し。

廿七日　前約《ぜんやく》の小説稿成《せうせつかうなり》しをもて桃水《たうすゐ》ぬしにおもむく。今

(7) そうではない。
(8) 約束した通りに。
(9) たいそう良い所。
(10) いやいや。
(11) 書肆。出版社。
(12) 発行。
(13) あいにくなことに。
(14) ロシア皇太子。のちに、帝政ロシア最後の皇帝ニコライ二世となる。

図1

(15) 明治二四年五月一一日滋賀県大津で、来遊中のロシア皇太子が巡査津田三蔵に斬りつけられた事件（大津事件）。

日は我《わ》れ例刻《れいこく》より遅《おそ》かりしをもて君既《すで》におはしき。種々《しゆぐ》我為《わがため》よかれのものがたりども聞《きこ》えしらせ給《たま》ふ。帰宅《きたく》し侍《はべら》んとする時に今しばし待給《まちたま》へ、君に参《まゐ》らせんとて今《いま》料理させおくもの、侍《はべ》ればとまめやかに(1)の給《たま》ふを例のあらくもいろひかねて(2)其《その》まゝとゞまる。やがて料理は出来ぬ、こは朝《てう》せん元山《げんざん》の鶴《つる》なりとなり。さる遠方《ゑんぱう》のものと聞くにこと更《さら》にめでたし。たふべ終れば君いでや帰り給《たま》へよ、あまりくらく成《なり》やし侍《はべ》らんなど聞《きこ》え給《たま》ひて、今日《けふ》もみ車たまはりぬ。かへりしは七時。

(1) 親切に。
(2) 口を出せないで。

にっ記（明治二十五年一月—三月）

（一月）八日　早起《さうき》空打《そらうち》あふげばいとよく晴《はれ》て塵斗《ちりばかり》のくもゝなし、うら〳〵とかすみたる様《やう》なるが誠に春とのみ覚《おぼ》ゆ、出がけの支度かれ是《これ》するまに、綾部喜亮《あやべきすけ》　久保木《くぼき》(3)同道《どうだう》して参《まゐ》る、侘済《わびずみ》になる。帰宅直《たゞち》に国子《くにこ》(4)は神田辺《かんだへん》へ、おのれは車ものして先西村君《まづにしむらぎみ》(5)へとて行《ゆく》。茨城《いばらき》より伯母君《をばぎみ》参《まゐ》られたりとて面会す、明日は帰国せんとおもふに是《これ》よりきく坂《ざか》(6)迄参《までまゐ》らんとの所なり、そなたより給《たま》はずば逢《あひ》がたかりしとなどいひて嬉《うれ》しげに物がたりす。出《いで》て師君《しぎみ》へ行《ゆく》、病中且《びやうちうかつ》来客なればと下女のいふにをして対面もいかゞ哉《や》、さらば御老人はといふに只今《たゞいま》ねぶりに付きたまひし所なりといふにわびて(7)、更《さら》ば又《また》こそとてか

（3）久保木長十郎は、姉ふじの夫。綾部は、久保木の姉の娘綾部はまの入夫。
（4）一葉の妹くに。
（5）西村釧之助。一葉の母が旗本稲葉家に乳母に上がった時、釧之助の母も奥女中として勤めていた縁で、親類同様のつきあいをしていた。
（6）菊坂。一葉が住んでいた所。
（7）落胆して。

へる、みの子君《こぎみ》を新小川町《しんをがはまち》にとふ、あがれよなどの給《たま》ひつれど先をもいそげばとて暇《いとま》ごひして出《い》づ、車いそがせて平川町《ひらかはちやう》半井《なからゐ》うしの本宅に来てみれば門戸《もんこ》かたくとざしてかし家《や》のはり紙な〻めにはられたり、(1)先《まづ》むねとゞろかれて立《たち》よりてみれば、半井氏御尋《なからゐうぢおたづね》の方《かた》は六丁目二十二番地小田何某方《をだなにがしかた》(2)まで参《まゐ》られたしとなり、さらばとて又同家《またどうけ》へ行《ゆき》、半井《なからゐ》ぬしは何方《いづく》へにかと訪《と》へば、下女に似たるをな子《ご》打笑《うちえ》みながらに奥に入《いり》たり。引違《ひきちが》へて出来《いでき》たるは主婦にやあらん三十斗《ばかり》の人我《わ》がとふに答《こたへ》ていふ様《やう》、うしはさる頃より旅行して只今《たゞいま》は留守に侍《はべ》り、御用ならばこ〻にいひ置給《おきたま》へといふ、御旅行はいづ方《かた》へかと又《また》とへば、只《たゞ》地方へと斗《ばかり》いふ、今は尋《たづ》ぬるも無益《むやく》(3)しとおもへば、只《たゞ》おのれは樋口《ひぐち》と呼ばる〻ものに侍《はべ》り、別しての用なるならねど御年頭《ごねんとう》の御礼《おんれい》にとて参りつるなれば御帰京《ごきゝやう》のふし其由《そのよし》申《まをし》つぎ給《たまひ》てよ、又御手数《またおてかず》なるべけれど御帰京《ごきゝやう》の報をもねぎ奉《まつ》(4)るになんといひて出《いで》ぬ、なぞの(5)御旅行か、まさしく御隠《おんかく》れ家《が》になるべし、ぶしつけは覚悟《かくご》なり、頼み参らすことといと多かる

(1) 貸家札は斜めに貼る習慣があった（『樋口一葉 小説集』五六頁図2参照）。
(2) 桃水の弟子、小田久太郎宅。
(3) 無駄。
(4) お願い致します。
(5) どんな。

をいかで対面せずにはとて、例のうら家《や》をとひ寄《より》たり、まづ庭口《にはぐち》の方《かた》よりみれば𛀁んがはの障子《しやうじ》新《あら》たにはりかへて物何《ものなに》となくあらたまりたる様《やう》なるは、もしよの人の住家《すみか》にかはりたるかなどもうたがわる、格子戸《かうしど》のもとにたちてあまたゝびおとなへど誰《た》れいら(6)へする人もあらず、さては留守にやとおもへど、火鉢にたぎる湯のおとなど人なき折《をり》のさまにもあらず、うちにかとみれば格子戸の尻にせんさして出入《でいり》かたく禁じたり、こゝ迄《まで》来て入れられざるも何《なに》となく物たらぬ心地のするに、いかで対面給《たま》はらずやとさま〴〵にいひ入《いり》たれどかひなし、水口《みづぐち》(7)の戸の明《あけ》はなしあるにいさゝか力を得てそこよりいりぬ、さしのぞけばさま〴〵の家財《かざい》つみ重ねたる納戸《なんど》めきたる所、奥のかたにうしはをわすにかとおそる〳〵ものぞきたれど、人ありげにもみえず、留守なる所に上《あが》り居《を》らんも後《のち》の人ぎゝいかゞなるべきかといそぎ立《たち》かへらむとす、さるにて(8)も参りしかひには奉《たてまつ》らんとてもてきしものだにおかばやと思ひ寄《より》て、台所の板の間なる所に土産《みやげ》の小箱さし置《おき》て出《いで》ぬ、車

(6) 返事。

(7) 勝手口。井戸に通じていて、水を汲み入れる出入りに用いる。

(8) それにしても。

にのりて帰る道すがらも思へばあやしき事をもなしたるかな、我身《わがみ》むかしはかゝる先ばしりたる心にもあらざりしを年《とし》たける(1)と共におもての皮厚《かはあつ》く成《な》るなり、はしたなくもなりつることよ、かゝる筋(2)のこと世の人もれ聞《きか》ましかば何《なん》とかいふらむ、あやしうなき名などたてられなんもしるべからず、いかゞはせんなど思ひ出《い》づれば心は身をせめていとくるし、家に帰りしは二時半頃なりし。宮塚《みやづか》の伯母君《をばぎみ》参《まゐ》り居《を》られたり、留守に姉君《あねぎみ》并《ならび》に森照次《もりてるじ》君《ぎみ》(3)参られたりといふ、宮塚《みやづか》ぬしと暫時《ざんじ》対話、西村《にしむら》の伯母君《をばぎみ》参《まゐ》る、おのれの早帰《はやがへ》りにおどろき給《たま》ふ、夫《それ》より日没迄《にちぼつまで》西村《にしむら》伯母君《をばぎみ》談話《だんわ》、其中《そのうち》に国子《くにこ》帰宅《きたく》、母君《はゝぎみ》御伯母君《をばぎみ》を送りて表町《おもてちやう》へ参《まゐ》り給《たま》ふ、この夜《よ》日頃《ひごろ》のつかれと遠路のつかれにや、疲労ことに甚《はなは》だし、さらに何事《なにごと》をなすべき心地もせねど、半井《なからゐ》うしには是非《ぜひ》一書参《しよまゐ》らずばすみがたかるべしとてしたゝむ、幾《いく》そ度書直《たびかきなほ》しけんと角《かく》に心にもいらず、からうじて書終《かきを》へたるはよみ返してみるに何《なに》となく末《すゑ》におそれの種やまかんとおそろしくさへ成《なり》て、状袋《じやうぶくろ》(4)にいれたるまゝ便《びん》にもたくせ

(1) 年齢が行くと。

(2) いわれのない浮名。

(3) 森昭治。父則義の東京府勤務時代の上役。

(4) 封筒。

ず、余《よ》の事《こと》に移りぬ、母君《はゝぎみ》九時頃帰宅。十二時まで詠歌《えいか》す。

＊

(二月)四日　早朝より空もやうわるく、雪なるべしなどみないふ、十時ごろより霙《みぞれ》まじりに雨降り出《い》づ、晴《はれ》てはふり〳〵ひるにもなりぬ、よし雪にならばなれ、なじかはいとふべき(5)とて家を出《い》づ、真砂町《まさごちやう》のあたりより綿をちぎりたる様《やう》に大きやかなるもこまかなるも小止《をやみ》なくなりぬ、壱岐殿坂《いきどのざか》より車を雇ひて行《ゆ》く、前《まへ》ぼろ(6)はうるさしとて掛《かけ》させざりしに風にきをひて吹《ふき》いるゝ雪のいとたえがたければ傘にて前をおほひ行《ゆ》く(7)いとくるし、九段坂上《くだんざかあが》るほどほり端通《ばたどほ》りなどやゝ道しろく見え初《そ》めぬ、平川町《ひらかはちやう》へつきしは十二時少し過《すぐ》る頃成《ころなり》けんうしが門《かど》におとづるゝにいらへする人もなし、あやしみてあまたゝびおとなひつれど同じ様《やう》なるは留守にやと覚《おぼ》えて、しばし上《あが》りがまちにこし打《うち》かけて待つほどに、雪はたゞ投《な》ぐる様《やう》にふるに、風さへそひて格子の隙《すき》より吹入《ふきい》るゝ、寒さもさむし、

(5) どうしていやがるものか。
(6) 前幌。人力車の前面にかけるおおい。
(7) 前幌を下げないで、傘で覆って雪を防ぎながら行く。

図2

たえがたければやをら障子《しやうじ》(1)ほそめに明《あけ》て玄関《げんくわん》の二畳斗《じやうばかり》なる所に上《あが》りぬ、こゝには新聞二ひら（但《たゞ》し朝日《あさひ》、国会《こくゝわい》(2)）配達しきたりたるまゝにあり、朝鮮釜山《てうせんふざん》(3)よりの書状《しよじやう》一通あり、唐紙《からかみ》一重《ひとへ》そなたがうしの居間なれば明《あ》けだにせば在否《ざいひ》は知るべきながら、例の質《たち》とて中々には入《い》りもならず、ふすまの際《きは》に寄りて耳そばだつれば、まだ睡《ねむ》りておはすなるべしいびきの声かすかに聞《きこ》ゆる様《やう》なり、いかにせんと斗困《ばかりこう》じたる折《をり》しも、小《を》田《だ》よりなりとて年若きみづしめ(4)郵便をもて来たりぬ、こはうしの此頃《このごろ》世にかくれて人にあり家《か》しらせ給《たま》はねば親戚《しんせき》などの遠地《ゑんち》にある人々より書状《しよじやう》はみな小田君《をだぎみ》へむけてさし出し給《たま》ふなるべし、この使ひもこれ持来《もちき》たりたるまゝうしをば起《おこ》しもせでよろしくなどいひて帰りぬ、一時《じ》をも打《うち》ぬ、心細くさへなりてしわぶき(5)などしば〳〵する程に、目《め》覚給《さめたま》ひけんつとはね起《おき》る音して、ふすまはやがて(6)開かれたり、寝まきの姿のしどけなきを恥ぢ給《たま》ひてや、こは失礼と斗《ばかり》いそがはしく広袖《ひろそで》の長《なが》ゐりかけたる羽織(7)き給《たま》へり、よべ誘《いざな》はれて歌舞伎座に遊び

(1) 静かに。
(2) 明治二三年、村山龍平、末広鉄腸により創刊。
(3) 桃水は明治一五年の壬午事変に特派員として釜山に滞在。
(4) 水汲みなどをする下働きの女。
(5) せき。
(6) すぐさま。
(7) 袖口の下を縫いふさがない広袖で、長い掛衿をかけた羽織。

図3

図4

一時頃や帰宅しけん、夫《それ》より今日の分の小説ものして床《とこ》に入《いり》しかば思はずも寝過しぬ、まだ十二時頃と思ひつるにはや二時にも近かりけり、など(8)起《おこ》しては給《たま》はらざりし遠慮にも過ぎ給《たま》へるよとて大笑《たいせう》しながら、雨戸などくり明け給《たま》ふ、あなや雪さへ降り出《い》でたるにさぞかし困《こう》じ給《たま》ひけんとて勝手のかたへ行《ゆく》、手水《てうづ》などせんとなるべし、一人住《ひとりず》みは心安《こゝろやす》かるべけれど、起《おき》るやがて車井《くるまゐ》(9)の綱《つな》たぐるなど中々に侘《わび》しかるべきわざかなと思ひ居《ゐ》たるに、台《だい》じうの(10)といへるものに消炭少《けしずみすこ》し入《い》れて其上《そのうへ》に木片《こつぱ》の細《こま》かにきりたるをのせてうし持て来たまへり、火桶《ひをけ》(11)に火《ひ》起《おこ》し湯わかしに水入れて来《きた》るなどみるめも侘《わび》しくて、おのれにも何《なに》か手伝《てつだ》はし給《たま》へ、お勝手しれがたければ教へ給《たま》ひてよ、先《ま》づこの御寝所《おねどころ》かた付《づけ》ばやとてたゝまんとしたるに、うしいそがわしく押《をし》とめ給《たま》ひて、いなく〳〵願ふ事はなにもなし、それは其儘《そのまゝ》に置給《おきたま》ひてよと迷惑げなるにをしてはいかゞとてやみぬ、枕もとにかぶき座番附《ざばんづけ》させては(12)紙入れなど取《とり》ちらしあるに、紋付《もんつき》の羽織糸織《はをりいとをり》の小袖《こそで》(13)など床の間の釘につるしあ

(8) なぜ。

(9) 滑車に綱を掛け、その両端に付けたつるべを上下させて水を汲む井戸。

(10)「十能」は、炭火を入れて運ぶ、柄の付いた金属性の容器。それに台が付いたもの。

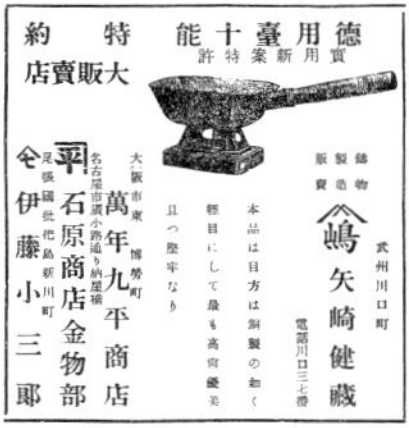

図5

(11) 木製の丸火鉢。

(12) さらには。

(13) 絹のより糸を縦、横に用いた織物の着物。

るなどろうがわしさ(1)も又極《またきは》まれり、昨日書状《しよじやう》を出したる其用《そのよう》は今度青年の人々といはゞいたく大人顔《たいじんがほ》する様《やう》なれど、まだ一向《かう》小説にならはざる若人達《わかうどたち》の研究がてら、一つの雑誌を発《はつ》兌《だ》せんとなり、世にいはゆる大家《たいか》なる人《ひと》一人《にん》も交《まじ》えず、腕限《うでかぎ》り力かぎり仆《たふ》れて止《や》まんの決心中々にいさぎよく、原稿料はあらずともよし、期《き》する所は一身《しん》の名誉てふ計画ありて、一《いっ》昨夜《さくや》相談会ありたるまゝ、こは必らず成り立つべき事と思ふに、君をも是非とたのみて置きぬ、十五日までに短文《たんぶん》一編草《ぺんさう》し給《たま》はずや、(2)尤《もつと》も一二回は原稿無料の御決心にてあらまほしく、少し世に出《い》で初《そ》めなば他人はおきて先《ま》づ君などにこそ配当《はいたう》いたすべければなどくれ〴〵(3)の給《たま》ふ、さりながらおのれら如《ごと》き不文《ふぶん》(4)のもの初号《しよがう》などに顔出《かほだ》しせんは雑誌の為《た》め不利益にや侍《はべ》らむとて辞《じ》せば、何《なに》としてさることやはある、今更《いまさら》に其様《そのやう》なこと仰《おほ》せられては中に立《たち》てそれがし甚《はなは》だ迷惑するなり、先方にはすでに当《あて》になしたることなればなど詞《ことば》を尽《つく》して仰《おほ》せ給《たま》ふ、さればよろしく取斗《とりはか》らひ給《たま》ひてよ、実はこの頃草《ごろさう》しかけし文《ぶん》

(1) 乱雑なこと。
(2) 原稿を書いて下さいませんか。
(3) 繰り返しこまごまと。
(4) 文章が下手なこと。

御《おん》めにかけばやとて今日もて参《まゐ》りぬ、完成のものならねどとて持《も》てこし小説一覧《らん》に供《きよう》す、よろしかるべしこれ出し給《たま》へ、おのれは過日《くわじつ》ものがたりたるもの一通の文《ふみ》としてあらわさばやと思ふなりなどものがたらる、其中《そのうち》うし隣家《となり》へ鍋《なべ》をかりに行《ゆ》く、とし若き女房の半井様《なからゐさま》お客様かお楽しみなるべし御浦《おうら》山《やま》しうなどいふ声、垣根《かきね》一重《ひとへ》のあなたなればいとよく聞《きこ》ゆ、イヤ別して楽しみにもあらずなどいふはうしなり、先頃《さきごろ》仰《おほ》せられしあのおかたかと問はれて左《さ》なりといひたるまゝ、かけ出して帰り来たまへり、雪ふらずばいたく御馳走《ごちそう》をなす筈《はず》なりしが、この雪にては画餅《がべい》(5)に成《なり》ぬとて、手づからしるこをにてたまへり、めし給《たま》へ盆はあれど奥に仕舞込《しまひこ》みて出すに遠し、箸《はし》もこれにて失礼ながらとて餅やきたるはしを給《たま》ふ。ものがたり種々《しゆじゆ》うしが自《じ》まんの写真をみせなどし給《たま》ふ、暇《いとま》をこへば、雪いや降りにふるを今宵《こよひ》は電報を発《はつ》してこゝに一宿《しゆく》し給《たま》へと切《せつ》にの給《たま》ふ、などか(6)わさることといたさるべき、免《ゆる》しを受けずして人のがりとまるなどいふ事いたく母にいましめられ侍《はべ》る

(5)　計画がだめになること。

(6)　どうして。

と真顔《まがほ》にいへば、うし大笑《たいせう》し給《たま》ひて、さのみな恐れ給《たま》ひそ、(1)おのれは小田《をだ》へ行《ゆき》てとまりて来《こ》ん、君一人こゝに泊り給《たま》ふに何《なん》のことかわあるべきよろしかるべしなどの給《たま》へど、頭《かしら》をふりてうけがわねば、(2)さればとて重太君《ぢうたぎみ》(3)をして車やとはせ給《たま》ふ。半井《なからゐ》うしがもとを出《いで》しは四時頃成《なり》けん、白《はく》がひ〳〵たる雪中《せつちう》(4)、りん〳〵たる寒気《かんき》ををかして帰る、中々におもしろし、ほり端通《ばたどほ》り九段《くだん》の辺《へん》、吹《ふき》かくる雪におもてもむけがたくて頭巾《づきん》の上に肩かけすつぽりとかぶりて、(5)折《をり》ふし目斗《めばかり》さし出すもをかし、種々《しゆぐ》の感情むねにせまりて、雪の日といふ小説一編あまばやの腹稿《ふくかう》なる、家に帰りしは五時、母君《はゝぎみ》妹《いもうと》とのものがたりは多けれどもかゝず。

＊

(三月) 十八日　曇天《どんてん》。十時頃よりは雨に成《な》りぬ。姉君《あねぎみ》来訪《らいはう》さる、午後関場君《せきばぎみ》(6)並《ならび》に中島師《なかじまし》のもとより手紙来《きた》る、この手紙につきて近辺《きんぺん》なる旧中島師《きうなかじまし》かた下婢《かひ》(7)なりし今野《いまの》たまかたに

(1) そのように御心配なさるな。
(2) 承知しないので。
(3) 半井茂太。桃水の弟。
(4) 皚々たる。雪が一面に白く降るさま。
(5) 御高祖頭巾の上にショールをかぶって。

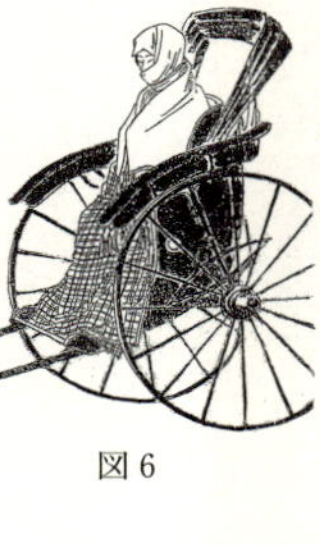
図6

(6) 関場悦子。妹くにの友人。
(7) 召使いの女。

行《ゆ》く、これが返事のはがきをしたゝむる程に、思ひかけず半《なか》井《ゐ》うし来訪《らいはう》し給《たま》ふ、あたりを取片付《とりかたづけ》るなど大さわぎ成《なり》し、我《わが》家《いへ》に来《き》給《たま》ひしは実《じつ》に始めてなればなり、母君弁《はゝぎみならび》に国子《くにこ》にも初対面のあいさつなどなすいとくだ〳〵し、居《きよ》を本郷《ほんがう》の西片町《にしかたまち》に移し給《たま》ひしよし、其報知《そのはうち》がてらむさしの(8)の事いはんとて也《なり》といふ。むさしのは種々《しゆ〴〵》延々《のび〳〵》になる事ありていよ〳〵明後《めうご》廿日《か》出版の都合なり、校正も廻《まは》り来《き》たりしが我《わ》が転宅《てんたく》の日《ひ》成《なり》しかば君のもとに廻《まは》さん日間《ひま》もなく我《わ》れ代理をなしたるにもし誤字脱字などあらばゆるし給《たま》へとの給《たま》ふ、茶菓《さくわ》を呈《てい》したる斗《ばかり》にて二時間斗《ばかり》ものがたらる、今しばしなどいはまほしかりしがいそぎ給《たま》へばえとゞめあえず帰宅し給《たま》ふ。母君《はゝぎみ》も国子《くにこ》もとり〴〵にうわさす、母君《はゝぎみ》は実《げ》にうつくしき人哉《ひとかな》、亡泉太郎《なきせんたらう》にも似《に》たりし様《やう》にて温厚らしきことよ、誰《たれ》は何《なに》といふともあやしき人にはあらざるべし、いはゞ若旦那の風《ふう》ある人なりなどの給《たま》ふ。国子《くにこ》は又《また》そは母君《はゝぎみ》の目違《めちが》ひ也《なり》、表むきこそはやさしげなれあの笑《ゑ》む口元の可愛らしきなどが権謀家《けんぼうか》(9)の奥の手なる

(8) 雑誌「武蔵野」。

(9) はかりごとの巧みな人。

べし中々心はゆるしがたき人なりなどいふ、母人何《はゝびとなに》はしかれ(1)半井《なからゐ》うしが詞《ことば》にかく近くもなれるに他《た》には行く所もなし夜分《やぶん》など運動がてら折々《をりく》に参《まゐ》るべければなどいはれしこそ当惑《たうわく》なれ、人の目つま(2)にかゝれば正《まさ》なき名や(3)たゝんなど杞憂《きいう》し給《たま》ふ、国子《くにこ》さていふとに角《かく》に家の狭きなん不都合なる、あはれ今一《いまひと》間《ま》あらましかばか斗《ばかり》(4)に心ぐるしからまじ、いかでこの隣りなる家こゝよりは少し広やかなるをかしこに家移《やうつ》りせんはいかになどいふ、おのれは詮《せん》(5)なきこと也《なり》、我友《わがとも》とする人は家の狭きひろき衣《ころも》の鮮《せん》と弊《へい》とをとはず、かざりなき詞《ことば》かざりなき心をもてこそ交《まじは》らめ。もしかしこは家せまし衣《ころも》ふるびたりとて捨《すつ》る人あらばそはをしむにたらずといふ、それはそれながらいかにもなれば心ぐるしきぞかしとてくに子は笑ふ。今日の半井《なからゐ》うしが着服《ちやくふく》は八丈《ぢやう》(6)の下着に茶とこんのたつ縞《じま》(7)の紬《つむぎ》の小袖《こそで》をかさねて白ちりめんの兵児帯《へこおび》(8)ゆるやかに黒《くろ》八丈《ぢやう》の羽織をき下《くだ》し給《たま》へり、人わろしと聞く新聞記者中《ちう》にかゝる風采《ふうさい》の人も有《あり》けりと素人目《しろうとめ》には驚かれぬ。秀太郎《ひでたらう》(9)来る、少し話《はなし》して帰

(1) 何はともかく。
(2) 眼の端。
(3) 良くない評判。
(4) これほどに。
(5) 着る物の新しいか古びているかを。
(6) 八丈島に産する絹織物。
(7) 立縞。縦縞のこと。
(8) 男子用のしごき帯。
(9) 久保木秀太郎。長十郎と姉ふじの子。

る。日没後《にちぼつご》国子《くにこ》に日本外史《にほんぐわいし》(10)の素読《そどく》を授《さづ》けて、さて聖学自在《せいがくじざい》の愚《ぐ》者《しや》の弁《べん》一章《しやう》読みて聞かす、母君《はゝぎみ》のかたをひねりてふさせ奉《まつ》る。一時《じ》床《とこ》に入《い》る。

＊

廿一日　晴天。望月何某《もちづきなにがし》の妻《つま》(11)来《きた》る、ひる飯《いひ》馳《ち》走《そう》す、おのれは半井《なからゐ》うしのもとへとふことありて行く、今度《このたび》の住家《すみか》のいと近くてはい渡るほど(12)なるがいと嬉《うれ》し、表は例の戸ざし堅《かたく》して庭口《にはぐち》よりぞ自由の出《で》入《いり》はゆるしためる、物がたり種々《しゆぐ》、大《う》人《し》前日の風邪猶《ふうじやなほ》よからずとて咳《せき》などいたくし給《たま》ふ、家にて相談せしこと半井《なからゐ》うしにもかたる、おのれが小説到底《たうてい》よに用いられまじきものなればつゝみなく(13)断《ことは》り給《たまひ》てよ、おのれはおのれの心を信ずるが如く人の仰《おほ》せられし言《げん》を信ずるものなれば、君もし表面のみの賞詞《しやうじ》を下《くだ》し給《たま》ふ共其真偽《ともそのしんぎ》をし斗《はか》るべき智《ち》は侍《はべ》らずかし、君が真意をえしらずして一向《ひとむき》の詞《ことば》のみを頼み奉《まつ》らんに、我《わ》が愚《おろ》かさはさておきて君いか斗困《ばかりこう》じ給《たま》ふらむ、と

(10) 江戸後期の史書。頼山陽著。
(11) 望月米吉の妻とく。
(12) 這って行けるほど。
(13) 遠慮なく。

ても世に用いられまじきものなれば、今よりも直《すぐ》に心あらためて我《わ》が身に応《おう》ずべきこと目論見候《もくろみさふら》はん、只《たゞ》み心のうちを聞かせ給《たまひ》てよとくり返すに、君いたくあきれ顔して、そは又何《またな》ぞの事よ、おのれかひなしといへども男のかたはし也《なり》、うけがひ(1)参《まゐ》らせしこと偽《いつは》りならんや、月々に案じ日々にかうがへ(2)て君が幸福を願ふぞかし、我《わ》れはあくまでも相携《あひたづさ》へて始終《しじう》せんと思ふを、君はなどさ斗《ばかり》にうたがひ給《たま》ふ、さりながらこれより他《ほか》に良善《りやうぜん》の策あらば止《と》め候《さふら》はじ、なくば今しばしたえ給《たま》へ、我《われ》思ふに君が著作此《この》むさし野《の》両《りやう》三回《くわい》の後《のち》には必らず世に名をしられ給《たま》はん、さすれば朝日にまれ何(3)《なに》にまれ我《わ》れ周旋《しうせん》の方法あり、家事の経済などに付《つい》て憂《うれ》ひたまふことあらばそはともかくも我《われ》すべし、むさし野《の》初版《しよはん》より二千以上の発売あらば利益の配当《はいたう》あるべき約《やく》なればこの分《ぶん》のみは我《わ》れのも合《あは》せて君に奉《たてまつ》らんの心なり、か斗《ばかり》に思ふ心偽《いつはり》ならんや、大方《おほかた》は察し給《たま》へなどの給《たま》へり　談宗教《だんしうけう》のことに及ぶ、過《すぎ》つる日野《の》々宮君《みやぎみ》に約して会堂《くわいだう》へ行《ゆ》かばやと思ひしも障《さは》ことありてはた

(1) 引き受け。
(2) 考えて。
(3) であれ。

さゞりしと云《い》ふ、大人《うし》そはよき事を先承《まづうけたまは》りし哉《かな》、あやふかりしことよ、あたら御身《おんみ》渦流《くわりう》に巻《ま》き入《いれ》られたまはん所なりしとて嘆《たん》じ給《たま》ふ、そは何故《なにゆゑ》といへば、君縷々《きみるゝ》として教会の表《へう》面裏《めんり》面《めん》を述給《のべたま》ふ、汚行彼《おかうかれ》の如きあり醜事是《しゆうじこれ》の如きあり、牧師《ぼくし》状師《じやうし》(4)は恰《あたか》も色情の教師の如く、集合する男女の信者は殆《ほとん》ど其《その》生徒に外《ほか》ならずとて痛論《つうろん》し給《たま》ふ、さりながらこはおのれが耶《や》蘇《そ》(5)をいたく排斥《はいせき》する心よりかゝる感も随《したが》ひて生《しやう》ずるにや、大《おほ》方《かた》の教会かゝるにもあらざるべけれど、十中の七八は其類《そのるゐ》ならんと思ふを真《しん》に宗教に熱心におはせば甲斐《かひ》なし、さらずは先敬《まづけい》して遠ざけ給《たま》ふかたよかるべしなどの給《たま》ふ、後日《ごじつ》を約して帰路につく、四時なりし。此夜《このよ》入湯《にふとう》することなしに臥《ふ》したり。

＊

廿四日　大雨《たいう》。又《また》文章あまりおもしろからねば、春雨《はるさめ》を詠《えい》ずる長歌《ながうた》になす、師《し》の君《きみ》(6)に一覧《らん》をこはんとて大雨中《たいうちゆう》家《いへ》を出《い》づ、

(4) 代言人や弁護士。ただし、ここは副牧師や伝道師の意で用いるか。
(5) キリスト教。
(6) 中島歌子。

雨傘といふもの一つもなければ、少《ちい》さやかなる洋傘《かうもり》にしのぎ行く、雨はたゞいる様《やう》にふるにいと高き下駄の爪皮《つまかは》もなき(1)をはきて汚泥《をでい》なる道を行くに困難なることおびたゞし、師君《しぎみ》のもとへ参《まゐ》りつきし頃は羽織もきものもひたぬれにぬれぬ、師《し》君二階《ぎみにかい》の病床《びやうしやう》におはしき、もの語種々《がたりしゆぐ》、長歌添删《ながうたてんさく》をこふ、談《だん》文章のことに及ぶ、おのれ日々日記を作るに言文一致なるあり、和文めかしきあり、新聞体《しんぶんてい》になるあり、かくては却《かへ》りて文《ぶん》の為《ため》に弊害《へいがい》とのみなりて利《り》は侍《はべ》らずやあらむとて師君《しぎみ》の異《い》見《けん》とひ参《まゐ》らす、そは一定の文則《ぶんそく》なくてはなさざるかたぞよき、何《なに》にまれ一《ひとつ》の方《はう》にしたがいてものせよなどの給《たま》ふ、今のよの新聞屋文《しんぶんやぶん》といふものこそ我《わが》とらざる所なれ、さるものからこも又《また》一つの道具にて用なきにしもあらず、それはそれこれは之《これ》ぞかし、すべて文《ぶん》にまれ歌にまれ気骨といふものこそあらまほしけれ(2)、さりながら女といはんには常の行ひ姿形《すがたかたち》をはじめて物いふにも筆とるにもなよやかなるを表としたるぞよき、心の内にこそは 政《まつりごと》の成敗《せいはい》、天《あめ》がしたの興廃《こうはい》、さては文武《ぶんぶ》

(1) 雨よけや泥よけのために、下駄の前方につける覆いがついていない高下駄。

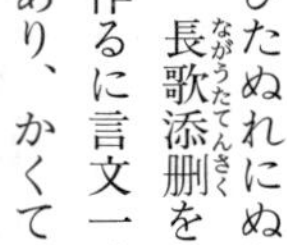

図7

(2) あってほしいものだ。

の弛急《ちきふ》(3)何《なに》にまれ思ひいたらぬくま(4)なくて、しかも形にはあらはさぬなん誠の女なる、しかはあれどひたすらにをしつゝみたるのみならましかばつひによはきに流れてはては心まで青柳《あをやぎ》のいとのごと(5)成《なり》ぬべきなめり、たとへばくろがねのまろがせ(6)を烟《けむり》の内《うち》につゝみたらん様《やう》なるがよきぞかしなどをしへ給《たま》ふ、ひる飯《いひ》たべて少しまて見すべきものありとの給《たま》ふにぞ、しばし初心の人の詠草直《えいさうなほ》しなどしてまつ、蔵《くら》より一冊の手記と衣服とを取出《とりだ》し来《き》給《たま》へり、ながきぬのいたくなへたる様《やう》(7)なるに何某《なにがし》くれがし(8)の会などさこそは困《こう》ずらめ、これもて行《ゆ》き調《てう》じ直せ(9)よなどの給《たま》はす、例ながらにいとうれし、この一冊かまへて(10)人に見すまじきものなれどそこ(11)にはなどかさけてなんとて、常陸帯《ひたちおび》と表書《うはがき》したる日記みせ給《たま》ふ、こは下《げ》の巻也《まきなり》、上《じやう》は師《し》君《ぎみ》水戸《と》に下《くだ》り給《たま》ふ道すがらの記《き》也《なり》といふ、これは林《はやし》ぬし(12)江戸へのぼり給《たま》ふ別れのきざみ(13)よりかきはじめて師《し》の君《きみ》ひとや(14)につながれ給《たま》ふ迄《まで》の也《なり》、あるは涙をしのんで門出を送りたまふ暁《あかつき》の鳥の声《こゑ》、あるは空《むな》しきふすま(15)にあづまをしのび給《たま》

(3)　政治の成功や失敗、世の中に行われることのおこりすたり、さらには、文武がすたれたり、激しく変化することなど。
(4)　ところ。
(5)　細くかすかなものに。
(6)　鉄の塊。
(7)　古びて張りのないさま。
(8)　だれそれ。
(9)　仕立て直しなさい。
(10)　決して。
(11)　あなた。やや目下の者に用いる対称の代名詞。
(12)　歌子の夫林忠左衛門。水戸藩士で、勤皇強硬派の天狗党に属して佐幕派と戦った。
(13)　とき。
(14)　牢獄。夫の逆賊の罪に連座し、投獄された。
(15)　ふとん。

ふくつわ虫の声、あるは初《はじめ》ての音《おと》づれ待得《まちえ》給《たま》ひし件《くだん》、あるは身をなきものとおぼしなして更《さら》に故郷《ふるさと》の母君《はゝぎみ》をこひ給《たま》ふくだり、あるはさばへなすねじけ人《びと》らがよこしまのことゞも(1)、それが恥《はづ》かしめをさけんとて妹君《いもうとぎみ》さては取《とり》でより供《とも》につれ給《たま》ひし小女《こむすめ》なんどしるべのかたに(2)しのばする折《をり》のこと、八重《やへ》むぐら(3)高くしげる館《やかた》の内《うち》にたゞ一人国《くに》をうれひてつまごとしのび給《たま》ふ心の中《うち》、其折々《そのをり〱》の歌の心ばへなど哀《あはれ》にものかなしくもそゞろ涙ぐまれて打《うち》もおかず詠《なが》め入《い》りぬ、君十九の時におはしける、おのれは歌の姿の哀《あはれ》なるよりも文《ふみ》の詞《ことば》のなだらかなるよりも、其《その》心ばへのいさましさをゝしさなんかしこみても猶《なほ》あまりありけり、師《し》の君《きみ》の給《たま》ふ、こは其折《そのをり》なれば書けたる也《なり》、今はた(4)思ひ出《いで》てつゞらばやとするに詞《ことば》の花はいか斗《ばかり》もかざられなんこの感情をいかでうつし得《う》べき、文《ぶん》の真《まこと》とはかゝるをいふなれ、こは又《また》文章といふもの学びたる時ならず、詞《ことば》すらよくもしらねばたゞ有《あり》たる事を有《あ》りたるまゝにしるしたるなれど、中々今ものしたりとて及ぶべくはあらず、されば

(1) 天狗党討伐の命を受けた者たちと交戦し、忠左衛門が負傷した事件をいう。「さばへなす」は、寄り騒ぐ、の意。
(2) 知り合いのところに。
(3) うっそうと生い茂る雑草。
(4) 今また。

文《ぶん》まれ歌《うた》まれよし(5)おのれ其《その》ものに向《むか》ひおらずとも真《まこと》といふこゝろになりてつゞくり出《いで》なば人をも世をもうごかすにたるべきものぞ、そこの小説をものせんとするもかゝる心ばへにてぞあれよかしなどをしへ給《たま》ふ、雨もやみぬ、あさては早くより参《まゐ》りくれよなどの給《たま》ふ、暇《いとま》を乞《こひ》てかへる、添删《てんさく》給《たま》ひしを直《たゞち》に原稿紙にうつしかへて半井《なからゐ》ぬしがり行《ゆ》く、心の中《うち》種々《しゆぐ》なり、昨日《きのふ》森《もり》ぬし(7)より文来《ふみきた》りぬ、二月斗《ふたつきばかり》前より烟《けむり》のしろのたしをたのみて六月《むつき》がほどをうけがわれぬ、さるを俄《にはか》にさはる(8)事ありてこの断《ことは》りをいはれたるなれば母君《はゝぎみ》も妹もいたくなげきまどふ、何《なに》とかすべし心安《こゝろやす》かれなど口にはいひ居《をり》しかど、ちいさき胸には波たちさわぎていかにせんと斗成《ばかりなり》しが、思ひ出《いで》ては半井《なからゐ》ぬしのみ也《なり》、常義侠《つねぎけふ》の心深くおはしますをいかですがり奉《まつ》らばやとぞ思ふ、行々《ゆく〱》哀人《あはれひと》なからましかば(9)など願ひしに思ひやつらぬきけんうしのみ成《なり》けり、うたみせ参《まゐ》らす、むさし野《の》は今日《けふ》版《はん》に上《のぼ》りぬとか、こは此次《このつぎ》のにせんとに角《かく》にあづかり参《まゐ》らせんとの給《たま》ふ、いひにくけれど思ひ定めてその

(5) 文であろうと歌であろうと。
(6) かりに。
(7) 森昭治。二月に六カ月分の生活費の援助を約束していたが、一葉の作品の載る「武蔵野」が出ないので、当分自活の見込みがないと見て婉曲に断ってきたもの。
(8) 生活費の援助。
(9) ああ、どうか他の人がいなければよいが。

事打出《うちいだ》しぬ(1)、面《おもて》あつきことよ、半井《なからゐ》うし案じ給《たま》ふ気色《けしき》もなく、そはうけ給《たま》はりぬ、何《なに》とかなすべし心安かれと疾《すみやか》にの給《たま》ふ、この月はおと丶共《ども》の洋服などあらたに調《てう》ぜしかば少しふところなんあしき、されど月末までにはと丶のへるべしとて白湯《さゆ》のみ給《たま》ふやうに引《ひき》うけ給《たま》ふ、かたじけなきま丶又《また》涙こぼれぬうれしさにも早く母君《はゝぎみ》に聞《きか》せ奉《まつ》らばやと思へばあわたゞしく暇《いとま》をこふ、嬉《うれ》しきこと嬉《うれ》しげにもあらず恩を恩ともしらぬとや覚《おぼ》すらん心には思へど口に多くあらはし難《がた》きはかひなかりける、此夜《このよ》もすることといと怠《おこた》りぬ。

*

廿七日　午後より半井君《なからゐぎみ》へ行《ゆ》く、小説雑誌むさし野《の》(2)出版になりたりとて一本をあたへらる、昨日《きのふ》の好事《よきこと》とは、君が別著《べつちよ》の小説改進新聞《かいしんしんぶん》(3)に出《いだ》さんとするの事也《なり》といふ、あれ斗《ばかり》はゆるし給《たま》へあまりといへば恥《はづ》かしといひしに、夫《それ》は困る也《なり》すでに絵の注文さへなしたりといわる、更《さら》にせんなしいづ方《かた》にもと

(1) 口に出した。
(2) 「武蔵野」第一編。

図8

て諾《だく》す、原稿今一度校閲《かうえつ》せんとてわが方《かた》に引取る、作りかへんとて也《なり》、四十回になしくれよの頼みなれど、三十五回ほどにてよろし、先《まづ》は奮発《ふんぱつ》し給《たま》へとて渡さる、明後《めうご》夜中《やぢゆう》に二回ほど御廻《まは》しありたし、二十九日より掲載の都合なればなどの給《たま》ふ、了承して帰《かへ》る、母君兄君《はゝぎみあにぎみ》(4)大悦《おほよろこ》びの事、藤田《ふぢた》屋《や》(5)来《きた》る、金《きん》一円かりて兄君《あにぎみ》に二円斗《ゑんばかり》かす、日没《につぼつ》兄君《あにぎみ》帰宅。此夜《このよ》十時二回分の校閲《かうえつ》終りて、母君《はゝぎみ》と共に半井君《なからゐぎみ》のもとへ行《ゆ》く。之夜《このよ》は外《ほか》に何《なに》もせず。

（3）立憲改進党系の経営する絵入り新聞。

図9

（4）次兄虎之助。

（5）京橋にあった時計店。主人を藤田吟三郎といった。

かまへて人にみすべき
　ものならねど、
　　立《たち》かへり我《わが》むかし
を思ふにあやふくも又《また》
　ものぐるほしきことゝいと多《さは》なる、
あやしうも人みなば
　狂人《きやうじん》の所為《しよゐ》とやいふらむ。

四月十八日　雨天《うてん》。午前の内に片町《かたまち》の大人《うし》がり行《ゆ》く（1）、此日《このひ》頃《ごろ》悩み給《たま》ふ所（2）おはす上に何事《なにごと》にやあらむ立腹の気《け》にてはかぐ〵敷《しく》は物語も賜《たま》はらぬなむ心ぐるしければ、いでや今日こ

（1）西片町、半井桃水宅。
（2）身体の具合の悪いところ。痔疾で床に就いていたらしい。

そは御心取《みこゝろと》らんとて出《いで》たつ、小石道《こいしみち》のいと悩ましきをからうじて行くに、河村君《かはむらぎみ》(3)よりの下女水《げぢよみづ》など汲居《くみゐ》たり、大人《うし》は早起《はやおき》出給《いでたま》へりやと問ふにうなづきてしるべをなす、例の庭口《にはぐち》より書斎の椽《えん》にのぼるほど大人《うし》出来給《いできたま》へり、例は(4)いとなつかしき物がたり種々《しゆぐ》して帰るべき時なき様《やう》なるを、此頃《このごろ》はあやしう異人《ことびと》のやうに成給《なりたま》へり、御病気はいかゞぞなど問ふに、少しは好《よ》しされど頭《かしら》のいたきのみは困《こう》じ居《を》る也《なり》とて、後脳《こうなう》のかたを手してたゝき居給《ゐたま》へり、何方《いづかた》も花ざかりと承《うけたまは》るにたれこめてのみおはすはなぞやといへば、日陰の身なればとてしほれぬ、一昨日《をとつひ》の夜《よ》上野《うへの》の夜桜《よざくら》を行《ゆき》てみし許《ばかり》、飛鳥山《あすかやま》も墨田《すみだ》河《がは》も更《さら》に訪《と》はず、さるにてもかく引籠《ひきこも》りのみ居《を》れば病ひも怠《おこた》(5)る時のなきにやと思ひたれば、少し散歩をこゝろみなどしたるにいよ〳〵頭《かしら》いたきやうなり、如何《いか》にせば宜《よ》かるべきにや殆《ほとん》ど其策《そのさく》に困《くる》しみぬ、かくては遂《つひ》に死ぬべきにやあらむなど心細きことの給《たま》ふ、頭《かしら》うなだれがちに言葉少なく、それも此方《こなた》より問《と》ひ奉《まつ》らぬ以上更《さら》に〳〵物語なし、武蔵野《むさしの》一昨日《をとつひ》ま

(3) 桃水の従妹千賀の婚家河村家。桃水はその離れに住んでいた。
(4) いつもは。
(5) 進行を止める。

でに諸事《しよじ》し終りて昨日発兌《はつだ》のつもり成《なり》しがいかにしけむいまだ廻《まは》り来《きた》らず、此度《こたび》のはいづれも〳〵宜《よろ》しからぬやうなりなどの給《たま》ふ、おのれのは別しての無茶苦茶にて嘸《さぞ》かし困《こう》じも怒《いか》りもし給《たま》ひけん、我師《わがし》中島《なかじま》とじ(1)常に会日其他《くわいびそのた》にて弟子の詠歌《えいか》よろしからぬ時はいたく顔色わろき様也《やうなり》、大人《うし》にも同じこと、我《わ》が著作のあまりわろきに怒《いか》り給《たま》ひていとゞ御病気の重《おも》らせ給《たま》ふならずや案じられ侍《はべ》りといへば、いやさることはあらずと事も無くの給《たま》ふ、むさしの三号《がう》の分《ぶん》は当月中《たうげつぢゆう》に原稿廻《げんかうまは》し給《たま》へなどの給《たま》ふ、さるにても暇《いとま》のなきなん健康上にいたく影響を及《およぼ》す也《なり》、朝日新聞の方《はう》(2)も明日より又《また》執筆することになりたり、せめて一月《ひとつき》の猶予《ゆうよ》あらばよけれど幸閑《かうかん》(3)を得《え》がたきが弱りきる也《なり》、など物がたらる、我《わ》れもいろ〳〵いふこと有《あり》しが、五月蝿《うるさ》げなるに遠慮してそこ〳〵に暇《いとま》ごひしぬ、されども止《とゞ》めんともし給《たま》はざりけり、帰路快々《わう〳〵》(4)たのしまず何《なに》ごとをかく計怒《ばかりいか》られけん、我《わ》れに少しも覚《おぼ》えなし、いかにせば昔《むか》しの如《ごと》く成《な》るべきにや、家に帰りてもこの事をのみいふ、母も妹

(1) 刀自。年輩の女性。

(2) 四月一九日より半井桃水の「鐘供養」の連載がはじまった。絵師は年英。

図 10

(3) よいひま。

(4) 心がふさいで晴れ晴れとせず。

も共にいたく案じぬ、母の給《たま》ふ、夫《それ》も其筈《そのはず》ぞかし世にも人にもかくれ給《たま》ふ身なればこそ此花咲鳥《このはなさきとり》うたふ春の日をさゝやかなる家の内に暮したまふなるいか計《ばかり》〳〵心くるしからむ、まして花柳《くわりう》のちまたを朝夕の宿とし給《たま》ひしものが俄《にはか》にあし踏《ぶみ》だにし給《たま》ひ難《がた》ければそは道理也《なり》などいふ、今日は何事《なにごと》のなすもなくて日を暮しぬ。

＊

卅日　小説いまだ十頁計《ぺーじばかり》しか出来ず、せん方《かた》なければ其趣《そのおもむき》半井《なからゐ》うしへ申さんとす、ことに今日は小石川稽古《こいしかはけいこ》(5)なり、朝来大雨《てうらいたいう》なれどもをして家を出《い》づ、師君《しぎみ》のもとに十二時まで居《ゐ》る、帰路直《たゞち》に片町《かたまち》の師君《しぎみ》がり訪《と》ふ、大人《うし》は次の間《ま》におはすなるべし、河村君老母《かはむらぎみらうぼ》及内室《およびないしつ》(6)小女等《せうぢよら》火桶《ひをけ》のほとりに居《ゐ》たり、大人《うし》の病気を問ひなどせしに、師君痔疾《しぎみぢしつ》にておはせしをいたく秘《ひ》し給《たま》ひしから、一時《じ》になやみつよくなりて一昨日《をとつひ》切《せつ》断術《だんじつ》を行《おこな》はれぬと也《なり》、いたく驚きていかにやと気遣《きづか》ふにいと

(5) 萩の舎での歌の稽古。
(6) 河村重固の妻、つまり桃水の従妹千賀。

なめしけれど病間《びやうま》(1)にて対面せんとて此間《このま》へ通す、石炭酸《せきたんさん》(2)の香《にほひ》いとつよし、こは日々《ひゞ》洗《せん》できすればなめり、種々《しゆぐ》談話、流石《さすが》の大人《うし》もいとくるしげにみえ給《たま》ふ、一時帰宅。

*

(五月) 廿二日　野々宮君《のゝみやぎみ》と種々《しゆぐ》ものがたる、半井《なからゐ》うしの性《せい》情人物《じやうじんぶつ》などを聞《きく》に俄《にはか》に交際をさへ断《ことは》り度《たく》なりぬるものから(3)、今はた病ひにくるしみ給《たま》ふ折からといひ、いづこへぞかく(4)斯《かゝ》る事いひもて行かるべき、快方を待《まち》てと心に思ふ、九時頃野々宮《のゝみや》ぬし帰宅、午後より又半井君《またなからゐぎみ》病気を訪《と》ふ、朝鮮より友人両《りやう》三名来たりしとかにて、此辺乱雑也《このへんらんざつなり》けり、おのれ行《ゆき》たる故《ゆゑ》にや人々は早かへりぬ、其《その》こと由謂《ゆゑ》なきにもあらじ。今日は日曜なればにや重太君《ぢうたぎみ》及《およ》び小田君《をだぎみ》(5)参《まゐ》る、初《は》じめて果園《くわゑん》氏《うぢ》(6)近づきになる、直《たゞち》に帰宅。

*

(1) たいへん失礼ですが。
(2) 消毒殺菌剤、フェノール。

図 11

(3) ……ものの、それだからといって。
(4) どうして（……であろうか）。
(5) 小田久太郎。
(6) 小田久太郎の雅号。

廿九日　早朝直《たゞち》に小石川《こいしかは》病人を訪《と》ふ、正午時《ひるどき》まで居《を》る、此《この》間《あひだ》に小《を》がさ原家《はらけ》及《および》伊藤老母《いとうらうぼ》見舞《みまひ》に来《きた》る。一時《じ》帰《き》家《か》して九雲《うん》夢《む》(7)少し写す。更《さら》に夕がたより小石川《こいしかは》へ行く。

我《われ》(8)はじめよりかの人に心ゆるしたることもなく、はた恋し床《ゆか》しなど思ひつることとかけてもなかりき(9)、さればこそあまたゝびの対面に人げなき折々はそのことともなく打《うち》かすめて(10)ものいひかけられしことも有《あり》しが、知らず顔につれなうのみもてなしつる也《なり》(11)、さるを今しもかう無《な》き名など世にうたはれ初《そめ》て処《ところ》せく(12)成《なり》ぬるなん口惜《くちを》しとも口惜《くちを》しかるべきは常なれど、心はあやしき物なりかし、此頃《このごろ》降《ふり》つゞく雨の夕べなど、ふと有《あり》し閑居《かんきよ》のさま、しどけなき打《うち》とけたる姿などそこともなくおもかげに浮《うか》びて、彼《か》の時はかくいひけり、この時はかう成りけん、さりし雪の日の参会《さんくわい》の時手づから雑煮《ざうに》にて給《たま》はりしこと、母様《はゝさま》のみやげにし給《たま》へとて干魚《ほしうを》の瓶付《びんづけ》送られしこと、我参《わがまゐ》る度々《たびく》に嬉《うれ》しげにもてなして帰らんといへば今しばし

(7) 朝鮮の国文（ハングル）小説の古典。
(8) 以下は、少なくとも六月二三日の桃水との別れ以降、八月末頃までの間に書き継がれたもの。
(9) 決して。
(10) におわせて。
(11) よそよそしくふるまったのである。
(12) 気づまりに。

〳〵君様《きみさま》と一夕《いつせき》の物語には積日《せきじつ》の苦をも忘るゝものを今三十分《ぷん》二十五分《ふん》と時計打眺《うちなが》めながら引止められしこと、まして我《わ》が為《ため》にとて雑誌の創立に及ばれしことなどいへば更也《さらなり》(1)、久しうわづらひ給《たま》ひての後《のち》まだよわ〳〵となやましげながら、夏《なつ》子様召上《こさまめしあが》りものは何《なに》がお好《すき》ぞや、此頃《このごろ》の病のうち無聊《ぶれう》(2)堪《たえ》がたく夫《それ》のみにても死ぬべかりしを朝な夕なに訪《と》ひ給《たま》ひし御恩《ごおん》何《なに》にか比《ひ》せん、御礼《おれい》には山海《さんかい》の珍味《ちんみ》も及ぶまじけれどとて、兄弟などの様《やう》にの給《たま》ふ、我《われ》料理は甚《はなは》だ得手《えて》なり殊《こと》に五もくずし調《てう》ずること得意なれば、近きに君様正客《きみさましやうきやく》にして此御馳《このごち》走申《そうまをす》べしとて約束したりき、さるにても其手《そのて》づからの調理ものよ、いつのよいかにして賜《たま》はることを得《う》べきなど思ひ出《いづ》るまゝに、有《あり》し頃《ころ》恋しう、世の人うらめしう、今より後《のち》の身《み》心《こゝろ》ぼそうなど取《とり》あつめて一つ涙にひぬものから(3)、かく成行《なりゆき》しも誰故《たれゆゑ》かは、其源《そのみなもと》はかの人みづから形《かた》もなき事まざ〳〵し(4)ういひふらしたればこそ(5)、わりなう友などの耳にも伝《つた》ひしなれ、友に信義《しんぎ》の人しなければ、やがて真《まこと》そらごと(6)師《し》の君《きみ》に

(1) わざわざ言うまでもないほどである。
(2) 退屈。
(3) なにもかも涙になって、かわくまもないのだが。
(4) まことしやかに。
(5) どうにもしようがなく。
(6) 虚実とりまぜて。

訴《うつたへ》にけん、されども猶師《なほし》の君《きみ》にまこと我《わ》れを見る眼《まなこ》おはせばかくはかなき邪説《じやせつ》などにやす〳〵(7)と迷はされ給《たま》ふべきにてはあらじをなどさま〴〵に思ふほど、憎《に》くからぬ人もなく成《なり》ぬ、いでや罪は世の人ならず、我李下《われりか》の冠《かんむり》のいましめを思はず、瓜田《くわでん》に沓《くつ》をいれたれば(8)こそ、いつしか人の目にもとまりていひとき難《がた》き仕義《しぎ》にも成《なり》たれ、人の一生を旅と見てまだ出立《しゆつたつ》の二《ふた》あし三《み》あしがほどなる身には是《こ》れのみにも非《あら》ざるべし、道のさまたげいと多からんに心せでは叶《かな》はぬ事よと思ひ定むる時ぞ、かしこう心定まりて口惜《くちを》しき事なく、悲しき事なく、くやむことなく、恋しき事なく、只本善《たゞほんぜん》(9)のぜんに帰りて、一意《い》に大切なるは親兄弟さては家の為《ため》なり、これにつけても我《わが》身《み》のなほざりになし難《がた》きよなど思ふ折しもあれ、又さる人(10)に訪《と》はれなどしてかの人のことふと物がたり出《いで》たる、この人にはもと末《すゑ》いはで叶《かな》はぬ筋なればかく〳〵しか〴〵にてさらに〳〵(11)参《まゐら》ず成《なり》しなど語るに、其人打《そのひとうち》かたぶきていな〳〵夫《それ》は真《まこと》のみにも非《あ》らじ、かの人の口づからさることといひ出《いだ》したるな

(7)　むざむざと。

(8)「瓜田に履（くつ）を納（い）れず、李下に冠を正さず」。疑いを招きやすいふるまいは慎むべきであるという戒め。

(9)　本来そなわっている、天性の善。

(10)　野々宮菊子。七月三一日に来訪。

(11)　決して。

どかけても思ひより難《がた》し、大方《おほかた》は君様本名《きみさまほんめう》あらはし難《がた》しなどつね〴〵の給《たま》ひしかばかの人おのが性《せい》などにて世に出《いだ》し給《たま》ひしには非《あら》ずや、さるをし計《はかり》づよき人々(1)かに角《かく》ものいひ構《かま》へ(2)てかくいひ開けたるなるべし、(3)我思《われ》ふにかの人もしく〳〵邪心《じやしん》ありて為《ため》に計《はかり》ごとを廻《めぐ》らし給《たま》ふともよもかく拙《つた》なき事くわだてられん筈《はず》なし、外《ほか》に手段もあるべきこと也《なり》、又《また》かの人の質《たち》としてもの憐《あはれ》みつよく心切《しんせつ》なるは我人共《われひととも》にしる処《ところ》にて君様《きみさま》にのみの訳《わけ》ならねば夫《それ》は証《しやう》とするに足らずかし、元来《ぐわんらい》不羈《ふき》放《はう》縦《じう》(4)の人なれば、ありし頃もさら也《なり》常は柳闇花明《りうあんくわめい》のさと(5)を家居《いへゐ》として、金銭をみること芥《あくた》の様《やう》に、ある時は五十金《きん》を一夜《や》につひやし、今日七十金《きん》の収入ありしも明日《あす》は僅《わづ》かに五円をあますのみなどの事あるはめづらしからず、一昨年《をとゝし》のこと也《なり》、正月の一日《じつ》にはれぎ五十金出《きんだ》して調《てう》ぜしを、二日目《かめ》に友の窮《きう》する由《よし》きゝて残りなくぬぎてやりつ、其身《そのみ》は古《ふ》るびたる二《ふた》子《こ》(6)の袷《あはせ》に浴衣《ゆかた》かさねて寒中《かんちう》をしのがれぬ、されども妹の君嫁《きみよめ》入《い》らせ給《たま》ひし時に思ひ定めしことありて俄《にはか》に身もちつゝしみ

(1) 強引な推し量りをする人々。
(2) 巧みに言いこしらえて。
(3) このように言明したものであろう。
(4) 才能・学識にすぐれ、何物にも抑えられず自由であること。
(5) 花柳界。
(6) 二子織。二本の糸をより合わせた糸を縦または横に用いて織った綿織物。

給《たま》ひつ、人知らぬ宿に蟄伏《ちつぷく》して(7)我世《わがよ》の春待ち給《たま》ひしは事実也《なり》、あながち君様《きみさま》に志《こころざ》しありてのみにも侍《はべ》らざめり、又俄《またにはか》に家居《いへゐ》たゝみて跡《あと》なくわたまし(8)、給《たま》ひしは、かうやうの事より隠《かく》れ家《が》の世にもれんこと恐れ給《たま》ひてのし業《わざ》ならずやとおのれは思ひ侍《はべ》る也《なり》など、一々《いちく》に証《しよう》を引《ひき》てあげつらふ、かくてはいとゞかの人憎《に》くみ難《がた》し、恨《うら》みは大方《おほかた》の世の人也《なり》けり、かの人にくみ難《がた》しと思へば我軽忽《わがけいこつ》の所為《しよゐ》今さらに取《とり》かへさまほしく、さりともよも腹立《ふくりう》(9)はし給《たま》はじ、我《わ》が心の潔白なるは思ひ知らせ給《たま》ふべきものをと思へど、か計仁慈《ばかりじんじ》ふかく義侠《げけふ》つよかりし人につれなうもてなしたる我何《われなに》の罪人《つみびと》ぞや、そも〳〵我《わが》はじめて逢参《あひまゐ》らせたる頃、女の身のかゝる事に従事せんはいとあしき事なるを、さりとも家の為《ため》なれば詮《せん》すべなし、さりながら行末見込《ゆくすゑみこみ》ある筆《ふで》つきなるをつとめ給《たま》はゞかならず世に知られ給《たま》はんよなど、又《また》兄の様《やう》にの給《たま》ひしことなどくり返《かへす》にも悲し、いでや世の人は何《なん》ともいへ我《われ》にけがれなく、かの人清《ひときよ》くさへあらばそしりは厭《いと》ふ処《ところ》ならず、猶今《なほいま》の御住家《おんすみか》尋《たづ》ねあて今まで

(7) ひきこもって。
(8) 転居を丁寧に言う語。
(9) 腹立ち。

の如く只兄君《たゞあにぎみ》としたしまんか、しかはあれど(1)かの人世《よ》にすぐれたるみにくき形などならばよけれど、憎《に》くや美形《びぎやう》の人の口いとゞふせぎ難《がた》く、且《かつ》はかの人の心にも其美形《そのびぎやう》なるに依《よ》りて我《われ》か計《ばかり》に思ひしたふなどをし計《はか》られんか夫《それ》も口惜《くちを》し、必竟《ひつきやう》は我《われ》かの人を思ふにも非《あら》ず恋《こ》ふにも非《あ》らず、大方結《おほかたむす》び初《そめ》たる友《とも》がき(2)の中終始《なかしうし》かはらざらんが願はしきにこそかくさま〴〵の物おもひをもする也《なり》、されど猶《なほ》かくいふも我迷《わがまよ》ひに入《い》らんとする入口《いりくち》にやあらん、今こそ人も我《われ》もにごりたる心なく行ひなく、天地《あめつち》に恥ぢずして交《まじは》りもなさめ。やう〳〵入立《いりたち》てむつれよるまゝ(3)にいかに我《わが》心人の心替《かは》り行《ゆ》かんか計《はか》り難《がた》し、かの人の是非《ぜひ》曲直《きよくちよく》我《わ》が目にうつるほどはまだ酔《ゑひ》つるならず、はては善も悪も取捨《しゆしや》の分別なく、人のそしり世のはゞかり見もかへらず、徳《とく》に外《はづ》れ道に戻《もと》る人にもならんは今踏《いまふみ》たゆるとさらぬとの(4)只《たゞ》一あしの違《たが》ひぞかし、あやふしともあやふしと思へばそゞろに身の毛も立《たち》ぬ、一心我《しんわれ》をはなれて観《くわん》ずれば、愛憎厭忌《あいぞうえんき》何《なに》ごとかある、物信《ぶつしん》ふかければ悔《く》いふかし、疑心《ぎしん》も

(1) そうではあるが。
(2) 友だち。
(3) 次第に親しく出入りして、むつまじくするうちに。
(4) そうでないのとは。

掛念《けねん》(5)も猶凡情俗心《なほぼんじやうぞくしん》のみ、さればこそ君子の交《まじは》りは淡くして水の如しとや。師君《しぎみ》の疑ひも友のねたみもかの人の交《まじは》りも無かりし昔《むか》しに何事《なにごと》かある、只《たゞ》しる荘子《さうし》が蝶《てふ》の翩々《へんぺん》たる如く(6)あれも夢也《なり》、是《これ》も夢なり、覚《さ》めんはいつのはてしなけれど我心《わがこゝろ》の神明《しんめい》に照《てら》し無心無邪気に成終《なりをは》らんのみ。

なき名の立《たち》ける頃、

みちのくのなき名とり川《がは》くるしきは
　人ぞきせたるぬれ衣《ぎぬ》にして

されどたゞ、

行水《ゆくみづ》のうきなも何《なに》か木《こ》のは舟《ぶね》
　ながるゝまゝにまかせてぞみん

今日を限りとおもひ定めてうしのもとをとはんといふ日よめる、

いとゞしく(7)つらかりぬべき別路《わかれぢ》を
　あはぬ今よりしのばるゝ哉《かな》

(5)　懸念。仏教語で、執着。

(6)　荘子が夢で蝶となり、よろこばしげに飛んだというように。荘子・齊物論「昔者荘周夢為㆓胡蝶㆒、栩栩然胡蝶也」を引く。

(7)　はなはだしく。

ある時は厭《いと》ひ、ある時はしたひ、よ所《そ》ながらもの語《がた》りきゝて胸とゞろかし、まのわたり文《ふみ》を見て涙にむせび、心緒《しんちょ》みだれ尽《つく》して迷夢《めいむ》いよ〳〵闇《くら》かりしこと四十日にあまりぬ、七月の十二日に別れてより此《この》かた一日《ひとひ》も思ひ出《いだ》さぬことなく、忘るゝひま一時《とき》も非《あら》ざりし、今はた思へば是《これ》ぞ人生にかならず一度《ひとた》びは来《きた》るべき通り魔といふものゝ類《たぐ》ひ成《なり》けん、道にかんがみ良心に訪《と》へば更《さら》に〳〵心やましきことなく、思ひわづらふふし更《さら》になし、我徳《わがとく》この人の為《ため》にくもらんとして却《かへ》りてみがゝれぬ、いでやこれよりいよ〳〵みがきて猶《なほ》一大迷夢《だいめいむ》見破《みやぶ》りてましと思ひ立《たち》しは、八月の廿四日、渋谷《しぶや》君《ぎみ》に訪《と》はれし翌日成《なり》けり。

しのぶぐさ（明治二十五年六月）

七日　何《なに》は置《おき》て半井《なからゐ》うし訪《とふ》て見よと母君《はゝぎみ》もの給《たま》ふに、ひる少し過《すぐ》る頃より行《ゆ》く、例の従姉妹《いとこ》(1)の君《きみ》も居《ゐ》られたり、おのれいつも取立《とりたち》たる髪など給《たま》はざりしを島田《しまだ》(2)といふものになして有《あり》しかば人々めづらしがる、是《これ》よりは常にかくておはせよかし、いとよく似合給《にあひたま》ふをなどいはれて中々に恥《はづか》し、半井《なからゐ》ぬし扨《さて》の給《たま》ふやう、種々《しゆぐ》に御事多《おんことおほ》かる中をさぞ出《いで》がたくやおはしけん、実は君が小説のことよ、さま〴〵に案じもしつるが到《たう》底《てい》絵《ゐ》入《いり》(3)の新聞などには向き難くや侍《はべ》らん、さるつてをやう〳〵に見付《みつけ》て尾崎紅葉《をざきこうえふ》(4)に君を引合《ひきあは》せんとす、かれに依《よ》りて読《よみ》売《うり》などにも筆とられなばとく多かるべし、又月々《またつきぐ》に極《き》めての

(1) 平素は銀杏返しを結っていた。

図12

(2) 高島田。若い女性が結った髪型（『樋口一葉 小説集』三二八頁図7参照）。三日に歌子の母幾子が死亡、六日に葬儀があったため、髪型を改めていた。

(3) 挿し絵入りの通俗的な読み物を多く掲載する新聞。

(4) 明治一八年硯友社結成、「我楽多文庫」に作品を発表以来新進作家として活躍し、二二年日就社（のち読売新聞社）に就職。二五年当時は「読売新聞」に「三人妻」を連載するなど流行作家であった。

収入なくば経済のことなどに心配多からんとて是《これ》をもよく〳〵計《はか》らはんとす、されど夫《それ》も是《これ》も我《われ》は日かげの身立出《みたちいで》て何《なに》事《ごと》かなし得《う》べき、委《ゐ》細畑島《さいはたじま》(1)にいとよくたのみてそれが知人より頼み込《こま》せしなり、此二日《このふつか》三日《みつか》のほどに君《きみ》一度《ど》紅葉《こうえふ》に逢《あひ》ては見給《たま》はずや、もし其時《そのとき》に成《なり》て他人に逢《あ》ふはいやなりなどいはれんがあやふくて先《まづ》この事を申《まをす》なりとの給《たまふ》、何事《なにごと》のいなか有《ある》べきいと辱《かたじけな》しといふ、雑話《ざつわ》さま〴〵にて帰《かへ》る。直《たゞち》に小石川《こいしかは》へ到《いた》る、こゝは只人々《たゞひとぐ》酔《え》へる様《やう》なり、夢の様《やう》にて十二日にも成《なり》ぬ、十日祭《かまつり》(2)の式行《しきおこな》ふ。こゝに親しき人十四五人招《まね》きて小酒《こざか》宴《もり》あり、伊東夏子《いとうなつこ》ぬし不図《ふと》席《せき》を立《たち》て我《われ》にいふべき事あり此方《こなた》といふ、呼ばれて行《ゆき》しは次の間《ま》の四畳計《でふばかり》なるものゝかげ也《なり》、何事ぞと問へば、声をひそめて、君は世の義理や重き家の名や惜《を》しきいづれぞ、先《まづ》この事問《ことゝは》まほしとの給《たま》ふ、いでや(3)世の義理は我《わ》がことに重んずる事なり、是故《これゆゑ》にては幾多《いくた》の苦をもしのぐなれ、されど家の名はた惜《を》しからぬかは、甲乙なしといふが中に心は家に引かれ侍《はべ》り、我斗《わればかり》のことにもあらず、親

(1) 畑島一郎。号桃蹊。「武蔵野」の同人で朝日新聞社会部記者。

(2) 死後一〇日目に行う神道の祭事。

(3) いやもう。

あり兄弟ありと思へばといふ、さらば申すなり、君《きみ》と半井《なからゐ》ぬしとの交際《かうさい》断給《たちたま》ふ訳《わけ》にはいかずやいかにといひて、我《わが》おもてつとまもらる。(4)いぶかしふもの給《たま》ふ哉《かな》、いつぞや我《われ》いひつる様《やう》にかの人年若《ひとゝしわか》く面《おも》て清《きよ》らになどあれば、我《わ》が参《まゐ》り行《ゆきか》ふこと世のはゞかり無きにしも非《あら》ず、百度《もゝたび》も千度《ちたび》も交際《かうさい》や断《たゝ》ましと思ひつること無きならねど、受《うけ》し恩義《おんぎ》の重きに引かれて心清《きよ》くはえも去《さり》あへず、今も猶《なほ》かくて有《ある》なり、されど神かけて我《わが》心に濁《にご》りなく、我《わ》が行ひにけがれなきは知り給《たま》はぬ君にも非《あ》らじ、さるをなどこと更《さら》にかうはの給《たま》ふぞと打恨《うちうら》めば、そは道理なり〳〵、さりながら我《わが》かゝることといひ出《い》づるには故《ゆゑ》なきにしもあらず、されど今日は便《たより》わろかり、(5)又《また》の日其訳申《そのわけまを》さん、其上《そのうへ》にも猶交際断《なほかうさいたち》がたしとの給《たまは》んに、我《われ》すらうたがはんや知れ侍《はべ》らずとていたく打歎《うちなげ》き給《たま》ふ、いぶかしともいぶかし、かゝるほどに人々集《あつま》り来ていとらうがはしく成《なり》ぬれば、(6)立別《たちわか》れにけり、何事とも覚《おぼ》えねど胸の中《うち》にものたゝまりたる様《やう》にて心安《やす》からず、人々帰りて後《のち》この事斗《ばかり》思ひぬ。

（4）じっと見つめられる。

（5）都合が悪い。

（6）とても混雑してきたので。

十三日　長齢子《ちやうれいこ》ぬし(1)のもとに順会《じゆんくわい》(2)のかずよみ(3)なり、午前より行《ゆく》、来会者広子《ひろこ》、つや子《こ》、夏子《なつこ》、みの子《こ》(4)、おのれの五人成《なり》き、数《かず》よみ題《だい》三十七詠《えい》じ止《や》んで、雑話《ざつわ》種々《しゆぐ》、田中《たなか》ぬしなども折《をり》にふれて言《い》ひ出《いで》らるゝことあやしう我《われ》に故《ゆゑ》ありげ也《なり》、夜《よ》に入《い》りて一同帰宅す。

十四日《か》　終日《しうじつ》倉子《くらこ》ぬし(5)と物語りす。是《これ》も又我《またわれ》を底にやうたがふ覧《らん》、折々に詫《わび》めかしき詞《ことば》ども聞《きこ》ゆ、いと不審《いぶかし》、今日は此《この》人も帰られぬ、夜《よ》に入《い》りて只西村《たゞにしむら》の鶴《つる》どの、加藤の後家《ごけ》さては家内のはしため達《たち》の外《ほか》、師《し》の君《きみ》と我《われ》を置《おき》て人もなし、もの(6)に寄り集《つど》ひて世の中の物がたり共《ども》す、あやしくにごれる世のならひとて聞《きこ》え出《いづ》ることゞ〳〵にけがらはしからぬもなし、いづこの誰《たれ》にはかゝる醜行《しうかう》あり、こゝの誰《たれ》には何《なん》の汚行《おかう》聞《きこ》ゆとか、常に見聞く友などの上につきてもにごりにしまぬ人少なげにいひはやす、聞《きく》と聞《きく》まゝに人の上のみならず我《わ》がよ所《そ》の聞《きこ》えも覚束《おぼつか》なく成《なり》て席のはしに耳かたぶけ居《ゐ》し我不図《われふと》師の君《きみ》の前にいざり出《いで》ぬ、師《し》は物語りやんで臥床《ふしど》に入《い》らばやと身を

(1) 書家長三洲の娘。牛込に住んでいた。
(2) 弟子たちが当番制で催す会。
(3) 数詠。あらかじめ三〇、五〇などの数の題を用意し、各題一首ずつ詠み競うもの。また、一定の時間内に詠む歌の数を競うものもある。
(4) 鳥尾広子、小笠原艶子、伊東夏子、田中みの子。一葉と萩の舎で同門。
(5) 歌子の妹。一葉は幾子(歌子の母)の葬儀のあと、中島家に泊り込んでいた。
(6) 火桶など。

起《おこ》す時なり、師《し》の君《きみ》しばし待たせ給《たま》へや、我少《われすこ》し問《と》ひ参《まゐ》らせ度《たき》こと聞参《きゝまゐ》らせ度《たき》ことどもあり、今宵聞《こよひきゝ》て給《たま》はるべき哉《や》はた明日になすべきにやといふに、師《し》の君《きみ》やをら座を定めて何事《なにごと》の問《とひ》ぞ今宵聞《こよひきか》んとの給《たま》ふ、半井《なからゐ》うしのことはかねて師《し》にも聞かせまつりて、其《その》人となりも身の行ひもいとよく知り給《たま》ふ上にて、我《わ》が行《ゆき》かひも止《とゞ》め給《たま》はざりしなれば、我《わが》心に憚《はゞ》かる処《ところ》いさゝかもあらず、先《まづ》かく〳〵しか〴〵に人の申《まをす》なむ何《なに》の事と知らねど、或《ある》ひは半井《なからゐ》のことに依《よ》りてにや侍《はべ》らん、もとより知らせ給《たま》ふ様《やう》に我《われ》より願ひての交際にも非《あら》ず家の為身《ためみ》のすぎわひ(7)の為取《ためと》る筆の力にとこそたのめ外《ほか》に何《なに》のことあるならず、さるをか様《やう》に人ごと(8)などのしげく成《な》るなんいと心ぐるし、哀師《あはれし》の君《きみ》の御考案《ごかうあん》はいかにぞや、もしみ心《ごゝろ》にもこは交際せぬ方宜《かたよろ》しかるべしなど覚《おぼ》すことあらばあきらかに仰《おほ》せ聞けられてよ、我《われ》は我《わが》心を信ずるまゝに男女《なんによ》の別をも思はず、世《よ》の人聞《ひとぎゝ》をも知《しら》ず、一向《ひたすら》にしたしうせしものからかへり見ればいと心安《やす》からず、いかさまにしていかさまにすべきにか御教《みをし》へ

(7) 生活のための仕事。
(8) 人のことば。

給《たまは》らまほしといふ、師《し》の君不審気《きみいぶかしげ》に我《われ》をまもりて、(1)扨《さて》は其《その》半井《なからゐ》といふ人とそもじ(2)いまだ行末《ゆくすゑ》の約束など契《ちぎ》りたるにては無きやとの給《たま》ふ、こは何事《なにごと》ぞ行末《ゆくすゑ》の約《やく》はさて置《おき》て我《われ》いさゝかもさる心あるならず、師《し》の君《きみ》までまさなき事(3)の給《たま》ふ哉《かな》と口惜《くちを》しきまゝに打恨《うちうら》めば、夫《それ》は実《じつ》か〳〵、真実約束《しんじつやくそく》もなにもあらぬかと問ひ極め給《たま》ふも悲しく、我《われ》七年のとし月傍近《つきかたはらちか》くありて、愚直《ぐちよく》の心と堅固《けんご》の性《せい》は知らせ給《たま》ふ筈《はず》なるを、うたがひ給《たま》ふぞ恨《うら》めしく、人目なくば声立《たて》ても泣かまほし、師《し》の君《きみ》さての給《たま》ふ、実はその半井《なからゐ》といふ人君のことを世に公《おほやけ》に妻也《つまなり》といひふらすよし、さる人より我《われ》も聞《きゝ》ぬ、おのづから縁《えに》しありて足下《そこ》(4)にも此事《このこと》ゆるしたるならば他人のいさめを入《い》るべきにも非《あら》ず、もし全く其事《そのこと》なきならば交際せぬ方宜《かたよろ》しかるべしとの給《たま》ふに、我一度《われひとたび》はあきれもしつ一度《ひとたび》は驚きもしつ、ひたすら彼《か》の人にくゝつらく、哀《あはれ》潔白の身に無き名おほせて世にしたり顔するなんにくしともにくし、成《な》らば(5)うたがひを受けしこゝらの人の見る目の前にて其《その》しゝむらをさき胆《きも》を尽《つ》くして、

(1) 見守って。
(2) そなた。目下に用いる対称。
(3) 思いがけない事。
(4) そこもと（あなた）。対称。
(5) 肉体。

さて我《わが》心の清《きよ》らけきをあらはし度《た》しとまで我《われ》は思へり、猶《なほ》よく聞参《きゝまゐ》らせば、田辺君《たなべぎみ》、田中君《たなかぎみ》なども此事《このこと》を折々にかたりて我《わ》が為《ため》いとをしがられしとか、さるは世の聞《きこ》えもよろしからず才《さい》の際《きは》(6)なども高しともなき人なるに夏子《なつこ》ぬしが行末《ゆくすゑ》よいと気のどくなるものなれなどいひ合へりしなりとか、是《これ》に口ほどけて師《し》のもとに召使《めしつか》ふはしためなどのいふこと聞けば、此《この》取汰沙《とりざた》聞《きゝ》しらぬものは此《この》あたりになしといふほどうき名立《なたち》に立《たち》たるなりとか、浅ましとも浅まし、明日《あす》はとく行《ゆく》て半井《なからゐ》へ断《ことは》りの手段《てだて》に及ぶべしなど、師君《しぎみ》にも語る、臥床《ふしど》に入《い》れどなどかは寝られん。

＊

廿二日　家に帰る、こゝにもさま〳〵に相談してさて半井《なからゐ》うしのもとに返すべき書物もて行《ゆく》、折から午前成《なり》しかば君はまだ蚊屋《かや》の内《うち》にうまいし(7)居《ゐ》給《たま》へり、ゆり起《おこ》さんもさすがにてしばしためらふほどにひる近く成《なり》ぬ、ふと目覚《めさま》してこは夏子《なつこ》

(6) 学問などの才能の程度。

(7) 熟睡して。

どのか浅ましき姿や御覧《ごらん》じけん、など起《おこ》しては給《たま》はらざりしぞといひつゝ、あわたゞしく起出給《おきいでたま》ひぬ。火桶《ひをけ》の左右《さいう》に座をしめつゝものがたりしめやかにす、情《じやう》にもろきは我質《わがたち》なればにや是《これ》を限りに今よりは参《まゐ》らじと思ふに何ごととなく悲しくさへ成《な》りぬ、伊東《いとう》の夏子《なつこ》ぬしさては(1)我母君《わがはゝぎみ》妹《いもうと》などのいへるにも、書《かき》たえたる様《やう》(2)にするはいとあしきこと也《なり》、其故《そのゆゑ》よし審《つまび》らかに語りて得心《とくしん》の上に交際を断《たつ》ぞよきといへるに、我《われ》もしかせし方《かた》(3)宜《よろし》かるべしと思へば、今日しも人気《ひとげ》なくつゝましきこと(4)といふにはいとよき折からなり、我《われ》しばしはいひも出《いで》ずうつぶきがち成《なり》しが、さりともいはではつべきならじと、いとせめて(5)ものがたり出《い》づ、例しらぬにしもあらぬにあたら(6)御《おん》朝《あさ》ねの夢おどろかし奉《まつ》る罪ふかけれど、申《まを》さで叶《かな》はぬ事ありてかくは参《まゐ》り来《き》つる也《なり》といふ、君何事《きみなにごと》ぞ〳〵と問ひ給《たま》ふ、いでや我《わ》が上の事のみならず君様《きみさま》の御名《おんな》もいとをしくてなん、実は我《わ》がかく常に参《まゐ》り通《かよ》ふこといかにして世にもれけん、親しき友などいへば更《さら》に師《し》の耳にもいつしかいりて疑はるゝ処《どころ》

(1) それから。
(2) 掻き絶えたるように。まったく絶えてしまったように。
(3) そのようにした方が。
(4) 気が引けるようなこと。
(5) しいて。
(6) せっかくの。

かは、君様《きみさま》と我《わ》れまさしく事ありと誰《たれ》も〳〵信ずめる、いひとかんとすればいとゞしくまつはりて此《この》無実の名《な》晴《は》るべき時もあらじ、我身《わがみ》だに清《きよ》からば世の聞《きこ》えはゞかるべきにも非《あら》ずとおもへど、誰《たれ》は置きて師《し》の手前是《これ》によりてうとまれなどせられなば一生のかきん(7)に成《なる》べきそれ愁《うれ》はしうと様《さま》かうさまに(8)案じつれど、我君《われきみ》のもとに参《まゐ》り通《かよ》ふ限りは人の口ふさぐこと難《かた》かるべし、依《よ》りて今しばしのほどは御目《おんめ》にもかゝらじ御声《おんこゑ》も聞《きか》じとぞおもふ、其《その》こと申《まを》さんとて也《なり》、しかはあれど我《われ》は愚直の性《せい》かならず〳〵受参《うけまゐ》らせたる恩わするものには候《さふら》はず、かゝること申出《まをしいづ》る心くるしさ推《すゐ》し給《たま》へといふ、大人《うし》も打《うち》あふぎてさる事成《ことなり》しかさること成《なり》しか、我《われ》は又勘違《またかんちが》ひをなし居《ゐ》たりお前様余《よ》の男子《だんし》に逢ふはいや也《なり》とつねぐ〵仰《おほ》せられしかば紅葉《こうえふ》に対面《たいめん》うるさしとて夫故《それゆゑ》の御《お》と絶《だえ》か、さらずば此日《このひ》頃中《ごろなか》島様《じまさま》御中立《おんなかだち》などにてしかるべき御縁《ごえん》や定まりたるなんど、川村《かはむら》の老人(9)とも語り居《ゐ》しなり、何《なに》はとまれ(10)夫《それ》は御迷惑の事出到《しゆつたう》したるもの哉《かな》、我《われ》は男の何《なん》ともなけれどお前様《まへさま》嘸《さぞ》かし御《お》

(7) 瑕瑾。きず。
(8) あれやこれや。
(9) 河村重固の母。
(10) 何はともあれ。

困《こま》りお察《さつ》し申也《まをすなり》、さりながら我《われ》は今更に驚きはせず、かゝる事いわれんとはかねて覚悟《かくご》なり、先我《まづわれ》を人にしていわせても見給《たま》へよ樋口様《ひぐちさま》は此頃半井《このごろなからゐ》といふ人のもとへ時々に通《かよ》ひ給《たま》ふよし、其《その》男もまだ老朽《おいくち》たる人にも非《あら》ずとかかつは一人住《ひとりず》みにあんなると聞《きく》を、とし若き乙女の故《ゆゑ》なきにしもあらじと此《この》うたがひ立つは無理ならずして、何事《なにごと》なき我々《われ〳〵》二人が無理なるぞかしとて事もなげに笑ふ、さりながら何方《いづかた》の口より世にもりけん、我《わ》が友などにもお前様のこと物がたりたる人もなきにかくすにあらはるゝが常なればにや人は我《わ》がしらぬ事までしる物なり、されど猶《なほ》よくおもへば必竟《ひつきやう》は我罪《わがつみ》かもしれず、先頃野々《のゝ》宮《みや》ぬしに物がたりの時いはねばよかりしものを我《わが》思ふことつゝみかねて(1)お前様の事しきりにたゝえつ、何《なに》と嫁に行き給《たま》ふこと能《あた》はぬ御身分か、さらばよき聟君《むこぎみ》のお世話したし、我《わ》れ何《なに》ともして我家《わがいへ》を出《いづ》ることあたふ身ならばお嫌《いや》かしらずしるても貰《もら》ひていたゞき度《たき》ものよなど我《わ》れ実はいひたり、夫《それ》や是《これ》や取《とり》あつめて世にさま〴〵にいひふらすなるべし、今

(1) 隠しかねて。

仰《おほ》せられし様《やう》に恩の義理のとけがにもの(2)給《たま》ふな、我《われ》は御前様よかれとてこそ身をも尽《つく》すなれ、御一身《ごいつしん》の御都合よき様《やう》が我《われ》にも本望《ほんまう》なり、今よりは可成吾家《なるべくわがいへ》にお出《いで》あるな、さりとて丸《まる》でかげ絶給《たえたま》ふも少し人目をかしからんに折ふしは音づれ給《たま》へ、とかくは御一人住《おひとりず》みが悪《わ》るき也《なり》、我《われ》いつも申様《まをすやう》に御身《おんみ》を定め給《たま》ひしかた宜《よろし》かるなり、今のうき名しばし消《きゆ》るとも我《われ》も君も生涯一人にて世を尽《つく》さんに、口清《くちきよ》うこそいへ何《なに》とも知れた物ならずなど尾《を》ひれ添《そ》へられんかしるべからず、お前様嫁入《よめいり》し給《たま》ひしのち、我《われ》一人にてあらんとも、哀《あはれ》不びんや女はちかひをも破りたらめど男は操《みさを》を守りて生涯かくてあるよなどはよもいふ人も候《さふら》はじとてはゝと打笑《うちわら》ふ、さま〴〵の物がたりしていざや帰らんといへば先《まづ》今しばし宜《よろし》かるべし、今日は御《ご》せん別《べつ》(3)ぞかし、又《また》いつの日諸共《もろとも》に粗茶《そちや》すゝり合ふこと有《あり》やなしや期《ご》し難《がた》きに今しばししばしとてもの語る、此人《このひと》の心かねてより知らぬにもあらねばか様《やう》の事引出《ひきいだ》しつるにくさ限りなけれど、又《また》世にさま〴〵にいひふらしたる友の心もいかにぞや、

（2）間違っても。

（3）お別れ。

信義なき人々とはいへ誠そら言斗《ごとはか》り難《がた》きに夫《それ》をしも信じ難し、あれと是《これ》とを比べて見るに其偽《そのいつは》りに曲《まげ》てなけれど猶《なほ》目の前に心は引かれて、此人《このひと》のいふこと〴〵に哀《あはれ》に悲しく涙さへこぼれぬ、我《われ》ながら心よはしや、かゝるほどに国子《くにこ》迎《むか》ひに来《きた》る、家にてもいさゝかはうたがひなどするにやあらむ、打《うち》つれて帰る。

（1）上野にあった東京図書館。

図 13

につ記（明治二十五年九月―十月）

十六日　晴天《せいてん》。図書館(1)へたねさがしに行《ゆ》く、春雨《はるさめ》ものがたり(2)丈山夜譚《ぢやうざんやだん》(3)及《およ》び哲学会雑誌《てつがくくわいざつし》(4)などを見る、帰路荻野君《をぎのぎみ》(5)偶居《ぐうきよ》を訪《と》ふ、妻君《さいくん》に逢《あ》ふて新聞をかりる、帰宅は日没《にちぼつ》少し前成《なり》し、今宵《こよひ》朝日新聞通読《つうどく》、野尻君《のじりぎみ》(6)に一書《しよ》さし出《だ》す、石井《いしゐ》(7)へも同じく。

＊

（十月）廿四日《か》　大雨《たいう》。午後より田辺君《たなべぎみ》を番町《ばんちやう》に訪《と》ふ、留守にて母君《はゝぎみ》としばし談《かた》る、帰路《きろ》半井君《なかゐぎみ》下婢《かひ》に逢ふ、同氏の近状《きんじやう》を聞く、萬感萬歎《ばんかんばんたん》この夜《よ》睡《ねむ》ることかたし。

（2）東京図書館蔵の高井蘭山著「春雨譚」か。
（3）石川丈山の随筆。和漢の法制・故事・語義などを論じたもの。ほかに、日本と朝鮮の交渉についても詳細に記述する。
（4）明治二〇年創刊。東京帝国大学哲学会編。二五年「哲学会雑誌」と改名。

哲學會雜誌
●第六十號二月五日發兌
●一冊定價金八錢六冊前金四十二錢十二冊前金八十錢●郵税不要
●心理ノ說明　文學士　大西祝
●「さらつすとら」大意　文學士　坪井九馬三
●當數組織論　尾原亮太郎
●人種學ト審美學
心理學問題（完了）
雜報●野蠻宗教ノ限界
記事●第五冊目錄アリ
雜錄
發行所　東京市本郷六丁目　哲學書院

図 14

（5）荻野竹州。父則義の詩友。
（6）「甲陽新報」主宰野尻理作。八月二八日に投稿依頼を受けていた。
（7）石井利兵衛。父則義の友人。

道《みち》しばのつゆ（明治二十五年十一月）

九日は萩《はぎ》のやの納会《なふくわい》なり、二日三日前《ぜん》より時のけ(1)にやいたくなやみてかしらもあがらず、出席むづかしかるべしと思ひしも、今朝より俄《にはか》に心すが〴〵しく此《この》ほどならばと行《ゆく》、髪などもはか〴〵敷《しく》はとりあげず手あしなどもあかつきたるまゝ成《なり》し、田中《たなか》、鳥尾《とりを》、中村《なかむら》(2)などの人々は我《われ》より先成《さきなり》けり、さはいへど常の様《やう》にもあらねば歌もえよまずものうげなるを人々みあつかひてさま〴〵(3)に介抱《かいはう》さるゝいと嬉《うれ》し、来会者《らいくわいしや》は三十人にあまりぬ、龍子《たつこ》の君《きみ》(4)の田中《たなか》ぬし(5)にことづけて我《われ》と伊東《いとう》君《ぎみ》(6)に文《ふみ》あり、この廿日《か》までに嫁入《よめい》り給《たま》ふべきよし、今日の会《くわい》をおもひやりて歌あり、

(1) 時候による患い。
(2) 田中みの子、鳥尾広子、中村礼子。いずれも萩の舎の門人。
(3) 世話をして。
(4) 田辺龍子。
(5) 田中みの子。谷中に住む未亡人。しばしば歌会を主催。
(6) 伊東夏子。

むれ遊ぶ沢辺《さはべ》のさまをおもひやりて

　心そらにもたづぞ鳴《なく》なる

なくねもしどろなるみだり心地《ごゝち》をゆるさせ給《たま》ひてよなど例のうるはしうみだれ書《がき》給《たま》へるうつくしくさゝやかなる紙に遠《とほ》山《やま》のかたかすかにかすませて田鶴《たづ》鳴渡《なきわた》る松《まつ》ばらのけしき絵もをかしかりし、我《われ》には又《また》別に十五日前《まへ》にいま一度おどろかし給《たまひ》てよ、(7)あたらしき家居《いへゐ》には誰《たれ》も居《ゐ》ごゝちよからぬものにて今よりのちしばらくはゆる〳〵御《おん》ものがたりもかたかるべくいかで〳〵(8)などありけり、これがかへしはと人々いふものから(9)さわがしさにまぎれてやみぬ、夕すぐるほどかしら俄《にはか》になやましう成《な》りしを人めにもしかみえけん、まだ残る人いと多かりしかど、我《われ》はくるまたまはりて家に帰りぬ。

十一日　雲のあしさだまらず雨にやなどいへど、龍子《たつこ》ぬしよりの文《ふみ》もあり、今一度はいかでと思へば、今日をすぎて又《また》よき日あらざりけり、さるはかの三崎町《みさきちやう》のうし(10)に有《あり》しのちの物語も聞こえ、今の身のありさまももの隔《へだ》てずつげまほしき

(7) 訪ねて下さいよ。

(8) ぜひぜひ。

(9) 言うけれど。

(10) 半井桃水。

をふりはへては(1)いかゞ人《ひと》めの関《せき》のわづらはしきはさてものがるべし、母君《はゝぎみ》妹《いもうと》(2)などもゆるしなうの給《たまひ》なすをしのぶの山のしたの通路《かよひぢ》もとめんには何《なに》ごとのうきかあるべき、たゞ誠のゆるしを得《え》てとおもふほどに、折《をり》もよし此廿日《このか》よりはみやこの花(3)にわが名かゝげられんとす、むさしの、ゆかりあるかの大人《うし》にこの事つげずばいかゞなど母君《はゝぎみ》はまづの給《たま》ひ出《いで》にける、さらば龍子《たつこ》ぬしがり参《まゐ》らせ給《たま》ふ道すがらこそよけれと妹《いもうと》もいふ、ありし文《ふみ》には、

十一日か十三日おどろかしたまへとなるに、十三日は日曜なり、大人《うし》のもとにも友など多くつどひ居《を》らん中々にものうるさしとて、今日は龍子《たつこ》ぬしも訪《と》ふ成《なり》けり、祝《いは》ひのものどももてゆく道にて三崎町《みさきちやう》への文《ふみ》は出《いだ》しぬ、君は何《なに》ごとの心がまへもなきやうに例のあされ居《ゐ》給《たま》へり、(4)何某《なにがし》新聞(5)の評したらんやうに大雅堂《たいがだう》(6)の夫妻おぼゆらんかし。三宅雄次郎《みやけゆうじらう》(7)といへば世にはたゞ木のはしなどのやうにおもひて仙人とさへいふめり、さるをこの君のよにめづらしきまで才たかきをむかへたまふ

(1) わざわざ行くのは。
(2) 新勅撰集「いかにしてしるべなく共尋ねみむ忍の山のおくの通路（藤原頼輔）」を引く。
(3) 雑誌「都の花」。明治二一年より金港堂発行。最初の一般文芸誌。第九五号に「うもれ木」が掲載された。

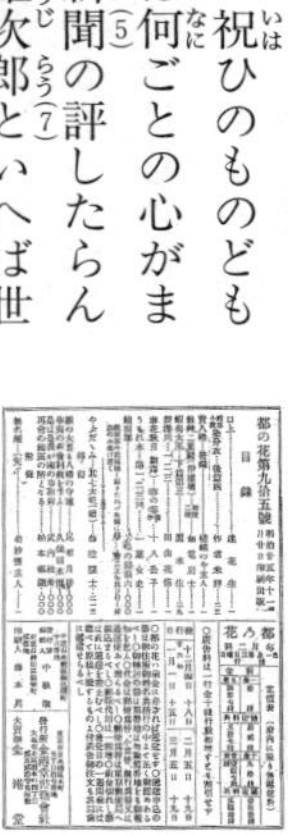
図 15

(4) うちとけたようすでおられる。
(5) 「読売新聞」。

なる、猶《なほ》たゞ人《びと》にはあらずとて目をおどろかす人々多し、みやこの花の松竹梅《しようちくばい》(8)のこといかに成《な》りし哉《や》、われもいよ〳〵十九日には鬼界《きかい》(9)がしまに移らんとするを中々いとまなきしも心のどかなればにや短編のものかゝばやの心ぐみあり、さるはほんやくといふほどならねど意《い》やくなどいはゞいふべし、伊《い》太利《たりい》の小説を英《えい》にやくせしその物語を父より聞《きゝ》たるなり、是《こ》れを今金港堂《いまきんかうだう》(10)に出《いだ》さば大方《おほかた》は松竹梅《しようちくばい》に加へんとやする、新年の附ろくといふさへ花々《はなぐ》しきを女斗《をんなばかり》三人などいさゝか目だつふしなきにもあらず、かしこ(11)にもさるけざやかなること(12)を好《この》まぬほんしようなるに、とつぎてほどもなくいかにぞや、それも君とわれと坪井《つぼゐ》の秋香《しゆうかう》(13)ぬしなどならばまだ少しはよし、坪井《つぼゐ》の家は三宅《みやけ》とはいさゝか縁《えに》しのなきにもあらず、此《この》十三日に小石川《こいしかは》の植物園(14)にて披露《ひろう》をなすべき筈《はず》なれば夫《それ》よりは追《おひ》〳〵にしたしみを重ぬる道理なればなり、聞くところにては竹《ちく》柏園《はくゑん》(15)や選《えら》みに当《あた》りけんそれにては少し不都合なればとて笑ふ、おなじうは君のと共にして一冊のものよに出《いだ》さばや。金港堂《きんかうだう》

(6) 池大雅。文人画家として知られ、夫人は祇園茶屋の娘町、才豊かで玉瀾と号して山水画をよくし、良妻ぶりをうたわれた。
(7) 三宅雪嶺。哲学者、評論家。明治二一年政教社を興し、雑誌「日本人」を創刊。
(8) 一〇月二一日に、「都の花」新年の初刷り付録に、田辺花圃と一葉、ほか一人の作品を三幅対の趣向で掲載する依頼を受けていた。
(9) 平家物語に登場する俊寛が流された島。結婚すれば再び実家には帰れないという意味で、俊寛になぞらえた。
(10) 日本橋にあった出版社。
(11) 婚約者をさす。
(12) はでに目に立つこと。
(13) 坪井秋香。「都の花」に一作あるのみ。
(14) 東京帝国大学付属植物園。
(15) 竹柏園は歌人の佐佐木弘綱のこと。ここでは姪の昌子を指すか。

ならで春陽堂《しゆんやうだう》(1)にてもよし、何《なに》かお作《さく》はなくやと問はる、我《わ》れ例の遅筆《ちひつ》なれば是《こ》れぞとおもふものもあらず、されどもかねてものしかけしがしばしにてまとまらんとするをあはれ諸《もろ》ともにせさせ給《たま》はゞ嬉《うれ》しなど語り合ふ、ひる飯《いひ》たまはりてしばしして出《いで》ぬ、二時にも成《なり》けん、番町《ばんちやう》より車にて三崎町《みさきちやう》にいそぐ、北風いとつよく身をさす様也《やうなり》、月日隔《へだ》てゝものくるほしきまでおもひみだれたるを君はさしもおぼさじかし、心にもあらぬやうなる別れのその折はさま〴〵いひさわがれたる人ごとのつらさに何《なに》ごとをおもひ分《わ》くるいとまもなかりしを今さらにとりかへさまほしうおぼゆるぞかひなき、はじめよりにくからざりし人のしかも情《なさけ》ふかうおもひやりのなみ成《な》らざりしなどおもひ出《いづ》るまゝに、何故《なにゆゑ》にかく成《なり》けん、身はよしやさは大《おほ》かたのよにつまはじきされなんとも朝夕《あさゆふ》なれ聞こえなましかば中々にいけるよのかひなるべきをなど取《とり》あつむれば、人も我《われ》もよの中さへもいとにくしかし、まづ何《なに》ごと(2)をいはゞや、かの君がみ心《ごころ》もしらずうちつけならんやうに月日の隔《へだ》て

(1) 日本橋通四丁目にあった出版社。

(2) ぶしつけなふうに。

をかこたんも（3）いかゞ、さりとて都の花のことよりせんもいとわびしかしなど思ひつゞくる間《ま》に車は大人《うし》が店（4）につきたり、いま更《さら》に心おくるれば音《おと》なうもしばしとたゆたはれぬ（5）、此処《こゝ》は新開《しんかい》の町のはな〳〵敷《しき》にいとゞみがきそへたる茶だなにしあれば出入《でいり》の人行来《ひとゆきゝ》の人見《ひとみ》おはすらん目ざし心がらにやいとつゝましくおぼゆ、こゝには早く文《ふみ》のとゞきて大人《うし》やしかの給《たま》ひおきけん、かしこげなるこものゝいそぎはしり迎《むか》へてこなたへといふ、店と奥の暖簾口《のれんぐち》にたちてさしまねくは見しれるはしたなり（6）、ものつゝましういざり入《い》れば六畳敷斗《でふじきばかり》の処《ところ》に机おきてゆたかに大人《うし》は寄りかゝり居《ゐ》たまへり、ふとあふげばものいはず打笑《うちゑ》み給《たま》へる嬉《うれ》しなどはよのつねたゞ胸のみおどりぬ、といはん角《かく》いはんなどおもひつゞけしことは何《い》かにかはかくしけん、さらに〳〵いはるべくもあらず、からうじて月日いかゞすぐし給《たま》ひけん心には忘るゝ間《ま》もなきをおもひよらずもの隔《へだ》てゝのみなんありし、御《おん》なやみの後《のち》はさしも御《おん》なごりなうとこそおもへりしに、此《この》ほど御《おん》めしつかひよりそ

（3）嘆くのも。
（4）このころ桃水は松濤軒という葉茶屋を営んでいた。
（5）ためらわれた。
（6）召使いの女。

こはかとなくよわげになど承《うけたまは》りしは誠にやなどほのかなるものがたりに景色心《けしきこゝろ》みれば、(1)たゞにこやかに打笑《うちゑ》みてこと少なうなるしも(2)底に物ありげにていとくるし、都の花のことかたるに、そはいとよき事成《なり》かし、何方《いづかた》にまれ筆とりておはしまさばよろこばしき事ぞかし、我《わ》がしれる友などもみな惜《を》しみ合ひてありしものをなどかたらる、さる頃明治女学校(3)の教師なる何某《なにがし》といふ人我《わ》がむさし野へ君のこと頼みに来たり、女学雑誌(4)に執筆あり度《た》しといひたれど、さしつかへおはします頃にてしばし筆とり給《たま》ふことあたふまじと断《ことは》りたるは我《わ》が潜越《せんえつ》の所為《しよゐ》成《なり》けん、もしこれに出《いだ》したしなどのぞみ給《たま》はゞいつにもあれ申給《まをしたま》へ、我《わ》れ其《その》人に紹介し参らせんにすこしも君が名《な》のけがれには成《な》るべくも非《あ》らずなどいふ、我《われ》も言はまほしきこといと多かれど人めあれば打《うち》もいであへず、君もの給《たま》ふことありげなれど口つぐみ給《たま》へり、畑島《はたじま》(5)の老母《らうぼ》一昨日《おとつひ》俄《には》かにうせしかばこの一日二日《にちふつか》常に通《かよ》ひて世話をなし居《ゐ》たりといふ、さるは我《わ》が郵便のとゞきたるより帰りおはしたる成《な》るべ

(1) 気持ちを知ろうとするが。
(2) ことば少なであるのが、かえって。
(3) 当時、麴町区（現・千代田区）下六番町にあった。木村熊治、巌本善治らが設立したキリスト教を基礎とする日本人による理想主義、人道主義の女学校。全国各地から生徒が集まり、羽仁もと子、相馬黒光、野上弥生子なども学んだ。講師には、星野天知、平田禿木、島崎藤村、北村透谷などがいた。

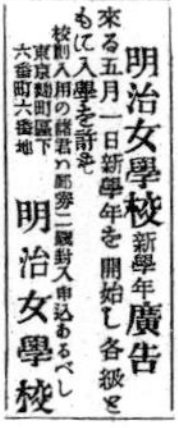

図16

(4) 女性を対象とする教養・文芸雑誌。明治一八年創刊。
(5) 畑島桃蹊。五八頁注（1）参照。

し、気の毒なることをとおもふ、商《あきな》ひのいといそがはしくして大人《うし》のしばしも落付給《おちつきたま》ふいとまなく立《たち》はたらきおはすさま何《なに》とはなくかなし、ありし病ひの後《のち》はいといたうやせてさしも見あぐる様成《やうなり》し人の細々《ほそぐ》と成《なり》ぬるに、出入につけてものはかなきみづしめ様《やう》(6)のものにさへ客といへばかしら下《さ》げ給《たま》ふことのいたましさこれをなりわひとすれば身にはつらしとも覚《おぼ》さざめるを見る目はいと侘《わび》しかし、今日は例に似ずいと商《あきな》ひの多きは君のおはしたるに依《よ》りてなるべし、かゝる福《さいは》ひの神おはしたるに何《なに》かおもてなしせずはあらじとて、みづしめ呼びて菓子などかひにやる、かく隔《へだ》てなげにものし給《たま》ふものから何故《なにゆゑ》とはしらずありしに替《かは》りし心地してたゞひたすらに心ぼそし、新開町《しんかいまち》のならひ何品《なにしな》といへどよきものうる家なく菓子も何《なに》もかゝるもののみなれどゆるし給《たま》へかし、かゝる中なれば人は我《わ》がみせをもこのたぐひと見てさしも珍重《ちんてう》には思はざるを、もしもこゝに来て一度《たび》かふ人あればおもひがけずおどろきて、三崎町《みさきちやう》にもかゝる家ありと夫《それ》よりは常に買《かひ》に来た

（6）主に台所仕事をする女。

るなん中々我家《わがや》の繁昌《はんじやう》はまさる成《な》りとうち笑ひつゝ、例のおどけ給《たま》ふに、夫《そ》れは道理ぞかし御店《おんみせ》のみならず御《おん》あるじがら庭《には》鳥《とり》のむれに鶴《つる》のうち交《まじは》り給《たま》ふたぐひなればと僅《わづか》にいへば、そは過賞《くわしやう》ぞかしとて大笑《たいせう》し給《たま》ふ、人なきを見《み》てつと御身《おんみ》ぢかくさし寄《よ》りつゝ、何《なに》は置《おき》て御目《おんめ》にかゝることのいとはるかなるが口をしうこそ、何事《なにごと》もうき世に申合《まをしあは》す人（1）なき様《やう》にて心ぼそさ堪《たへ》がたしと言へば、何《なに》かは我《われ》などの御助《おんたす》けにも成《な》る節《ふし》あらんや、されどももしこゝに申《まをす》ことありとも覚《おぼ》さば、此《この》うら道のいとさびしく人めといふものふつに（2）あらねば此処《こゝ》より立寄給《たちよりたま》はんに誰《たれ》かは見とがめ申《まをす》べきとさゝやき給《たま》ふ、いでや其《その》しのびたるたぐひを厭《いと》へばこそ、こゝにかく心くるしきをと言はまほしけれど申さず来《きた》りぬ、何《なに》も〳〵残したる様《やう》にて別れぬる也《なり》。

（1）親しくおつきあいする人。
（2）まったく。

よもぎふにつ記（明治二十五年十二月—二十六年二月）

（十二月）廿六日　早《はや》ひるにて番町《ばんちやう》にゆく、三宅君《みやけぎみ》には始めて参《まゐ》るなれば何《なに》か土産《みやげ》持たずばなどいひしがいざや虚飾《きよしよく》は無きこそよけれ、是《こ》れをしかぐ〜咎《とが》め給《たま》はゞ哲学者《てつがくしや》の妻とはいはじと笑ひて行《ゆ》く、田辺君《たなべぎみ》よりは一丁斗《ちやうばかり》手前にて女学雑誌社(3)の通《とほり》に少し引入《ひきい》りたる格子《かうし》作《づく》りなり、向ひ合せに一二軒の隣あり、いはゞ裏屋《うらや》(4)めきたれど、座敷の数は十間《とま》ほどありて家のうちもさまで見にくからぬはおもひしより異成《ことなり》けり、志賀重昂君《しがぢうかうぎみ》(5)一《ひと》あし先に有《あ》りて襖《ふすま》一重《ひとへ》其方《そなた》に三宅君《みやけぎみ》と物がたる声ありく〜と聞《きこ》ゆ、此処《こゝ》にもしきりに金《かね》を言ひて、五百円何《なん》とやら宮崎《みやざき》(6)が今必死なり、君何《きみなに》ほどとやらを出《だ》さば其余《そのよ》は

（3）麹町区（現・千代田区）下六番町にあった。

図17

（4）裏通りにある粗末な家。

（5）地理学者、ジャーナリスト。明治二一年三宅雪嶺らと政教社を結成、「日本人」創刊。

（6）宮崎滔天。東京専門学校卒業後、郷里熊本と東京を往来して、朝鮮の独立運動を支援した。

我何《われなに》ともすべし、我《わ》れに手もとの無きは無論なれど、夫《それ》こそ何《なに》とかして才覚《さいかく》すべしといふは志賀君《しがぎみ》の様《やう》なり、あるじは声低からねど詞吃《ことばども》ればにや、よくも聞《きゝ》とれずと切れ〳〵のもの語り、窮鬼《きうき》(1)は何方《いづかた》をもおそふものかとをかし、龍子君《たつこぎみ》は木綿の着初《きぞ》めを此処《こゝ》になして憂《う》しとせぬ顔内心《ないしん》ほこる処《ところ》あれば成《な》るべし、志賀君《しがぎみ》帰られて後《のち》、三宅《みやけ》ぬしも我《わ》が席に来給《きたま》ふ、彼れにこと葉《ば》なしこれに詞《ことば》なし、初対面は窮窟《きうくつ》なるものにて、はては困《こう》じて次の間《ま》に入《い》られぬ、雑誌は女学雑誌社の北村透《きたむらとう》谷《こく》(2)、星野天知子《ほしのてんちし》(3)両人《りやうにん》の創立にて、はじめ葛衣《くずごろも》と名付《なづ》けしを文学会(4)と改ためぬ、夫《それ》にはいはれありとて龍子君《たつこぎみ》が異見《いけん》の用《もち》ひられしを語らる、我《わ》れに和歌の一欄《らん》を受持《うけもち》くれよとの頼《たの》み成《な》りしかば、もとよりさる力も非《あ》らず且《か》つは暇《いとま》なききみの中々にうるさければ我《われ》一人ならば御免蒙《ごめんかうむ》り度《た》し、今一人相役《いまひとりあひやく》あらば兎《と》も角《かく》もとて少し潜越成《せんえつなり》しが君の事をいひたるに、和歌は何方《いづかた》とも御心《おこゝろ》まかせ成《な》るべく、一葉女史《いちえふぢよし》の事はしもかねて女学生に論じたる如くその妙想《めうさう》に感じ居《を》れば是非小説の著作を

(1) 貧乏神。

(2) 詩人、評論家。星野天知らと明治二六年「文学界」創刊。

(3) 評論家、小説家。雑誌「女学生」や「女学雑誌」に執筆。「文学界」創刊、経営に尽力。

(4) 「文学界」。「女学雑誌」を母胎として、明治二六年一月創刊。三〇年まで五八号発行。

図 18

依頼したく其方様《そなたさま》より依頼して給《たま》はれと星野君《ほしのぎみ》より手紙来たりぬ、其《その》女学生の評は見給《たま》ひしやと問はる、否《いな》しらずと言へば龍子君《たつこぎみ》もまだ見ず見度《みたき》ものなり、兎角《とかく》は是非かきて給《たま》はれかし、一ツは御名誉にも成り此《この》のちのお為《ため》にも成るべければなどいはる、三十一日までにとの約束にて暇乞《いとまごひ》して出《いで》しが、さりとては覚束《おぼつか》なきこと成《なり》けらし。帰宅直《たゞち》に机に向ひて硯《すゞり》をならせど趣向《しゆかう》中々にうかばず、いたづらに今日も暮れぬ。

＊

廿八日　夕べより野々宮君《のゝみやぎみ》泊りて今朝もまだ帰《かへ》らず。家にては餅つきの祝ひにしる粉をこしらへんなど勝手に母君《はゝぎみ》の手いそがし、我《わ》れも岡野《をかの》(5)やより持《もち》こむに先立《さきだち》て金港堂《きんかうだう》より金《かね》うけ取来《とりき》たらんとて十時といふに家を出《いで》ぬ、野々宮君《のゝみやぎみ》もさらば諸共《もろとも》にとて真砂町《まさごちやう》まで伴《ともな》ふ、伊東夏子《いとうなつこ》ぬしにも借《かり》たる金《かね》あり、何時《いつ》とかぎりの定めもなけれど投《なげ》やりにては如何《いかゞ》とて通《とほ》り路《みち》なれば駿河台《するがだい》に立寄《たちよ》りて其《その》いひ訳《わけ》をなす、彼方《かなた》にも語ること

(5) 餅菓子屋。

いと多しといふ、我《わ》れよりもいふことあれど又《また》こそとて別《わか》る、此処《こゝ》より車にて本両替町《ほんりやうがへちやう》の書籍会社《しよじやくぐわいしや》にゆく、直《たゞち》に藤陰《とういん》(1)に会《あ》ひて暁月夜《あかつきづくよ》三十八枚の原稿料十一円四十銭《せん》をうけとる、十六斗《ばかり》の時成《ときなり》し、九十五の銀行(2)に処用《しよゝう》ありて此前《このまへ》を通《とほ》りしに、洋服出《で》立《たち》の若き男立派なる車に乗りて引《ひき》こませしを見し時、天晴《あつぱ》れ美《み》ごとや彼《か》れは大方《おほかた》若手の小説家などにて著作もの、ことに付き此家《このいへ》に出入《でいり》する人なるべし、三寸《ずん》の筆に本来の数《す》寄《き》を尽《つく》して人に尊《たふと》まれ身にきらをかざり上もなき職業かなと思ひし愚《おろ》かさよ、我《わ》れも辻車《つじぐるま》(3)なれど美くしき毛皮の前掛《まへかけ》に車《しや》夫《ふ》が背縫《せぬ》ひの片かなもじ我《わ》が姓《せい》かあらぬか知らぬ人のしることならねば、まして古ものなれど絹布《けんぷ》の上下着《うへしたぎ》、手に持つ頭《づ》巾《きん》の僅《わづ》かに紺屋《こうや》(4)を口説《くど》きて覚束《おぼつか》なしと断《ことは》られし染《そ》めを頼み、しんしの張《は》(5)りの出来がたければ家に只今《たゞいま》火のし(6)の力かりかぶらずとも、頭巾《づきん》なしにて此寒天《このかんてん》に見すぼらしければと母君《はゝぎみ》の趣向《しゆかう》の苦しがりとは人も知らじ、我《わ》れも昔《むかし》は思はざりし、此《この》あさましき文学者家に帰りし時は餅も共に来たりぬ、酒も

(1) 藤本藤陰（本名眞）。「都の花」の執筆者であり、編集者兼印刷者。

(2) 第九十五銀行。

(3) 街角で客待ちする人力車。

(4) 染物屋。

(5) 伸子張り。布を洗い張りや染色する時、両端に針のついた竹串を渡し、張り伸ばす。

(6) 柄の付いた焼き物や金属の容器に火を入れて、アイロンのように用いるもの。

(7) 醤油などは樽に詰めて運ばれ注ぎ口を付けて使われた。

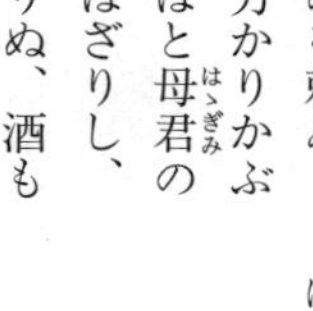

図19

来たりぬ、醤油《しやうゆ》も一樽《たる》(7)来《き》たりぬ、払《はら》ひも出来たり、和風《わふう》(8)家《いへ》の内《うち》に吹くこそさてもはかなき、いざとて午後より師君《しぎみ》へ歳暮《せいぼ》に趣《おもむ》く、中村君《なかむらぎみ》より我《わ》れへの歳暮に帯上《おびあ》げのちりめんを送られしとて取次《とりつ》がる、師に頼まれて小出君《こいでぎみ》(9)に歳暮もの持《もち》ゆく、帰路《きろ》かねての心組《こゝろぐみ》に暁月夜《あかつきづくよ》の原稿料十円《ゑん》のつもり成《なり》しをおもふにこえたれば、彼《か》の稲葉《いなば》(10)のほなみ風にもまれて枯々《かれぐ》なるも哀《あはれ》なるに、昔しは我《わ》れも睦《むつ》びし人の是《こ》れよりは何《なに》ごとを頼まねど流石《さすが》に仇《あだ》の間《あひだ》には非《あ》らず、理《り》を押せば五本の指の血筋ならねど、さりとておなじ乳房《ちぶさ》にすがりし身の言はゞ姉ともいふべきを、いでや嘉《よろこ》びは諸共《もろとも》にとて柳町《やなぎちやう》の裏やに貧苦の体《てい》を見舞ひて金子《きんす》少し歳暮にやる、昔《むか》しは三千石の姫と呼ばれて白き肌に綾羅《りやうら》(11)を断《た》たざりし人の髪は唯《たゞ》かれの、薄《すゝき》の様《やう》にていつ取《とり》あげけん油気《あぶらけ》もあらず、袖無《そでな》しの羽織(12)見すぼらしげに着て、流石《さすが》に我《わ》れを恥ぢればにやうつむき勝《がち》に、さても見苦るしき住居《すまゐ》にて茶を参《まゐ》らせんも中々に無礼《ぶれい》なればとて打詫《うちわび》るぞことに涙の種也《たねなり》、畳《たゝみ》は六畳斗《でふばかり》にて切れもきれたり唯《たゞ》わら

(8) 穏やかな風。

(9) 小出粲（こいで・つばら）。歌人。萩の舎客員。宮内省に入り、御歌所寄人などを務めた。歌集に『くちなしの花』がある。

(10) 没落した元旗本の稲葉家をさす。母が乳母として上がっていたので、稲葉の娘鉱と一葉の姉ふじは乳姉妹になる。

(11) 綾織物とうすぎぬ。美しい上等の着物。

(12) 綿入の袖のない羽織。大人は普通は袖付きを着るので、ここでは貧乏な暮らしを物語る。

図20

ごみの様《やう》なるに、障子《しやうじ》は一処《ひとところ》として紙の続きたる処《ところ》もなく、見《み》し昔《むか》しの形見と残るものは卯《う》の毛《け》におく露《つゆ》ほどもなし、夜《や》具《ぐ》蒲団《ふとん》もなかるべし、手道具《てだうぐ》もなかるべし、浅ましき形《かた》の火《ひ》桶《をけ》に土瓶《どびん》かけて小鍋《こなべ》だて(1)の面《おも》かげ何処《いづこ》にかある、あるじ(2)は是《こ》れより仕事に出《いづ》る処《ところ》とて筒袖《つゝそで》の法被《はつぴ》(3)肌寒《はださむ》げにあんかを抱《いだ》きて夜食の膳《ぜん》に向《むか》ひ居《を》るもはかなし、正朔君《しやうさくぎみ》(4)の我《わ》が土産を喜こびて紅葉《もみぢ》の様《やう》なる手に持《もち》しまゝ少時《しばし》も放《はな》たず、御仏前《ごぶつぜん》に御覧《ごらん》に入給《いれたま》へと母君《はゝぎみ》に言はれて仏《ぶつ》だんめきたる処《ところ》に備《そな》ふ、何事《なにごと》も時世《ときよ》にて又《また》めぐり来《く》る春もあらんを正朔君《しやうさくぎみ》だにかくてあらば夢《ゆめ》(5)力を落《おと》し給《たま》ふな、かよはき御身《おんみ》に胸をいためて病気などを起《おこ》し給《たま》はゞ夫《それ》こそ取《とり》かへしのあることならねばとて慰むるに、聞き給《たま》へ此子《このこ》の成長《おほき》くならば陸軍の将帥《しやうすい》(6)に成《な》りて銀行よりいくらも金《かね》を持ち来《きた》りて父も母も安楽《あんらく》にすぐさせんと常々威張《つねぐゐば》りて申すことゝ流石《さすが》に頼《たの》もし気《げ》に笑《ゑ》みて語る、又《また》こそとて此《この》家《や》を出《いづ》れば夕風袂《たもと》に吹《ふ》きて大路《おほぢ》すでに闇《くら》く成《なり》ぬ。

廿九卅の両日《りやうじつ》必死と著作に従事《じうじ》す、暁《あかつき》がたしばしまどろむ

(1) 小鍋で煮ながら食べること。ぜいたくな食事とされた。
(2) 稲葉寛。当時人力車夫をしていたらしい。
(3) 筒形の袖の法被。肉体労動者が着る。
(4) 稲葉鉱と寛の間に生まれた子供。当時七歳。
(5) 決して。
(6) 軍隊を率いる将軍。大将。

図21

のみにて一意《い》に三十一日までに間に合《あは》せんとするほどいと苦《く》るし、三十日には上野《うへの》の伯父君《をぢぎみ》歳暮《せいぼ》にとて参《まゐ》られぬ、一日筆をとること叶《かな》はずして暮しき、其夜《そのよ》十一時まで燈下《とうか》にありしが国子《くにこ》しばしば我《わ》れを諫《いさ》めて名誉もほまれも命ありてにこそ斯《か》くまでに脳《なう》をつかひ心を労して煩《わづら》ひ給《たま》はゞ何《なに》とかすべき、見る目もいと苦るしきに何卒《なにとぞ》これは断《ことは》りてもはや今宵《こよひ》は休み給《たま》へとくり返しいさむ、実《げ》に夫《それ》も道理なりとて筆をさしおけば、心共につかれて俄《にはか》に睡《ねむ》くさへ成《なり》ぬ。

卅一日　早朝三宅君《みやけぎみ》に断《ことは》りのはがきを出《いだ》す、一日家の中を掃除などして日没前《にちぼつぜん》に何《なに》ごともなし終りたり、いざとて国子《くにこ》と共に買物がてら下町の景気《けいき》見に行《ゆ》く、本郷通《ほんがうどほ》りより明神坂《めうじんざか》を下《くだ》り多町《たちやう》にものを買ひて小川町《をがはまち》(7)の景気《けいき》を眺《なが》め、三崎町《みさきちやう》に半《なか》井君《ゐぎみ》の店先《みせさき》を眺《なが》めぬ、年わかき女の美くしく髪などをかざりて下女にては有《あ》るまじき振舞《ふるまひ》は大方大人《おほかたうし》の妻君《さいくん》なるべしと国《くに》子《こ》のかたる、大阪《おほさか》の例の富豪家《ふがうか》の娘大人《むすめうし》に執心《しうしん》ふかしと聞きしが持参金にて嫁入《よめいり》こしにあらずや、扨《さて》もいかに働きある人

(7) 桃水の従妹河村千賀を誤解したのではないかと、のちに千賀の娘は言っている。

とてこれほどの店無手《むて》にて成《な》(1)るべきならねば出金《しゆつきん》の穴《あな》(2)何方《いづかた》にかあるべきは定《でう》なり、世は斯《か》かる物とうめきて帰路富坂下《とみざかした》に国子《くにこ》ものをひらふ、いとのどかなる大晦日《おほみそか》にて母君《はゝぎみ》家を持ちし以来この暮《くれ》ほど楽に心を持《もち》しことなしとていたく喜こばる、九時といふに表をとざして寝たり。

*

（一月）八日にはじめて年頭《ねんとう》に出《いづ》る、猿楽町藤本君《さるがくちやうふぢもとぎみ》(3)、西小川《にしをがは》町大島君《まちおほしまぎみ》(4)、下《しも》二番町《ばんちやう》にて田辺君《たなべぎみ》、三宅君《みやけぎみ》、帰路師《きろし》の君《きみ》に参る、車夫《しやふ》が廻《まは》り順《じゆん》のかゝる都合成《なり》しなり、田中君《たなかぎみ》にも参《まゐ》るべき心《こゝろ》組成《ぐみなり》しを三宅君《みやけぎみ》のもとにて逢《あ》ひて、今日は留守なるにおなじくは又《また》の日といふ、三宅君《みやけぎみ》と共にしばし語る、文学界の小説是非出し給《たま》はれ、初号《しよがう》は廿日《か》に発行《はつかう》のはづなれどこれに間に合はずば二号にてもよし、是非にといふ、少しかたりて別れたり。去歳《こぞ》のこの日は半井《なからゐ》ぬしを平河町《ひらかはちやう》に訪《と》ひて逢《あ》はず、小《を》田君《だぎみ》のもとに行《ゆき》、かくれ家《が》に行《ゆき》こゝろあわたゞしかりしを思

(1) 資金もなくて。
(2) 金のでどころ。
(3) 藤本眞（藤陰）。
(4) 大島みどり。東京地方裁判所長、大島貞敏の娘。

ひ出《いづ》るに、何《なに》ごととはなしに胸いとくるほし、昨是今非《さくぜこんぴ》(5)の世、今日はあしたの何《なに》なるべきか、思へば喜憂《きいう》(6)は無差別なり。

＊

（二月）五日《か》　梅吉《うめきち》(7)より母君《はゝぎみ》を誘《いざな》ひて共に水天宮《すゐてんぐう》(8)に参詣《さんけい》を為《な》す、帰路うなぎの馳走《ちそう》に成《な》りしとて母君《はゝぎみ》よろこび給《たま》ふ、此日《このひ》日曜なればあし沢《ざは》(9)来《きた》る。

『恋はあさましきもの成《なり》けれ、心をつくし身をつくして成《な》りぬべき中ならばこそあらめ、この恋成《な》るまじき物と我《われ》からさだめてさても猶《なほ》わすれがたく、ぬば玉の夢うつゝおもひわづらふらんよ、もとよりその人の目はな、おとがひ(10)さては手あしの何方《いづかた》におもひつきたりともなく、手かき文《ふみ》つゞる類《たぐ》ひ、ものいひ声《こは》づかひ、たてたる心いづくいづくといふべきにも非《あ》らず、たゞ其人《そのひと》のこひしきなれば、常に我《わ》がおもふにも違《たが》ひてひとつ〳〵にいへば恋しき処《ところ》もあらじかし、ものゝ心なくあわつかなる人(11)は一時《じ》の恋に身をあやまつたぐひ、かゝる

(5) 昨日の是は今日の非であること。
(6) 喜憂は心一つから生ずる仮の現象。
(7) 佐藤梅吉。一葉の父則義のかつての同僚。
(8) 日本橋蠣殻町の有馬家の邸内にある水天宮。毎月五日が縁日であった。
(9) 芦沢芳太郎。一葉の母方の従弟。
(10) 口。
(11) 軽率な人。あわて者。

所にこそおこれ、少しものおもひしりて静まりたるはこの恋にまけじとすまひて（1）、身の中はたゞもゆる様《やう》にこがるゝも心地はしぬべくわづらふも猶《なほ》ま事《こと》の迷ひには入《い》らでつひに夢の覚《さ》めぬるもあり、女などは心のほそきものなればあらそひまけて狂気《きやうき》がるたぐひもあめり、されどこれは横ざまなる恋（2）にて、誠のつま女《め》（3）といはんに是《これ》ほどの中ならましかばいかゞは人もうらやみ世のほめものにも成《な》らぬことか、貞女節婦《ていぢよせつぷ》などいへるはかうやうなる心を中にふくみて人のよのつとめをおもてにせし成《な》るべし、親子の中か君《きみ》と臣《しん》の間《あひだ》いづ方《かた》にも此《この》心《こゝろ》のあらまほしきをものゝ端《はし》にはしりては片おもりするものにて、したがひては害に成《な》りぬることもぞある。この頃見る処《ところ》聞くところあるまじき人にあるまじき行ひなどの交《まじ》るらんよ猶《なほ》この類《たぐ》ひにておなじうはまめやか（4）なる道にともなひまほしきを。』

六日　空はくもれり又《また》雨なるべしと人々いふ、著作のことこゝろのまゝにならず、かしらはたゞいたみに痛みて何事《なにごと》の

（1）澄まして。
（2）道理に適わぬ恋。
（3）妻女。
（4）誠実な。

思慮もみなきえたり、こゝろざすは完全無瑕《むか》の一美人をつくらんの外《ほか》なく、目をとぢて壁にむかひ、耳をふさぎて机に寄り、幽玄《ゆうげん》の間《あひだ》に理想の美人をもとめんとすれば、天地《てんち》みなくらく成《な》りてそのうつくしき花の姿もその愛らしきびんが(5)の声も心のかゞみにうつりきたらず、からく(6)見とむれば紫は朱《あけ》をうばひ(7)白は黒にうつり表には裏あり善には悪ともなひわが筆によそほひて世にともなふべきあたひなく、しば〳〵うれひしば〳〵うらみかしこをけづりこゝをそぎやゝわが心にみてりとおもへば黒のうせぬる時しろもうせ悪をしりぞけし時に善も又《また》みえず成《な》りぬ、かくまでに我《わが》恋わぶる美人はまさしく世の中にあり得《う》べからざるか、もしは我《わ》れに宿世《しゆくせ》の縁《えん》(8)なくして凡俗《ぼんぞく》の花紅葉《はなもみぢ》ならでは我《わが》心の目にうつらざるか、もしは天地《てんち》の間《あひだ》に誠の美といふものあらざるか、もしは我《わ》が眼《まなこ》に美ならずとみるものまことの美かもしは天地《てんち》の自然が則《すなは》ち美か、もしは誠の美といふもの描《ゑが》くべきものならず筆《ひつ》すべきものならず口にも心にもつくしがたきものにて、天地《てんち》の間《あひだ》にみち

(5) 頻迦。極楽に棲むという鳥。「阿弥陀経」に、昼夜六時に美しい声で仏の教えに誘うとある。

(6) かろうじて。

(7) 間色である紫が正色である朱にとってかわる。論語・陽貨「子曰、悪ニ紫之奪ㇾ朱也」。

(8) 前世からの因縁。

〳〵たる空気の眼《まなこ》にも見えず手にも取りがたくしてしかもこれあればこそ世に生《いく》るがごとく、斯《か》く我《わ》がいふも則《すなは》ち美か、人の見る目則《すなは》ち美か、我《わ》が悪と見とめて筆にしたるをも又《また》ある人は善と見るか、さらば我《わ》が悪とみとむるもの則《すなは》ち美成《な》るべし、おもひ〳〵て心は天地《てんち》の間《あひだ》をかけめぐり、身は苦悩の汗しとゞに成りぬ、思慮につかれてはひる猶《なほ》夢の如く、覚《さ》めたりとも覚《おぼ》えず眠れりとも覚《おぼ》えず、さしも求むる美の本体まさしくありぬべきものともなかるべきものとも定かに見とむるは何時《いつ》の暁《あかつき》かも、我《わ》れは営利《えいり》の為《ため》に筆をとるかさらば何《なに》が故《ゆゑ》にかくまでにおもひをこらす、得《う》る所は文字《もんじ》の数《すう》四百をもて三十銭《せん》にあたひせんのみ、家は貧苦せまりにせまりて口に魚肉《ぎよにく》をくらはず、身に新衣《しい》をつけず、老《おい》たる母あり妹あり、一日一夜《や》やすらかなる暇《いとま》なけれど、こゝろのほかに文《ぶん》をうることのなげかはしさ、いたづらにかみくだく筆《ふで》のさやの哀れうしやよの中。

よもぎふにつ記（明治二十六年三月）

廿一日　午後文学界の平田《ひらた》(1)といふ人訪《と》ひ来《き》たれり、国子《くにこ》の取次《とりつぎ》に出《いで》たるを呼びて、とし寄りかと問へば否《いな》まだいと若き人なりといふ、やましけれど逢《あ》ふ、高等中学の生徒なるよし、平田《ひらた》喜《き》一《いち》とて日本橋伊勢町《にほんばしいせちやう》の絵《ゑ》之《の》具商《ぐしやう》の息子なりとか、年は二十一といふ、何用《なによう》ありて来給《きたま》ひしとも流石《さすが》(2)にいひがたければ物がたり少しするに、詞《ことば》かず多からず、うちしめりて心ふかげなれど、さりとて人がらの愛敬《あいけう》ありなつかしき様《さま》したり、我《わ》が小説雪の日文学界の二号にのすべき筈成《はずなり》しが寄稿《きかう》のいと多かりしかば三号の方《かた》に廻《まは》したり、さ思《おぼ》し給《たま》へなどいふは、彼《か》の編輯《へんしふ》など受持《うけも》つ人ならんと思ひ寄りぬ。花の頃までに何《なに》

(1) 平田禿木。「文学界」同人。
(2) やはり。

か新著あらまほしと乞《こ》ふに、もしつゞること出来なばとこたふ、花圃《くわほ》ぬし(1)は二号に何《なに》か出し給《たま》ひしやと問へば、出し給《たま》へり、筆のすさびとて和歌のことにつきて陳《の》べ給《たま》ふ処《ところ》ありき、君のもとにはいまだ奉《たてまつ》らざりしやといふに、ざつし一号を拝見したるのみといへば、さらば直《たゞち》に送り参《まゐ》らせん、花圃《くわほ》君《ぎみ》は此《この》ごろしきりに女学雑誌に筆ふるひ給《たま》ふなり、多くはほんやくものなれど物かく筆の前かたよりはいたくかはり給《たま》ひし様《やう》なりなどいふ、少し口ほどけて今の世文士《ぶんし》のこと文学の有《あり》さまなどかたる、幸田露伴《かうだろばん》(2)をいたくしたひて対《たい》どくろ(3)、風流仏《ふうりうぶつ》(4)などの身にしむよしを語《かたり》てほと〳〵(5)涙もさしぐむ斗《ばか》り、幽玄《いうげん》微妙《びめう》のさかいを願ふものゝ如し、西行《さいぎやう》、兼好《けんかう》、蕉翁《せうをう》(6)などの異《い》人同心《じんどうしん》なるをいひ、つれ〴〵草《ぐさ》のさるふし〴〵、山家集《さんかしふ》のあれこれの歌、かたり出《いづ》るまゝに我《われ》も同じ心に詞《ことば》かず多く成《な》りて、はじめて逢《あひ》にけん人とも思《おぼ》えず、君も露伴《ろばん》は好み給《たま》ふなるべし、君が埋木《うもれぎ》(7)をこぞ見参《みまゐ》らせしより大方《おほかた》はをし斗《はか》りてなんといふに、我《われ》もうち笑ひて、男の御方々《おかたぐ》が見給《たま》はんに我《わ》が

(1) 三宅花圃。田辺龍子のこと。
(2) 江戸下谷の生まれ。明治二二年「露団々」「風流仏」で作家としての地位を確立。尾崎紅葉と人気を二分した。
(3) 「対髑髏」明治二三年刊。
(4) 明治二二年刊。
(5) ほとんど。
(6) 松尾芭蕉。
(7) 「うもれ木」。明治二五年一一月、「都の花」に発表。

やうなるもの、かきたるなどさこそかたはらいたしとも御覧《ごらん》ずらめ、誠に露伴子《ろはんし》が本心はしらず、見る目は我《わ》が心なれば其《その》かたはしを見とめておのが心に引当《ひきあ》てつ、めでまどふ(8)や何《なに》やしらず、今の世の作家のうち幸田《こうだ》ぬしこそいと嬉《うれ》しき人なれ、其人《そのひと》は見知り給《たま》ふやと問へば、否露伴《いなろはん》には逢ひしこともあらず、其《その》弟の成友《なりとも》(9)と呼ぶが我《わ》が高等中学の生徒にて、これは相《あひ》しれる中なりといふ、高等中学と言へば某々《ぼう〱》の大学に入《いり》ぬべきかけ橋なり、しかるべき人々さぞ多からんを、睦《むつ》み給《たま》ふ中にはいかなるがおはします御《おん》もの語《がたり》をかしからんうら山しさよとほゝ笑《ゑ》みて問へば、否《いな》友と呼ばんは一人も非《あ》らず、学業才能などは教ゆるにしたがひて習ひとるものなれば口をしからぬほどなるも多かり、大方《おほかた》は同じいがたの内《うち》に作り出したるもの、形《かた》の如く、おのづからの気がいなどは求むるとも見出《みいだ》しがたし、我《わ》れ早くより父をうしなひてうき世の涙をくみ初《そめ》し身、もの笑《ゑ》みがちに心浅《あさ》しき貴公子輩《きこうしはい》の友となりがたきはさるかたに(10)推《すゐ》し給《たま》へかしとて打《うち》うめくに、さは御父君《おんちゝぎみ》

(8) 大騒ぎしてほめる。

(9) 歴史学者、経済史学者。江戸時代の経済史に優れた業績をあげた。

(10) それ相応に。

おはしまさぬ御身《おんみ》なりな、我《われ》もおなじく父におくれ兄におくれて浮世のちまたに迷ふ身ぞかし、中学には今年にて幾年《いくねん》にかととへば、三年なり、されども一年は数学におくれを取りしかば、今二年といふ斗《ばかり》なり、講師もおもしろからず学友もうれしからず、なべて(1)うき世のはかなきをうんじて日夜《にちや》の友をつれ〴〵の草紙《さうし》に求むれば、いよ〳〵学校などの厭《いと》はしく、知りつゝ人よりはおくるゝぞかし、この程《ほど》まではかしこの寄宿舎に起《おき》ふししたれど、又《また》家に呼《よび》かへされて風塵《ふうぢん》(2)に立《たち》まじりつゝもだえくるしむことたえがたき身なり、君も父君《ちゝぎみ》おはしまさずと聞けば同じく浮世にほだされ給《たま》ひて(3)つながる処《ところ》多かるべしと、やう〳〵人も我《われ》も涙もろに成《な》りぬ、文学界一号に岩本君《いはもとぎみ》(4)なるべし禿木《とくぼく》とかいへる名にて兼好《けんかう》の一章を書きたる我《わ》れも国子《くにこ》もそゞろ(5)胸をさゝれて、ことの筋にも文章にもいたく感じ合へりしを、今又《また》この人のかく語り来て、まだうら若き人ともなく悲哀の情をよくも汲知《くみし》りたる哀れにも悲しく、いでや其《その》うき世をのがれなんことよ、もとより其《その》もとにかへ

(1) おしなべて。
(2) 俗世間の雑事。
(3) しばられなさって。
(4) 巌本善治。雑誌記者、教育家、評論家。明治一八年「女学雑誌」創刊、明治女学校創設。
(5) 何となく。

るのにて、邪正《じやしやう》は一如善悪《じよぜんあく》は不二《ふじ》とかや、さとれば十萬億《まんをく》の道も去此不遠《きよしふゑん》ぞかし、墨染《すみぞめ》の衣《ころも》にかしらそり丸《まろ》めしのみが脱《だつ》俗《ぞく》ならば、もだゆる所なく苦しむには及ばざらまし、苦脳《くなう》は悟道《ごだう》のしをり(6)にして煩脳則《ぼんなうすなは》ち菩提《ぼだい》にこそ、仰《おほ》せ給《たま》ふ兼行法師《けんかうはうし》とて凡夫《ぼんぷ》の時は凡夫《ぼんぷ》成《なり》し、今高等中学を退《しりぞ》き給《たま》ふとも悟道《ごだう》これに依《よ》りて了《れう》し給《たま》ふにも非《あら》ざるべし、猶《なほ》よく戦ひ給《たまひ》てこそと少し生《なま》ざかしげにいへば、しか星野《ほしの》君《くん》もの給《たま》ひて我《わ》が退学の志を止め給《たま》ふなり、誠にかの兼好《けんかう》も四十二の暁《あかつき》までは心清く此《この》世をはなれかねしと見えたりとて打《うち》やすみつゝもの歎《なげ》かしき体《てい》、涙胸のうちにたゝえて心のもだえ如何《いか》ならんかし、もの語《がたり》今のよの女学《ぢよがく》の上に移りて、さしも二人三人女文学者《ふたりみたりぢよぶんがくしや》と呼ぶ人あれど大方《おほかた》は西洋の口真似《くちまね》なるぞ口をしき、我文学界《わがぶんがくかい》は女流文学者の日本思想をもて長《ちやう》ぜしめんとするを雨夜《あまよ》の星(7)といと稀《まれ》なりかし、はじめより文学にと名のりあげて志ざす人のまこと文学に花さかするぞすくなき、思ふにもあまり、しのぶにもたえずして、文《ぶん》に成《な》り章《しやう》に成《な》り、しかしてこそ世

（6）みちしるべ。

（7）まれなことのたとえ。

をも人をも動かすなれ、明治女学校(1)などに文学思想をやしなひ初《そ》めしと見ゆれど、筆とりて物いふ人などの出来《いでこ》んは近々《ちかぐ》の事には非《あら》ざるべしとて、天知子《てんちし》のこと、透谷子《とうこくし》のこと、岩《いは》本君《もとぎみ》のことさへさま〴〵にかたる、宇宙を宿《やど》とする古藤菴《ことうあん》(2)のこと残月《ざんげつ》(3)、雲峯《うんぽう》(4)のさま〴〵、いん文《ぶん》の成行《なりゆき》、和歌の姿、今の世の歌人どもの人がらにつきてもの語《がたり》あり、一とせ松《まつ》の門《と》みさ子《こ》(5)が門《もん》に遊びて驚ろきたること、中々につきがたし、都の花には其後《そのゝち》御作《おんさく》ありしやと問はるゝに、百一号といへるにをかしからぬものの(6)のせたるよしかたる、いかで我家《わがや》をも訪《と》ひ給《たま》はずや、星野《ほしの》君《くん》のもとにも是非参り給《たま》へといふ、男に交《まじ》はらじとはかねてよりの定めなるに、さりとてしかもいひがたき物ゆゑ、学浅くしること少なくして人にまみえんはいたづらに身の愚《おろ》かさを顕《あら》はすのみにて何《なに》の甲斐《かひ》もなくこそあらめとて打笑《うちわら》ひ居《を》れば、いかでかさる事あらん是非とはせ給《たま》へ、我《わ》れは又《また》これより折々参《まゐ》り寄《よ》らんにゆるし給《たま》へかしとてやう〳〵日のくれなんとする頃たつ、菊地《きくち》(7)の奥方など此間《このま》に来《き》給《たま》

(1) 星野天知、北村透谷、島崎藤村、戸川秋骨、平田禿木らが講師をつとめていた。
(2) 古藤庵無声。島崎藤村の当時の筆名。
(3) 戸川残花の誤りか。又は戸川秋骨か。
(4) 磯貝雲峰。歌人、詩人。
(5) 歌人。一七歳で未亡人となった後、深川の芸者となり、美貌で名を馳せた。井上文雄に和歌を学び、歌塾を開いていた。
(6) おもしろくはないもの。「暁月夜」をさす。
(7) 菊池隆直。本郷で、「むさしや」という紙屋を開いていた。一葉の父は、かつて菊池伊予守に仕えた。

ひて、いとろうがわしきほどの(8)物がたりなればかたみに尽《つく》さ(9)ぬ事多し、丈《たけ》たかやかなる人の中学の制服つけたる、さしも身のまはりのうるはしともなきは誠いひけん様《やう》に貴公子の友にはあらで、うき世いか斗《ばかり》うら淋《さび》しかるべき、又《また》こそとて別れぬ。

(8) ざわざわして落ち着かない中での。
(9) たがいに。

につ記（明治二十六年七月）

人つねの産なければ常のこゝろなし、(1) 手をふところにして月花《つきはな》にあくがれぬとも塩噌《えんそ》なくして(2)天寿《てんじゆ》を終らるべきものならず、かつや文学は糊口《こゝう》(3)の為《ため》になすべき物ならず、おもひの馳《は》するまゝこゝろの趣《おもむ》くまゝにこそ筆は取らめ、いでや是《こ》れより糊口的《ここうてき》文学の道をかへてうきよを十露盤《そろばん》の玉の汗に商ひといふ事はじめばや、もとより桜かざしてあそびたる大宮人《おほみやびと》のまとゐ(4)などは昨日《きのふ》のはるの夢とわすれて、志賀《しが》の都のふりにしことを言はず、さゞなみならぬ波銭小銭《なみせんこせん》(5)厘《りん》か毛《もう》なる利《り》をもとめんとす、さればとて三井《みつゐ》三《みつ》びし(6)が豪奢《がうしや》も願はず、さして浮《うき》よにすねもの、名を取らんとにも非《あ》らず、母子草《はゝこぐさ》の

(1) 孟子・梁恵王上より「恒産なきものは恒心なし」。生活の安定がなければ精神の安定も得られない。
(2) 食べる事をなおざりにして。
(3) 粥をすすること、転じて、暮らしをたてること。
(4) 新古今集「ももしきの大宮人はいとまあれや桜かざして今日も暮しつ（山部赤人）」を引いて萩の舎の生活をいう。
(5) 銭・厘単位の金のこと。「波銭」は裏面に波模様のある四文銭。
(6) 三井と三菱の両財閥。

は〻と子と三人《みたり》の口をぬらせば事なし、ひまあらば月もみん花もみん、興来《けうきた》らば歌もよまん文《ぶん》もつくらむ、小説もあらはさん、唯《たゞ》読者の好みにしたがひて此度《このたび》は心中《しんぢう》ものを作り給《たま》はれ、歌よむ人の優美なるがよし、涙に過《すぎ》たるは人よろこばず、繊巧《せんこう》なるは今はやらず、幽玄《いうげん》なるは世にわからず、歴史のあるものがよし、政治の肩書あるがよし、探《たん》てい小説すこぶるよし、此中《このうち》にてなど〻欲気《よくけ》なき本屋の作者にせまるよし身にまだ覚《おぼ》え少なけれどうるさ〻はこれにとゞめをさすべし、さる範囲《はんゐ》の外《ほか》にのがれてせめては文字の上にだけも義務少なき身とならばやとてなむ、されども生《うま》れ出《いで》て二十年あまり向ふ三軒両どなりのつき合いにならはず、湯屋《ゆや》に小桶《こおけ》の御あいさつも大方《おほかた》はしらず顔してすましける身の、お暑うお寒う、負けひけのかけ引《ひき》、問屋《とひや》のかひ出し、かひ手の気《き》うけ、おもへばむつかしき物也《なり》けり、ましてやもとでは糸《いと》しん(7)のいと細くなるから、なんとならしばしゐの葉(8)のこまつた事也《なり》、されどうき世はたなのだるま様《さま》、ねるもおきるも我《わ》が手にはあらず、

(7) ランプの芯の糸状のもの。「いと細い」にかかる。
(8) 何となく困ったことになるのではないか。「楢柴」と「椎葉」の縁語で「樵（こ）る」とつなげている。

造化《ざうくわ》の伯父様《おぢさま》(1)どうなとし給《たま》へとて、
　とにかくにこえてをみまし空《うつ》せみの
　　よわたる橋や夢のうきはし

＊

十二日　早起《さうき》兄妹《けいまい》三人築地《つきぢ》(2)に寺参《てらまゐ》りをなす、帰宅後疲労《ひらう》ことに甚《はなは》だし、午後より裁縫《さいほう》をする、芳太郎《よしたらう》(3)来《きた》る、猪三郎《ゐさぶらう》(4)の日歩《ひぶ》がしをせんといひ居《を》るよしかたる、ことばに絶《たえ》たるもの也《なり》。

号外《がうぐわい》来《きた》る、十一日午前九時発シカゴ博覧会《はくらんくわい》特派員《とくはゐん》電文《でんぶん》にいはく、昨日《きのふ》当会場《たうくわいじやう》に大火あり、混雑《こんざつ》甚《はなは》だしく死者十七人と聞《きこ》えし、いとみじかくて意を取《とり》がたけれど日本人はみな無事とありたるぞ先《まづ》は嬉《うれ》しき、母君《はゝぎみ》田部井《たべゐ》(5)のもとに行《ゆ》く。

十八といふとし父におくれたるよりなぎさの小船《をぶね》波《なみ》にたゞよひ初《そめ》て覚束《おぼつか》なきよをうみ渡ること四《よ》とせあまりに成《なり》ぬ、いたりがたき心のはかなさはなべて(6)のよの中道《なかみち》を経《へ》がたくして、

(1) 造化の神様。
(2) 築地本願寺。父の祥月命日。

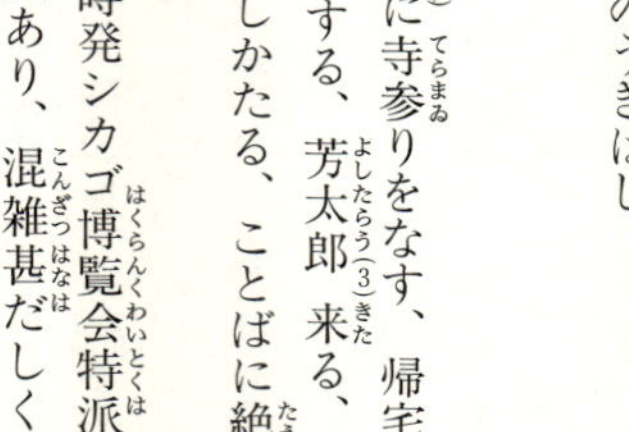
図22

(3) 芦沢芳太郎。母たきの弟の子。
(4) 広瀬伊三郎。芳太郎の異腹の兄にあたる。金融業を営む。
(5) 古着などの仲買業をしていた。
(6) すべての。

やう〳〵(7)大方《おほかた》の人にことなりゆく、もとより我《わ》が才たらずおもふことあさからむをば恥おもへど、こゝろにはかりにも親はらからの言《こと》の葉《は》にたがひ我《わ》がたてたる筋のみを通さんなどきしろひたる事(8)もなきを、いかにぞや家貧《いへひん》にものたらず成《なり》ゆくまゝに此処《こゝ》にかしこにむづかしき論出来《ろんいでき》てたゞ我《わが》まゝなるよをふるとて、斯《か》く母などをもくるしめ兄のたすけにもならざらんが如《ごと》いひはやすよ、いでよしや大方《おほかた》の世はとて笑ふて答へざるものから、たれはおきて日夕《につせき》あひかしづく母のあな佗《わび》し今五年さきにうせなば父君《ちゝぎみ》おはしますほどにうせなばかゝる憂きよも見ざらましを我《われ》一人残りとゞまりたるこそかへすぐ〳〵口をしけれ、子は我《わ》が詞《ことば》を用ひず、世の人はたゞ我《わ》れをぞ笑ひ指《ゆびざ》すめる(9)、邦《くに》(10)も夏《なつ》もおだやかにすなほに我《わ》がやらむといふ処《ところ》、虎之助《とらのすけ》(11)がやらむといふ処《ところ》にだにしたがはゞ、何《な》条《でう》ことかはあらむ(12)、いかに心をつくしたりとて身を尽《つく》したりとて甲斐《かひ》なき女子《をなご》の何事をかなし得《え》らるべき、あないや〳〵かゝる世を見るも否也《いやなり》とて朝夕《あさゆふ》にぞの給《たま》ふめる、母は子の

(7) 次第に。

(8) ぶつかり合うこと。

(9) 指さして非難する。

(10) 妹くに。

(11) 分家した一葉の次兄。芝に住む。

(12) なにをとやかく言うことがあろう。

こゝろを知り給《たま》はず、子も又《また》母のこゝろをはかり難《がた》ければなめり、おもふ事おもふに違《たが》ひ世と時と我《われ》にひとしからず、孝《かう》ならむとする身はかへりて不孝《ふかう》に成行《なりゆ》く、げに(1)かゝるこそ浮《うき》よ成《なり》けれと昨日今日《きのふけふ》ぞやう〳〵おもひしらるゝ、是非《ぜひ》のめじるしあらざらむ世に猶《なほ》たゞよふ身ぞかし、寄せかへる波は高し、我身《わがみ》はかよはし、折々には巻《ま》きさられんとするこそかなしけれ、福島中佐《ふくしまちうさ》(2)が踏分《ふみわけ》こしうらるの山は高かるべし、西比《しべ》利亜《りあ》の野は広《ひろ》かるべし、冥々《めいく》の中《うち》にひかえたる関《せき》のうくつらくかなしきを見ればいづれおなじき旅路成《なり》けり、こえ終《おは》らむほどは棺《くわん》をおほふ暁《あかつき》なるから、扨《さて》こそ善悪の評もさだまれ、此日此《この》ごろの旅寝《たびね》にしてほむるそしる聞《きゝ》入るべき時にはあらず、かねてさだめて、おもひたちたるまゝをとて。

(1) まさに。

(2) 陸軍中佐。明治二五年二月一一日ベルリンを出発した中佐は、ペテルスブルグを経てウラル山脈を越え、約一年五カ月でシベリアを横断した。

図 23

塵《ちり》の中（明治二十六年七月—八月）

（七月）十五日より家さがしに出《い》づ、朝日のかげまだ見え初《そめ》ぬほどより和泉町《いづみちやう》、二長町《にちやうまち》、浅草《あさくさ》にかけても鳥越《とりこえ》より柳原蔵前《やなぎはらくらまへ》あたりまで行く、此度《このたび》のおもひたちはもとより店つきの立派なるも願はず場処《ばしよ》のすぐれたるをものぞまず、料《れう》ひくゝして(3)人目にたつまじきあたりをとのさだめなれば、つとめて小家《こいへ》がちにむさ〳〵とせし処《ところ》をのみ尋《たづ》ぬ。はやうより世に落《おち》はふれて(4)たよりなくさゝやかなる処《ところ》にのみすみけるものから(5)、猶門格子《なほもんかうし》はかならずあり庭には木立あり家には床《とこ》あるものとならひけるを、天井といはばくろくすゝけて仰《あふ》ぐも憂《う》く、柱ゆがみゆかひくゝ、軒《のき》は軒《のき》につゞき勝手もとは勝手元に並ら

（3）家賃が安くて。
（4）おちぶれ、さすらって。
（5）住んでいたとはいうものの。

びぬ、さるが上に(1)大方《おほかた》は畳もなくふすまもなく唯家《たゞいへ》といふ名《な》斗《ばかり》をかす成《なり》けり、はじめのほどはあまりの事にあきれて戸《と》のそとより見けるばかり入《い》りて尋《たづ》ぬべき心地もせざりしが、かくて行々《ゆきく》たりともはてもなし、とまれ(2)訪《と》はんとて其隣《そのとなり》の家につきてとふ。親切にこれかれ語りて聞かするもあり、にく〱敷《しく》差配《さはい》(3)に行《ゆ》きて問ひ給《たま》へといふもあり、差配《さはい》と聞《きこ》えし男の四十斗《ばかり》にてかしらはげたるが帳場格子《ちやうばがうし》(4)やうなるものをひかへてそろばんはじき居《ゐ》るうしろに中元《ちうげん》の礼《れい》にやもらひけんさゝやかなる砂糖袋さては素麺《そうめん》などやうのものをひしと(5)ならべていと鷹風《おうふう》(6)にものいふもにくし。三《み》くら橋《ばし》と和泉《いづみ》ばしとのあはひなる小路《こうぢ》に四畳半《よでふはん》二畳二間《でふふたま》なる家あり、店は三畳《でふ》ばかりも板の間に成《な》りて此処《こゝ》には畳もあり建具《たてぐ》もつきけり、長屋《ながや》なれどもさまで(7)きたなからず敷金《しきゝん》三円家賃《やちん》壱円八十銭《せん》といふ、それもよし是《こ》れもよし唯《たゞ》庭のいさゝかもなくしてうらは直《たゞち》にうら道の長屋《ながや》の屋根につゞきて木立など夢にも見らるべきに非《あ》らず、うらみは是(8)《こ》れと覚《おぼ》ゆるものから、猶母君《なほはゝぎみ》に見せ参《まゐ》ら

(1) そのうえに。

(2) ともあれ。

(3) 借家の管理人。

(4) 商家の帳付勘定などをする帳場を囲う、低い格子。

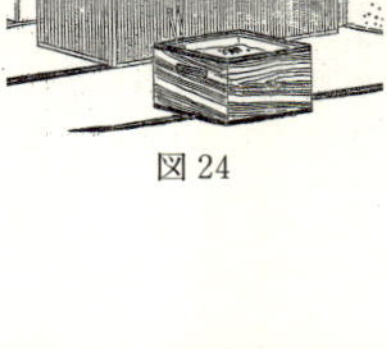
図24

(5) びっしりと。

(6) たいそう尊大な態度で。

(7) それほどは。

(8) 不満は。

せてよしとならばよしにせむといふ、くに子《こ》のしきりにつかれて道ゆきなやむも哀《あはれ》なれば、今日はこれまでよとて帰る、まだ午前成《なり》し、家にかへりて猶《なほ》さま〴〵に相談なす、幾《いく》そ度《たび》(9)おもへども下町に住まむ事はうれしからず、午後より更《さら》に山の手を尋《たづ》ねばやといふ、庭のほしければなり。

　駒込《こまごめ》、巣鴨《すがも》、小《こ》石川辺《いしかはへん》はいづれも土地がら静かによき処《ところ》なれど、何《なに》がしくれがし(10)の別荘など多く、我《わ》が様《やう》なるいやしき商《あきな》ひしたりとて買ふ人あるまじと覚《おぼ》ゆ、さては詮《せん》なし、牛込《うしごめ》ならば神楽坂《かぐらざか》あたりこそと覚《おぼ》ゆれど、知る人ちかゝらむも侘《わび》しくかれこれさだまらずしてかへる、飯田《いひだ》ばしより御茶《おちゃ》の水《みづ》通《どほ》りを来《く》れば、今日は川開《かはびら》き(11)とて此《この》わたりに小舟《こぶね》うかべて客を引くよ、おかには馬車きしらせていそがするもあり、かち(12)なるも美事《みごと》によそほひ立てゝ其《その》さまほこらしげなり、かへり見れば邦子《くにこ》のつかれにつかれけるあしを引きてしとゞ汗に成《なり》てしたがひ来《く》る、あはれ此人《このひと》もふびん也《なり》、いといとけなきに(13)父兄《ちゝあに》におくれて(14)浮《うき》よめかしき遊び(15)をもしらず、萬《よろづ》はかなくて

(9) 何度も。
(10) だれそれ。
(11) 川開きは毎年七月一五日。明治二六年のこの日はうだるような暑さの中、隅田川河畔は大盛況だった。

図25

(12) 歩いて行くこと。
(13) 幼い時に。
(14) 先立たれて。
(15) 当世風の楽しみ。

送るほどにやうやう(1)浮《うき》よのかはりものに成りて、春の花ののどかなるをのみ見てうれしとおもはぬほどに成《なり》ぬる、さてやこれよりの境界《きやうがい》(2)のあさましきをおもへば此人《このひと》の為《ため》も母の為《ため》もかなしさは胸にみちてすゝむべき方もおぼえず、さりとて退《しり》ぞきて行《ゆく》かたもなし　心ぼそしとはかゝる時をこそ。

＊

十七日　晴れ。家を下谷《したや》辺《へん》に尋《たづ》ぬ、国子《くにこ》のしきりにつかれて行《ゆく》ことをいなめば(3)母君《はゝぎみ》と二人にて也《なり》、坂本通《さかもとゞほ》りにも二軒《けん》斗《ばかり》見たれど気に入《いり》けるもなし、行々《ゆき〱》て龍泉寺町《りうせんじちやう》(4)と呼ぶ処《ところ》に間口《まぐち》二間奥行《けんおくゆき》六間斗《けんばかり》なる家(5)あり、左隣りは酒屋なりければ其《そ》処《こ》に行《ゆ》きて諸事《しよじ》を聞く、雑作《ざうさく》(6)はなけれど店は六畳《でふ》にて五畳《でふ》と三畳《でふ》の座敷あり、向きも南と北にして都合わるからず見ゆ、三円の敷金《しききん》にて月壱円五十銭《せん》といふにいさゝかなれども庭もあり、其家《そのいへ》のにはあらねどうらに木立どものいと多かるもよし、さらば国子《くにこ》にかたりて三人《みたり》ともによしとならばこゝに定

(1) 次第に。

(2) 境遇。

(3) 拒むので。

(4) 龍泉寺町。下谷区（現・台東区）の東北隅にあり、新吉原の裏になる。

(5) 二戸建ての棟割り長屋らしい。当時の下町の商店の典型的造り（図は一葉たちが住んだ家の間取り予想図）。

図 26

(6) 造作。建具や棚など。

(7) 新吉原仲之町、すなわち江戸町二丁目にあった引手茶屋伊勢久。引手茶屋は、一旦客を迎え、あらためて遊女屋に案内する茶屋。

めんとて其《その》酒屋にたのみてかへる、邦子《くにこ》も違存《ゐぞん》なしといふより夕《ゆふ》かけて又《また》ゆく、少し行《ゆき》ちがひありて余人《よじん》の手に落ちん景色なればさま〴〵に尽力《じんりよく》す。

*

廿五日　晴れ。母君《はゝぎみ》中之町《なかのちやう》の伊《い》せ久《きう》(7)におちよどの(8)を訪《と》ふ、仕事のせ話《わ》(9)をたのみになり、心よく引《ひき》うけくれたるよしにてゆかた一枚持参、これを手みせ(10)にこれよりは絶えせず世話をなさんといひけるよし、国子《くにこ》直《たゞち》に仕たてにかゝる、此《この》夕べ国《くに》子《こ》と共に三間町《さんげんちやう》(11)に病人の安否《あんぴ》をとひ、帰路《きろ》花川戸《はなかはど》、待乳山《まつちやま》(12)下《した》、山谷《さんや》ぼりより日本づゝみをかへる、いぬるまで(13)国子《くにこ》と共に家の善後《ぜんご》策《さく》を案ず。

落《おち》ぶれてそでに涙のかゝるとき人の心の奥ぞしらるゝとはげにいひける言葉哉《かな》、たらぬことなき其《その》むかしは人はたれも〳〵情《なさけ》ふかきもの世はいつとてかはりなきものとのみ思ひてけるよ、人世之《じんせいの》行路《かうろ》難《なん》は人情反《にんじやうはん》ぷく(14)の間《あひだ》にあるこそいみじけ

(8) 木村千代。伊勢久の使用人か。
(9) 内職の仕立物の斡旋。
(10) 腕を見せるための見本。
(11) 浅草区（現・台東区）三間町に広瀬伊三郎の妾わかが病床にあった。
(12) 浅草聖天町。浅草寺末本龍院（聖天様）の境内にある丘。

図 27

(13) 寝るまで。
(14) うらぎること。

れ(1)、父兄《ちゝあに》よにおはしましける昔《むか》しの人も、こゝにかく落《おち》はふれぬる今日の人も、見るめに何のかはりは覚《おぼ》えざれど、心ざまのいろ〳〵をみれば浮世さながらうつろひぬる様《やう》にこそおぼゆれ、さればこそ人に義人君子《ぎじんくんし》とよばるゝは少なく、貞女《ていぢよ》孝子《かうし》のまれなるぞ道理なる、人は唯其時々《たゞそのときぐ》の感情につかはれて一生をすごすもの成《なり》けりな、あはれはかなのよや、さりとては又《また》哀れのよや、かの釧之《せんの》助《すけ》(2)が我家《わがいへ》に対《たい》して其《その》むかし誠をはこびけるも昨日今日《きのふけふ》のつれなき風情《ふぜい》も、共に其《その》こゝろのうつしゑ成《なり》けり、今にもあれ我《わ》が国子《くにこ》をゆるさん(3)といはゞ手のうらを返さぬほどにそのあしらひの替《かは》りぬべきは必定也《ひつでうなり》、をかしやうきよのさま〴〵なる、こゝには又《また》かゝる恋もありけり、其《その》かみは我家《わがいへ》たかく彼家《かのいへ》いやしく欲《よく》より入《いり》て我《わが》はらからを得《え》んとこひ願ひけめ、やう〳〵移りかはりてはかしことみて我《わ》れ貧《ひん》なるから恩をきせてをしいたゞかせんとや斗《はか》りつらむ、夫《それ》にもしたがふべき景色の見えぬをいとつらにくゝ口をしくおもひて、扨《さて》はこたびの事を時機《じき》におもひのまゝにくる

(1) ひどくつらいことである。
(2) 西村釧之助。前日母が借金に出向いて断られている。この年の四月に、釧之助から妹くにへの求婚を断っている。
(3) 嫁にやろう。

しめんとたくらみけるにや、こは我《わ》がおもひやり（4）の深きにて、あるひはさる事もあらざるべしとはおもへども、彼《か》れほどの家に五円十円の金《かね》なき筈《はず》はあらず、よし家にあらずとて友もあり知人もあり、男の身のなさんとならば成《な》らぬべきかは、殊《こと》に母君《はゝぎみ》のかしら下《さ》ぐる斗《ばかり》にの給《たま》ひけるをや、とざまかうざま（5）におもへどかれは正《まさ》しく我《わ》れに仇《あだ》せんとなるべし、よし仇《あだ》せんとならばあくまでせよ、樋口《ひぐち》の家に二人残りける娘のあはれ骨《ほね》なしか、はらはたなしか（6）、道の前には羊にも成《な》るべし（7）、仇《あだ》ときゝてうしろを見すべき我々《われわれ》にもあらず、虚無のうきよに好死処《よきしにどころ》あれば事たれり、何《なん》ぞや釧之助《せんのすけ》風情《ふぜい》が前にかしらを下《さ》ぐるべきかは、上に母君《はゝぎみ》おはしますにこそ何事《なにごと》もやすらかにと願ひもすれ、此一度《このひとたび》のふみを出《いだ》して其《その》返事のも様《やう》に寄りてはとおもふ処《ところ》ありけり。

＊

（八月）三日　曇り。早朝家を出《い》づ、根津《ねづ》片町《かたまち》にほうづき屋《や》

（4）おしはかること。
（5）あれやこれやさまざまに。
（6）意気地なし。
（7）正しい行いの前では、羊のように従順にもなるだろう。

を尋《たづ》ね、上野《うへの》をぬけて郵便局に為替《かはせ》うけとる、金《きん》七円也《ゑんなり》、それより門跡《もんぜき》前に廻《まは》りて問屋《とひや》に持込《もちこみ》の事をたのむ、帰宅後直《たゞち》に伊《い》せ利《り》(1)がもとへはがき出《いだ》す、母君《はゝぎみ》は広瀬《ひろせ》より来《き》たりし由《よし》二円をもちて伊三郎《いさぶらう》が留守宅にゆく、おわかに渡さんとて也《なり》。朝より今日は芳太郎《よしたらう》来《き》たりけり、午後より雨折々《をりく》にふる、日くれてより国子《くにこ》と共に燈籠《とうろう》見にゆく、人形に変《かは》りける景況《けいきやう》を見んとてなり、帰路雨になる。

人形は安本亀《やすもとかめ》八(2)及《およ》び門弟《もんてい》などの作なるべし、

東京《とうきやう》 名処《めいしよ》成《なり》けり。

毎夜廓《くるわ》に心中ものなど三味《しやみ》線《せん》に合《あは》せてよみうり(3)する女あり、歳《とし》は三十《みそぢ》の上いくつ成《な》るべきにや、水浅黄《みづあさぎ》にうろこ形《がた》のゆかたきて帯は黒じゆすの丸帯《まるおび》をしめ、吉原《よしはら》かぶり(4)に手ぬぐひかぶりて、柄《え》長《なが》の提燈《ちやうちん》を襟《えり》にさしたるさま小意気《こいき》にしやんとして其《その》むかしは何成《なになり》けん鶯《うぐひす》なかせし末《すゑ》なるべきか(5)、まだ捨《すて》がたき葉桜《はざくら》の色を捨てゝのあきなひと見れば、大悟《たいご》のひじりの心地もすれど、あるひは買《かひ》かぶりの我《わ》れ主義《しゆぎ》にて仇《あだ》(6)な小歌《こうた》の声

(1) 日本橋中橋の雑貨屋。
(2) 人形製作の名人。
(3) 門前で浄瑠璃の本などを売るために、そのさわりの一節などを語るもの。
(4) 手ぬぐいを二つ折りにして頭上にのせ、その両端を後ろで結ぶかぶり方（『樋口一葉 小説集』二九〇頁図21参照）。
(5) かつては色香もあって美しく、男たちを騒がせた。
(6) 粋でなまめかしい。
(7) 素見ぞめき。遊女をひやかすだけで、登楼して遊ばないこと。
(8) たわむれ。
(9) 都々逸「やぼならかうしたうきめはしまい、粋が身をくふふしあはせ」。
(10) 端唄「ぬばたまの闇をお前に登り詰め二階せかれて忍び逢ふ夜は夢さへ……」。
(11) 松の位は遊女の最高位。

自《じ》まんこれに心をとゞめよとにや、すけんぞめき(7)の格子《かうし》先《さき》、一寸一服袖引《ちよつといつぷくそでひき》たばこ、あがれあがるの問答に心うかるゝ、たは(8)れをばしらず、粋《すゐ》が身をくふ(9)おもふどし二かいせかれてしのびあし(10)、籬《まがき》にからむつたのもん、松の太夫《たいふ》(11)とさゝやきの哀れ命を引四《ひけよ》(12)つのかねに限り、ゑんをう瓦上《ぐわじやう》おく霜《しも》(13)の明日《あす》をもまたじとおもひつめし身には、いかに身にしみて心ぼそかるべき、ほそく澄《すみ》たる声はりあげて糸の音色《ねいろ》もしめやかに大路《おほぢ》小《こう》路《ぢ》とながしゆくうしろ姿、これが哀《あはれ》か、かれが哀《あはれ》か。

一昨日《をとつひ》の夜《よ》我《わ》が門通《かどとほ》る車の数《かず》をかぞへしに十分間に七十五輛成《りやうなり》けり、これをもてをしはかれば一時間には五百輛《りやう》も通るべし、吉原《よしはら》かくてしるべし、さりながら多くは女づれなどの素見客《ひやかしきやく》のみにて茶屋かし座敷(14)の実入《みい》りは少なきよしに聞く、伊《い》せ久《きう》などにてすら客の一人もなき夜《よ》ありとかいひし、さなるべし、今宵《こよひ》九時まで見ありきけるうち、かんばん(15)を提《さ》げたる茶屋送りの客は一人《にん》も見うけざりき、されど角《かど》ゑび(16)のみは大景気《おほげいき》に見えけり、此夜《このよ》江戸町《えどちやう》(17)に迷子を助《たす》く、四《よ》つ斗《ばかり》の男子《をとこのこ》

(12) 午前零時すぎ。
(13) 白楽天の長恨歌の「鴛鴦瓦冷霜華重」をふまえたもの。
(14) 遊女屋。娼妓解放令以後「貸し座敷」と称した。
(15) 屋号や家紋の入った弓張り提灯（『樋口一葉 小説集』三一五頁図2参照）。
(16) 角海老。京町一丁目の角にあった大店の貸し座敷。

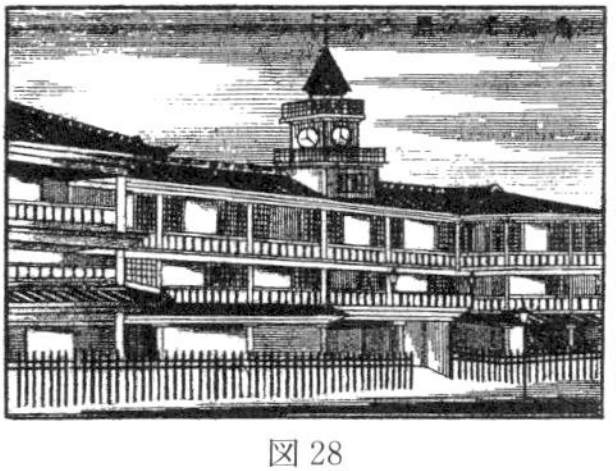

図 28

(17) 大門に最も近い吉原の一角。

にて何事《なにごと》も分からざりしには困りき、後《のち》にしれたるが父母《ちゝはゝ》及《およ》び他《た》に男女二人三人《なんにょふたりみたり》あり、こゝはさほど雑踏《ざつとう》の処《ところ》にもあらざりしを迷子になしける親のいかにうかつに見ありき居《ゐ》けるにかをかし、さて我《わ》が子を尋《たづ》ねあてぬれどさして我《わ》れ等《ら》によろこびを述べんとにもあらず、やがて又《また》向ひの横町《よこちやう》に伴《ともな》ひ行《ゆ》きける、をかしき人もありけるものなり。

＊

五日　晴れ。早朝根津《ねづ》のほうづき屋《や》を訪《と》ふ、はなしあり、下谷《したや》区《く》役処《やくしよ》に廻《まは》りて菓子《くわし》小売《こうり》の鑑札《かんさつ》をうけんとす、いまだ戸籍の事さだまらざればとてやめになす、今日も午後まで問屋《とひや》来《きた》らず、伊《い》せ利《り》の手つだひにとて一時ごろに来たりければ中《なか》村《むら》屋(1)に約束の為《ため》ゆく、直《たゞち》に送るべしといふ、二時までまてど来たらず、三時にもまだ也《なり》、四時も過《すぎ》けり、五時ちかく成《な》りて来《きた》る、日没までにかざりつけ済《すみ》たり、二間《けん》の間口《まぐち》に五円の荷《に》を入《い》れけるなれば其淋《そのさび》しさおもふべし、幸ひに田部井《たべゐ》より

(1) 荒物問屋。
(2) ガラス入りの蓋つきの木箱。中の商品が見えるようになっている。

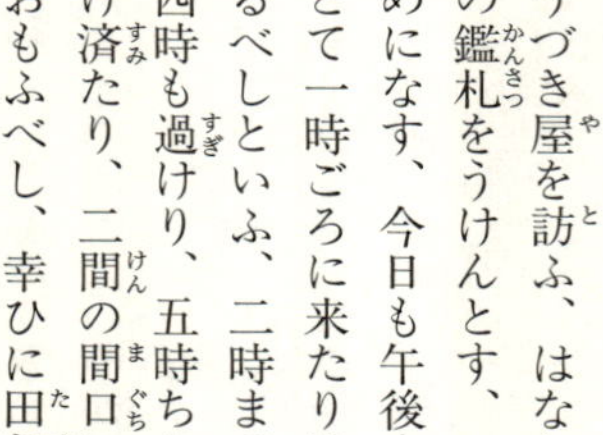

図 29

がらす箱《ばこ》(2)を買ひおきしかばそれにて少しものにぎやかしに成《なり》ぬ、伊《い》せ利《り》には一こん出《いだ》す、十時ちかくまで飲みて話しけり。

六日　晴れ。店を開く、向ひの家にて直《たゞち》に買ひに来《きた》るも中々にをかしき物也《ものなり》、母君《はゝぎみ》は例の奥田《おくだ》(3)に利《り》金払《きんはら》ひ田部井《たべゐ》に箱をあがなはん(4)とて家を出《い》づ、師君《しぎみ》より書状来《しよじやうきた》る、一両日中《りやうにちちう》に伊香保《いかほ》へ湯治《たうぢ》に趣《おもむ》き給《たま》ふよし、その留守にて我《わ》れ主《しゆ》と成《な》りて数《かず》よみ催《もよほ》(5)しくれよとの頼み也《なり》、断《ことは》りの文《ふみ》を出《いだ》す。

文《ふみ》につけて思ひ出《いで》たり、伊庭《いば》(6)のもとに一昨日《をとつひ》はがき出《いだ》したり。

夕刻より着類《きるい》三《み》つよつもちて本郷《ほんがう》の伊《い》せ屋《や》(7)がもとにゆく、四円五十銭《せん》かり来《きた》る、菊池君《きくちぎみ》のもとに紙類少《かみるゐすこ》し仕入《しい》る、二円ちかく成《なり》けり、今宵《こよひ》はじめて荷をせをふ、中々に重きものなり、家に帰りしは十時ちかく成《な》りき、持参の紙類《かみるゐ》明日の朝店に出《いだ》すべき様《やう》今宵《こよひ》のうちに下ごしらへをなす、十一時床《とこ》に入《い》る。

(3) 名は栄という未亡人。樋口家の債権者。
(4) 買おう。
(5) 数詠。多いときは五〇、六〇という数の題を用意し、各題一首ずつ詠み競うもの。また、一定の時間内に詠む歌の数を競うものもある。
(6) 隆次。郵便局員。
(7) 質屋。大体月初めごとに伊勢屋を訪ねているのは、質入期限が一カ月のためであろう。

＊

九日　晴れ。早朝、二人《ふたり》あきなひあり、物馴《ものな》れぬほどのをかしさは五厘《りん》の客に一銭《せん》のものをうり、一銭《せん》の客に八厘《りん》のものを出《いだ》すなど、跡《あと》にてしらぶればあきれたる事をのみなすものぞかし、此《この》まゝにてをしゆかば中々に利《り》を見ることの出来《でき》得《う》べきにもあらねど其《その》うちには又其《またその》うちの利口生《りこうしやう》ずべしなど語り合ふ、伊《い》せ久《きう》のお千代《ちよ》どの買《かひ》ものに来《きた》らる、二十銭斗《せんばかり》商《あきな》ひあり、午後上野君来訪《うへのぎみらいはう》、夕飯をいだす、日くれてより西《にし》村来《むらきた》る、金《きん》十円持参《ぢさん》、上野《うへの》の房蔵君徴兵《ふさざうぎみちようへい》の抽《ちう》せんにのがれけるよし。

十日　晴天《せいてん》。早朝母君《はゝぎみ》と共に森下《もりした》にて菓子箱を買ふ、帰路《きろ》母君《はゝぎみ》三間町《げんちやう》を訪《と》ひ給《たま》ふ、伊三郎《いさぶらう》がつま昨朝逃亡《さくてうたうばう》と聞く、驚愕《きやうがく》直《たゞち》に山梨《やまなし》へ書状出《しよじやういだ》す、北川君《きたがはぎみ》(1)のもとへは明朝《めうてう》菓子買出《かひだ》しにゆくべきよしはがき出《いだ》す。

(1) 妹くにの友人北川秀子の家。菓子・玩具類を商う。

七つといふとしより草双紙《くさざうし》(2)といふものを好《この》みて手まりやり羽子《はご》(3)をなげうちてよみけるが、其中《そのなか》にも一《いち》と好《この》みけるは英雄《えいゆう》豪傑《がうけつ》の伝《でん》、仁侠義人《じんけふぎじん》の行為などのそゞろ身にしむ様《やう》に覚《おぼ》えて、凡《すべ》て勇ましく花やかなるが嬉《うれ》しかりき、かくて九つ斗《ばかり》の時よりは我《わが》身の一生の世の常にて終らむことなげかはしく、あはれくれ竹の(4)一《ひと》ふしぬけ出《いで》てしがなとぞあけくれに願ひける、されども其《その》ころの目には世の中などいふもの見ゆべくもあらず、只雲《たゞくも》をふみて天にとゞかむを願ふ様成《やうな》りき、其頃《そのころ》の人はみな我《われ》を見ておとなしき子とほめ、物おぼえよき子といひけり、父は人にほこり給《たま》へり、師《し》は弟子中《でしちう》むれを抜《ぬ》けて秘蔵《ひざう》にし給《たま》へり、おさなき心には中々に身をかへり見るなど能《あた》ふべくもあらで天下くみしやすきのみ我事成就《わがことじやうじゆ》なし安きのみと頼みける、下のこゝろ(5)にまだ何事《なにごと》を持ちて世に顕《あら》はれんとも思ひさだめざりけれど、只利慾《たゞりよく》にはしれる浮《うき》よの人あさましく厭《いと》はしく、これ故《ゆゑ》にかく狂へるかと見れば金銀はほとんど塵《ちり》芥《あくた》の様《やう》にぞ覚《おぼ》えし、十二といふとし学校をやめけるが、そは

(2) 江戸中期から明治の初めにかけて作られた挿し絵主体の振り仮名付きの読み物。

図30

(3) 羽根つき。
(4) 「ふし」にかかる枕詞。
(5) 心の奥底に。

母君《はゝぎみ》の意見にて女子《ぢよし》にながく学問をさせなんは行々《ゆく〳〵》の為《ため》よろしからず、針仕事にても学ばせ、家事の見ならひなどさせんとて成《なり》き、父君《ちゝぎみ》はしかるべからず(1)猶《なほ》今しばしと争ひ給《たま》へり、汝《なんぢ》が思ふ処《ところ》は如何《いか》にと問ひ給《たま》ひしものから、猶生《なほうま》れ得《え》てこゝろ弱き身にていづ方《かた》にも〳〵定かなることいひ難《がた》く、死ぬ斗《ばかり》悲しかりしかど学校は止《やめ》になりけり、それより十五まで家事の手伝ひ裁縫《さいほう》の稽古《けいこ》とかく年月《としつき》を送りぬ、されども猶夜《なほよ》ごと〳〵文机《ふづくゑ》にむかふ事をすてず、父君《ちゝぎみ》も又我《またわ》が為《ため》にとて和歌の集など買ひあたへたまひけるが、終《つひ》に萬障《ばんしやう》を捨てゝ更《さら》に学につかしめんとし給《たま》ひき、其頃遠田澄庵《そのころとほだちようあん》(2)父君《ちゝぎみ》と心安《こゝろやす》く出入《でいり》しつるまゝに此事《このこと》かたりて、師《し》は誰《たれ》をか撰《えら》ばんとの給《たま》ひけるに、何《なに》の歌子《うたこ》とかや娘の師にてとしごろ(3)相《あひ》しりたるがあり此人《この》こそとすゝめけるにさらばとて其《その》人をたのまんとす、苗字《めうじ》もしらず宿処《しゆくしよ》をも知らざりしかば、荻野君《おぎのぎみ》にたのみて尋《たづ》ねけるに、そは下田《しもだ》(4)の事なるべし、当時《たうじ》婦女《ふぢよ》の学者は彼《か》の人を置《おき》て外《ほか》にあるまじとてかしこに周旋《しうせん》されき、然《しか》るに下田《しもだ》ぬしは当時《たうじ》華《くわ》

(1) そうではない。

(2) 旧幕時代、奥医師をしていた。

(3) 年来。

(4) 下田歌子。明治一九年以降華族女学校の教授兼学監を務めた。実践女子大の創立者。

族女学校《ぞくぢよがくかう》(5)の学監《がくかん》として寸暇《すんか》なく、内弟子《うちでし》としては取りがたし、学校の方《かた》へ参《まゐ》らせ給《たま》はゞとの答へなりけれど、我《わ》がやうなる貧困なる身が貴《き》紳《しん》のむれ(6)に入《いり》なんも侘《わび》しとてはたさず、兎《と》角《かく》日《ひ》を送りて或時《あるとき》さらに遠田《とほだ》に其《その》はなしをなしたるに我《わ》が歌子《うたこ》と呼ぶは下田《しもだ》の事ならず、中島《なかじま》とて家は小《こ》石川《いしかは》なり、和歌は景樹《かげき》(7)がおもかげをしたひ書は千《ち》蔭《かげ》(8)が流れをくめり、おなじ歌《うた》子《こ》といふめれど下田《しもだ》は小川のながれ(9)にして中島《なかじま》は泉のみなも(10)となるべし、入学のことは我《わ》れ取《とり》はからはんに何事《なにごと》の猶予《いうよ》をかしたまふとてせちにすゝむ、はじめて堂《だう》(11)にのぼりしは明治十九年の八月二十日成《な》りき。

(5) 女子学習院の前身。
(6) 上流社会の人々。
(7) 香川景樹。桂園調と呼ばれる新風の和歌を普及、幕末歌壇に一大勢力を形成した。
(8) 加藤千蔭。江戸後期の歌人、国学者。能書家でも知られた。
(9) 下田歌子は桂園派の八田知紀に学んでおり、むしろ直系といえる。
(10) 中島歌子は江戸派に属する加藤千浪に学んでいるが、しだいに桂園派を母胎とする御歌所派に接近した。
(11) 萩の舎。

塵中《ぢんちう》日記（明治二十六年八月）

十九日　晴れ。風あらし。午前より西村《にしむら》の母君来訪《はゝぎみらいはう》、例の縁辺《えんぺん》の事(1)につきてはなしあり、夕ちかく帰宅されき。

明日は鎮守《ちんじゆ》なる千束神社《せんぞくじんしや》(2)の大祭《たいさい》なり、今歳《ことし》は殊《こと》ににぎはしく山車《だし》などをも引出《ひきいづ》るとて人々さわぐ、隣りなる酒屋にて、両日間《りやうじつかん》うり出《だ》しをなすとて、かざり樽《だる》(3)など積《つみ》たつるさま勇ましきに、思へば我家《わがいへ》にても店つきのあまりに淋《さび》しからむは時に取りて策《さく》(4)の得《え》たる物にあらじ、さりとてもとでを出《いだ》して品《しな》をふやさん事は出来《でき》うべきにもあらずよし出来《でき》たりとてさる当《あ》てもなき事に空しく金《かね》をつひやすべきにあらず、いでや中《なか》村《むら》やに行《ゆ》きてかざり箱《ばこ》(5)少しあがなひ来《こ》んとて夜《よ》に入《い》りてより

（1）西村釧之助の縁談のこと。相手は未詳。
（2）下谷区（現・台東区）龍泉寺町の千束稲荷神社。
（3）化粧縄をかけて飾ったこもかぶりの樽。

図31

（4）こういう時にあたって。

家を出《い》づ、今宵《こよひ》即座《そくざ》に間に合はざりしかば明日のあさ持参《ぢさん》すべき約束にさだめてまつち五十銭斗《せんばかり》をあがなひぬ、そは金《かね》がさ少なくして見場《みば》のよければなり。今夜は更《ふく》るまで大多忙《だいたぼう》。

（5）商品を並べて飾るための木製の箱。

図32

日記ちりの中（明治二十七年二月—三月）

ひるは少し過《すぎ》たるべし、耳なれたるとうふうりの声の聞《きこ》ゆるに、おもへば菊坂《きくざか》の家にてかひなれたるそれなりけり。あぶみ坂《ざか》(1)上《うへ》の静かなる処《ところ》ぞ真砂町《まさごちやう》三十二番地と人をしゆるまゝに、とある下宿屋のよこをまがりて出《いづ》ればやがてもと住《すみ》ける家の上なり。大路《おほぢ》よりは少し引入《ひきい》りて、黒ぬり塀《べい》にかしの木の植込《うゑご》み立たる、入《い》るべき小道《こみち》にしるしの板たてゝ、雨《あめ》露《つゆ》にさらされたれば、文字はうすけれど、天啓顕真術会本《てんけいけんしんじゆつくわいほん》部《ぶ》(2)とよまれたるにぞ此処《こゝ》也《なり》とむねとゞろく、入《い》りて玄関におとなへば、おうとあらゝか(3)に答へて、書生成《しよせいなる》べし十七八の立《たち》ながら物いふ男二間《けん》なる障子《しやうじ》を五寸斗《すんばかり》あけてものいふ、下谷《したや》

(1) 菊坂町の裏へ下る坂。
(2) 久佐賀義孝の鑑定所。久佐賀は熊本生まれ、禅・易を修めた後朝鮮に渡り、季節学を研究、清、インド、アメリカを研究、研修旅行して帰国。天啓顕真術会を創設。
(3) 荒々しく。
(4) 難病や相場などの吉凶を顕真術と称する方法で占うもの。鑑定両十銭を取っていた。
(5) 予言、判断を求める身の上相談など。
(6) 隣り合う棚を段違いに取り付けた棚。普通、床の間の脇に設けられる。

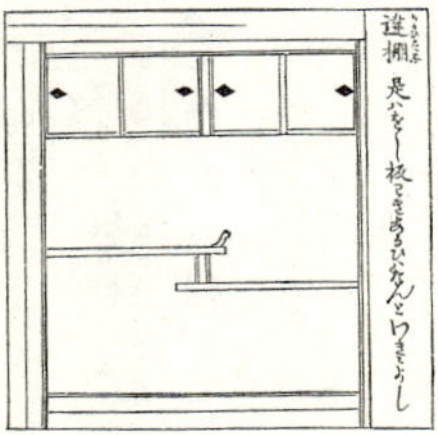

図 33

辺《へん》より参《まゐ》りたるものなれど先生にこま〳〵お物語せまほしく御《お》人少《ひとすく》なゝる折《をり》に御《ご》見《けん》ねがひたければ何時《いつ》出《で》てしかるべきにや、お取次給《とりつぎたま》はるべしといへば、鑑定《かんてい》(4)にはおはしまさずやととふ、いな鑑定《かんてい》にはあらずといふ、さらば事故(5)にこそ御名前《おなまへ》はと又《また》とふに、はじめて出《いで》たるなれば通《つう》じ給《たま》ふとも名前の甲《か》斐《ひ》はなけれど秋月《あきづき》と申させ給《たま》へとこたへけり、男入《い》りてしばしもあらず出《い》で来《き》つるが、何《なん》の事故にや師は只今直《たゞいますぐ》にてもよろしとある、こゝろ安きに先《ま》づうれしくて、さらばゆるし給《たま》へとみちびかる、襖一重《ふすまひとへ》のそなたは其鑑定局《そのかんていきよく》なるべし、敷《しき》つめたる織物《おりもの》の流石《さすが》に見にくからず、十畳斗《でふばかり》なる処《ところ》に書棚《しよだな》、ちがひ棚《だな》(6)、黒棚《くろだな》(7)など何処《いづこ》の富家《ふうか》よりおくられけん、見るめまばゆし、額二《がくふた》つありしが、一つは静心館《せいしんくわん》とやありし、今一つは何《なに》成《なり》けん、床《とこ》は二幅対《ふくつゐ》の絹地《きぬぢ》の画《ゑ》也《なり》、床《とこ》を背にして大《おほ》きやかなる机をひかえ、火鉢の灰かきならし居《を》るは其《その》人ならん年は四十斗《ばか》りにや小男《こをとこ》にして音声《おんせい》静かにひくし、机の前に大きなる火桶《ひをけ》ありて、そが前にしとね(8)敷《しき》たる、それにをよとて(9)しきり

（7）黒漆で塗った三階の棚。書棚、御厨子棚とならんで武家調度の三棚の一つ。本来は歯黒箱、元結箱など化粧道具を飾っておくもの。

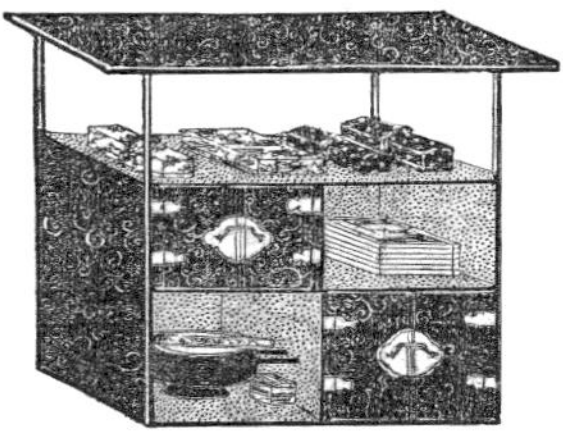

図 34

（8）座布団。
（9）すわられよと言って。

にすゝむ、我《われ》も彼《か》れもしばしは無言成《むごんなり》しが、いでや御《お》はなし

承《うけたまは》らん、何等《なにら》の事故おはしますにやとかれより問《と》ひ出《い》づ、つれ〴〵の法師《はふし》が詞《ことば》に、名を聞《きく》よりやがて実《まこと》はおもひやらるれど、逢見《あひみ》れば又《また》おもふ様《やう》のかほしたる人ぞなき(1)とありしが、げにしかぞかし、さればかくいはんといはんとおもひまうけしことは、時にあたりてさもいふまじきこともあり、さらに我《わ》がむねを開くこともありかし、先《まづ》はことに先だちて申すべきはをしかけに参《まゐり》ての罪あさからざると、女子《をなご》の身にてきまりをこえのりのほかにはしり、あと聞給《きゝたま》ひてはものぐるはしとやおぼし給《たま》はん、それには故《ゆゑ》ありもとあり、天地《あめつち》をおさめ給《たまふ》らんとおもふそのひろやかなる御胸《おんむね》のうちに、愚言《ぐげん》の愚《おろか》なるも、卑言《ひげん》のさもしきも捨て給《たま》はず、愛憎好悪《あいぞうかうを》さまざまの塵《ちり》あくたの外《ほか》に埋《うづ》もれながら一節《ひとふし》きえぬ誠のこゝろを聞《きこ》しめして、おぼしめし給《たま》ふ処《ところ》を仰《おほ》せ給《たま》はらば嬉《うれ》しかるべし、我《わ》れはまことに窮鳥《きうてう》の飛入《とびい》るべきふところなくして、宇宙の間《あひだ》にさまよふ身に侍《はべ》る、あはれ広き御《おん》むねはうちにやどるべきとま

(1) 徒然草七一段を引く。

り木もや、まづ我がことを聞きたまふべきやといへば、よし、おもしろし、いかで聞かんと身をすゝます、我身《わがみ》父をうしなひてことし六年、うきよのあら波にたゞよひて、昨日《きのふ》は東《ひがし》今《け》日《ふ》はにし、あるは雲上《うんじやう》の月花《つきはな》(2)にまじはり、或《ある》は地下《ぢげ》の塵芥《ちりあくた》にまじはり、老《おい》たる母、世のことしらぬいもとを抱《いだ》きて、先《まづ》こぞまでは女子《をなご》らしき世をへにき、聞《きゝ》たまへ先生、うきよの人に情《なさけ》はなかりけるものを、わがこゝろよりつくり出《いで》たのもしき人とたのみ、にごれるよをも清《す》める物とおもひて、我《わ》れにあざむかれてこゝに誠を尽《つく》しにき、一朝《てう》まなこの覚《さ》めぬるは、我《わ》が宇宙にさまよふのはじめにして、人しらぬくるしみ此《この》時より身にまつはりぬ、あえなくはかなく浅ましき物とおもひ捨てゝ、今は下谷《したや》の片《かた》ほとりにあきなひといふもふさはしかるまじきいさゝか成《な》る小店《こみせ》を出《いだ》して、こゝを一身《しん》のとまり(3)と定むれど、なぞやうきよのくるしみのかくて免《まぬ》がるべきに非《あ》らず、老《おい》たる母に朝四暮三《てうしぼさん》(4)のはかなきものさへすゝめ難《がた》くて、我《わ》がはらから(5)の侘《わ》び合へるはこれのみ、すでに浮世に

(2) 高貴な家柄の人たち。

(3) 住みか。

(4) 中国宋代の狙公が飼い猿に餌のとちの実を朝三つ晩四つとしたところ、少ないと猿が怒ったので、朝四つ晩三つにして喜ばせたという故事より、日々の貧しい食事をいう。

(5) 姉妹。

望みは絶えぬ、此《この》身ありて何《なに》にかはせん、いとをしとをしむは親の為《ため》のみ、さらば一身《しん》をいけにゑにして運を一時《じ》のあやふきにかけ、相場《さうば》といふこと為《な》して見ばや、されども貧者《ひんじや》一銭《せん》の余裕《よゆう》なくして我《わ》が力にて我《わ》がことを為《な》すに難《かた》く、おもひつきたるは先生のもと也《なり》、窮鳥《きうてう》ふところに入《いり》たる時ばかり人《びと》もとらずとかや、天地《あめつち》のことはりをあきらめて(1)、広く慈善《じぜん》の心をもて萬人《ばんにん》の痛苦《つうく》をいやし給《たま》はんの御本願《ごほんぐわん》に思《おぼ》し当《あた》ることあらば教へ給《たま》へ、いかにや先生、物ぐるはしきこゝろのもと末《すゑ》(2)、御《おん》むねの内《うち》に入《いり》たりやいかにと問へば、久佐賀《くさか》はしば〱我《わが》おもて打《うち》ながめて打《うち》なげくけしきに見えしが、年はいくつぞ生れはと問ふ、申年生《さるどしうま》れの二十三にて三月二十五日出生《しゆつしやう》といへば、さても上々《じやうぐ》の生れかな、君がすぐれたる処《ところ》をあげたらば、才あり智あり物に巧《たくみ》あり、悟道《ごだう》(3)の方《かた》にはゑにしあり、をしむ処《ところ》は望みの大《だい》にすぎてやぶるゝかたち見ゆ、福禄《ふくろく》十分《ぶん》なれども金銭《きんせん》の福ならで、天稟《てんぴん》(4)うけ得《え》たる一種の福なればこれに寄りて事はなすべきに、万商ひと聞《きく》だに君には

(1) 知りつくして。

(2) 次第。

(3) 仏教の精神を悟ること。

(4) 生まれつきの才能、性質。

不用なるを、ましてや売買相場《ばいぐさうば》のかちまけをあらそふが如《ごと》きはさえぎつて止《と》め申《まをす》べし、あらゆる望みを胸中《きようちう》よりさりて終《しう》生《せい》の願ひを安心立命《あんしんりふみやう》(5)にかけたるぞよき、こは君が天よりうけたる天然の質《しつ》なればといふ、をかしやな、安心立命《あんしんりふみやう》は今もなしたり、望みの大《だい》に過《す》ぎてやぶるゝとは何《なに》をかさし給《たま》ふらん、五(6)うん空《くう》に帰《き》するの暁《あかつき》は誰《た》れか四大《だい》(7)のやぶれざるべき、望《のぞみ》も願《ねがひ》も夫《それ》までよ、我《わ》が一生は破れ〳〵て道端《みちばた》にふす乞食《こつじき》かたゐ(8)の末《すゑ》こそは終生の願ひ成《なり》けれ、さもあらばあれ、其乞食《そのこつじき》にいたるまでの道中《だうちう》をつくらんとて朝夕もだゆる也《なり》、つひに破るべき一生を月に成《なり》てかけ、花に成《なり》て散らばやの願ひ、破れを願ふほかにやぶれはあるまじやは、要《えう》する処《ところ》は好死処《よきしにどころ》の得《え》まほしきぞかし、先生久佐賀様《くさかさま》、此《こ》の好死処《よきしにどころ》ををしへ給《たまは》らずや、世に処《しよ》す道のさま〴〵もうるさし、おもしろく花やかにさわやかの事業あらばをしゑ給《たま》へとやう〳〵(9)打笑《うちゑ》みて語り出《いづ》れば、其処也《そこなり》、そこ也《なり》と久佐賀《くさか》もあまたゝび手をうつ、されども円満を願ふはうきよのならひにして、円満をつかさどるは我《わ》が

(5) 天命を知って心を安らかに保つこと。

(6) 五蘊。仏教で、色（物質）・受（印象・感覚）・想（知覚・表象）・行（心の作用）・識（心）の五つの要素。人間の心身、またその環境のすべてを形成する要素をいう。

(7) 仏教で、地・水・火・風の四元素。全ての物体はこの四つから成り立つとする。

(8) 道端で物乞いする者。

(9) 何度も。

つとめなり、破れの事は俄《には》かに語るべからず、そも君は何《なに》を以《もつ》て唯一《ゆゐつ》のたのしみと覚《おぼ》すぞや、それ　承《うけたまはら》んとある、錦衣《きんい》九重《きうてう》(1)　何《なに》かたのしからん、自然の誠にむかひて物いはぬ月花《つきはな》とかたる時こそうきよの何事《なにごと》も忘れはてゝ、造化《ざうくわ》のふところにおどり入《いり》ぬる様《やう》には覚《おぼ》ゆれ、此景色《このけしき》にむかひたる時こそとこたふ、あはれ自然の景《けい》を人間にうつして御覧ぜよ、はじめて我《わ》が性《せい》の偶然ならざるを知り給《たま》ふべし、あやめ、撫子《なでしこ》さま〴〵の性《せい》をうけて、おのがさま〴〵にほひ出《いづ》る、これこそは世の有様なれ、草木《くさき》に植時《うゑどき》の機《き》あるをしれど、人の事業に種まきの機節《きせつ》をはからざるはいと愚《おろか》ならずや、遠因近因来《ゑんいんきんいんきた》る処《ところ》一筋《ひとすぢ》ならず、人々只今《ひと〴〵たゞいま》の苦を知りて、根原《こんげん》の病ひをしらざれば、もだえはいたづらに空《くう》に散《さん》じてつゐにもとをいやすによしなし、人さかりにしては(2)天の力も及ぶかたなし、盛《さかり》なる時は我《わ》があづかりしる処《ところ》ならず、我《わ》れは精神の病院に成《なり》て、痛《つう》苦《く》の慰問者《ゐもんしや》に成《なり》て、人世《じんせい》のくずやになりて、ぼろ、白紙《しらかみ》、手《て》ならひ草紙《ざうし》、あれをもこれをもかひあつめ、撰分《えりわけ》て其《その》むき

(1)　ぜいたくな衣服をまとい貴婦人として生活すること。

(2)　運がついているときは。

〳〵の働きを為《な》させんとす、ぼろとすてたりける小袖《こそで》のちぎれも道に寄《より》てすきかへさば、今日《けふ》有用《いうよう》の新紙《しんし》と成《なり》ておほけなき(3)御前《ごぜん》に出《いづ》る折《をり》もあり、ふるきをかへして新《あら》たにし破れをと、のへてまつたふするは我《わ》が役なり、の給《たま》ふ処《ところ》は我《わ》が賛成する処《ところ》にして、君が性《せい》は我《わ》が愛し度本願《たきほんぐわん》にかなへり、月花《つきはな》を愛し給《たま》ふ心の誠をもと、したらば、其《その》ほかの出来《でき》ごとは瑣《さ》事《じ》(4)ならずや、小さき憂《うれひ》の大《おほ》きに身にか、るは日々の運用よろしからざるによる、運用の妙《めう》はこ、にありてしかも運用はたやすき物也《ものなり》、本源《ほんげん》のさとり開かれぬる後《のち》に日々の運用何事《なにごと》かはあらん、さりながら、人を知る人の我《われ》を見るは少なきがごと、本源《ほんげん》は知るといへども枝葉《しえふ》にまよふはこも又《また》無理ならざる処《ところ》ぞかし、我《わ》が会員日本全国三万《まん》にあまれり、其《その》人々箇々《こゝ》一様《やう》ならず、事によりては我《わ》れにまされるもあり、我《わ》れより師とあほぐもあれど、三世《せ》(5)にわたり一世《せ》を合《あは》するは又別物《またべつもの》にしてと、かたり来《きた》る久佐賀《くさか》もいよ〳〵こと(6)多く成《なり》て、会員《くわいゐん》のもの語《がたり》、鑑定者《かんていしや》のさま〴〵、談《だん》じ来《きた》り談《だん》じさり、語々《ごゞ》風を

（3）おそれ多い。
（4）少しばかりの事。
（5）「師は三世の契り」。師は現世だけではなく、前世、来世にわたる深い縁があるということ。
（6）言葉。
（7）語り合ってたがいの勢いが盛んになる。

生《しやう》(7)ず、我《わ》れも人も一見旧識《けんきうしき》の如し、ものがたり四時《よじ》にわたる、其《その》うち会員《くわいゐん》の質問に来《き》たりしもの一人《ひとり》あり、大阪米相場《おほさかこめさうば》の高《かう》下《げ》電話にて報《はう》じ来《き》たるなど、ろうがはしく(1)成《なり》ぬるに、時もはや日暮れに成《な》りぬ、我《わ》れもいさゝかかんがふべき事など聞《き》き出《いで》たるに、今日はこれまでとてたつ、後藤大臣《ごとうだいじん》(2)同じく夫人の尊敬一方《ひとかた》ならざるよし、および高島嘉《たかしまか》右衛《ゑ》門《もん》(3)、井上円了《ゐのうへゑんれう》(4)が哲学上《てつがくじやう》の談話など、かたること多かりし。

*

二十八日　早朝久佐賀《くさか》より書あり、君が精神の凡《ぼん》ならざるに感ぜり、爾来《じらい》したしく交《まじ》はらせ給《たま》はゞ余《よ》が本望《ほんまう》なるべしなどあり、頃日《けいじつ》(5)臥龍梅《ぐわりようばい》(6)満開《まんかい》の時なるにいかで同行して天《てん》地《ち》の花時《くわじ》と人生《じんせ》の花時《くわじ》をならべ賞《しやう》せんはたのしからずや、適《てき》日《じつ》を期《ご》して返章《へんしやう》(7)を賜《たま》はらん事をとあり。又《また》別紙に　君がふたゝび来《き》たらせ玉《たま》ふをまちかねてとて歌あり、

とふ人やあるとこゝろにたのしみて

(1)　もの騒がしく。
(2)　農商務大臣後藤象二郎。
(3)　呑象と号した易断家であり、実業家。このころは北海道拓殖事業に着手、石狩十勝地方の開墾を進めていた。
(4)　仏教哲学者。
(5)　このごろ。
(6)　亀戸天神の近くにあった梅屋敷の梅。

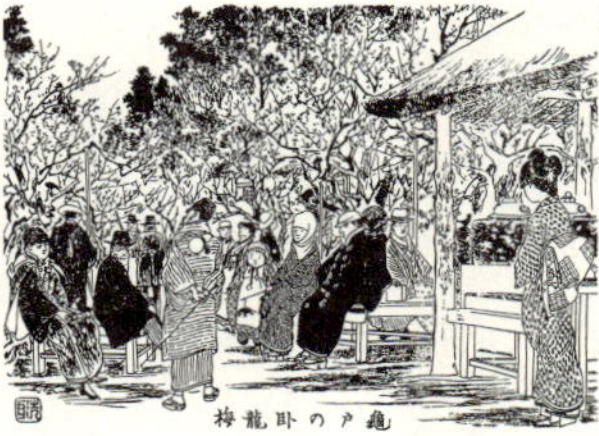

図 35

(7)　返事の手紙。

そゞろうれしき秋の夕暮

歌もよからず、手もよく書《かき》たりとは見えねど、才をもて一世《せ》をおほはんの人なるべし、梅見《うめみ》の同行《どうかう》はかれに趣向《しゆかう》あるべし、我《わ》れは彼《か》れが手中《しゆちう》に入《い》るべからずとほゝ笑みて返事したゝむ、貧者余裕《ひんじやよゆう》なくして閑雅《かんが》の天地《てんち》に自然の趣《おもむき》をさぐるによしなく、(8)御心《みこゝろ》はあまたゝび拝《はい》しながら御供《おんとも》の列にくわゝり難《がた》きをさる方《かた》(9)に見《み》ゆるし給《たま》へ、よしや袂《たもと》(10)にあまる梅がゝは此《こ》処《ゝ》に縁《えん》なくとも、おこゝろざしを月とも花とも味はひ申すべく、不日参上《ふじつさんじやう》御《おん》をしへをうけんとて、かへしならねどかくなん、(11)

すみよしの(12)松は誠か忘れ草
つむ人多きあはれうきよに

＊

(三月)十二日　母君山下君《はゝぎみやましたぎみ》(13)を吊《とぶら》ふ、(14)おくら(15)猪三郎《ゐさぶらう》のもとにゆく。禿木子《とくぼくし》及孤蝶君《およびこてふくん》(16)来訪《らいはう》、孤蝶君《こてふくん》は故馬場辰猪君《こばゞたつゐくん》(17)の令《れい》

(8) 縁がなく。
(9) それ相応にご推察の上。
(10) たとえ。
(11) 返歌ではないけれど、こんなふうに。
(12) 「松」の枕詞。この歌は、待っているとはほんとうでしょうか、言ったことを忘れる人が多いこの世に、という意。
(13) 山下信忠。父則義の友人。
(14) 前日、息子直一が死去。
(15) 樋口くら。父則義に代わって故郷の実家を継いだ弟喜作の次女。
(16) 馬場孤蝶。高知の生まれ。当時二六歳、本郷龍岡町に住む。「文学界」同人。
(17) 自由民権家。慶応義塾に学び、イギリスに留学して物理学・法律を学ぶ。「朝野新聞」「自由新聞」などに筆をとり、自由民権思想の啓蒙に努めた。

弟《てい》なるよし、二十《はたち》の上いくつならん、慷慨悲歌《かうがいひか》の士《し》(1)なるよし、語々癖《ごゞへき》(2)あり、不平〳〵のことばを聞《き》く、うれしき人也《なり》。

(1) 世のありさまや自己の運命などについて憤り、嘆き悲しむ性情の人。
(2) 語り方にくせがある。

塵中《ぢんちう》につ記（明治二十七年三月）

おもひたつことあり、うたふらく、(3)

すきかへす人こそなけれ敷島《しきしま》の(4)
うたのあらす田《だ》あれにあれしを(5)

いでやあれにあれしは敷島《しきしま》のうた斗《ばかり》か、道徳すたれて人情かみの如くうすく、朝野《てうや》の人士《じんし》私利《しり》をこれ事《こと》として国是《こくぜ》(6)の道を講《かう》ずるものなく、世はいかさまにならんとすらん、かひなき女子《をなご》の何事《なにごと》を思ひ立《たち》たりとも及ぶまじきをしれど、われは一日《じつ》の安きをむさぼりて百世《せ》の憂《うれひ》を念《ねん》とせざる(7)ものならず、かすか成《なり》といへども人の一心《しん》を備《そな》へたるものが、我《わが》身一代《だい》の諸欲《しよく》を残りなくこれになげ入《い》れて、死生《しせい》いとはず、天地《てんち》の法《のり》

(3) 歌うことには。
(4) 日本。
(5) 香川景樹の歌「しき島の歌のあらす田荒にけりあらすきかへせ歌の荒樔田」をふまえる。
(6) 一国としての方針。
(7) 深く考えない。

にしたがひて働かんとする時大丈夫《だいぢやうふ》も愚人《ぐじん》も、男も女も、何《なん》のけぢめか有《あ》るべき、笑ふものは笑へ、そしるものはそしれ、わが心はすでに天地《てんち》とひとつに成《なり》ぬ、わがこゝろざしは国家の大本《たいほん》にあり、わがかばね(1)は野外にすてられてやせ犬のゑじきに成《な》らんを期《き》す、われつとむるといへども賞をまたず、労するといへどもむくひを望まねば、前後せばまらず、左右ひろかるべし、いでさらば分厘《ふんりん》のあらそひ(2)に此《この》一身《しん》をつながるゝべからず、去就《きよじう》は風の前の塵《ちり》にひとし、心をいたむる事かはと、此《この》あきなひのみせをとぢんとす。

国子《くにこ》はものにたえしのぶの気象《きしやう》とぼし、この分厘《ふんりん》にいたくあきたる比《ころ》とて、前後の　慮《おもんぱかり》　なくやめにせばやとひたすらすゝむ、母君《はゝぎみ》もかく塵《ちり》の中にうごめき居《を》らんよりは小さしといへども門構《もんがま》への家に入《い》り、やはらかき衣類にてもかさねまほしきが願ひなり、さればわがもとのこゝろ(3)はしるやしらずや、両人ともにすゝむる事せつ也《なり》、されども年比《としごろ》うり尽《つく》し、

(1) しかばね。
(2) わずかな金銭の取り合い。一葉のしている小商いをさす。
(3) 本心。

かり尽《つく》しぬる後《のち》の事とて、此《この》みせをとぢぬるのち、何方《いづかた》より一銭《せん》の入金《にふきん》もあるまじきをおもへば、こゝに思慮《しりよ》はめぐらさゞるべからず、さらばとて運動の方法(4)をさだむ、まづかぢ町《ちやう》なる遠銀《ゑんぎん》(5)に金子《きんす》五十円の調達《てうだつ》を申《まを》しこむ、こは父君存生《ちゝぎみぞんしやう》の比《ころ》よりつねに二三百の金《かね》はかし置《おき》たる人なる上、しかも商法《しやうはふ》手《て》びろくおもてを売る人(6)にさへあれば、はじめてのことゝてつれなくはよもとかゝりし也《なり》(7)、此金額《このきんがく》多からず(8)といへども、行先《ゆくさき》をあやぶむ人は、俄《にはか》にも決しかねて、来月花《らいげつはな》の成行《なりゆき》にて(9)といふ。

廿六日　半井《なからゐ》ぬしを訪《と》ふ、これよりいよ〳〵小説の事ひろく成《な》してんのこゝろ構《がま》へあるに、此《この》人の手あらば一《ひと》しほしかるべし(10)と、母君《はゝぎみ》もの給《たま》へば也《なり》、年比《としごろ》のうき雲《くも》(11)唯家《たゞいへ》のうちだけにはれて、此《この》人のもとを表《おもて》だちてとはるゝ様《やう》に成《なり》ぬるうれしとも嬉《うれ》し、まづふみを参《まゐ》らせて在宅《ざいたく》の有無《うむ》を尋《たづ》ねしに、病気にて就辱中《しうじよくちう》なれどいとはせ給《たま》はずはと返事あり。

此日《このひ》、空もようよろしからざりしかど、あづさ弓いる矢の

（4）借金するための働きかけ。
（5）遠州屋石川銀次郎の通称。かまぼこ製造販売業。
（6）顔役。
（7）薄情なことはよもやすまいと、見てかかったのである。
（8）当時としては高額。
（9）花見どきの商売次第で。
（10）一段とうまくいくだろう。
（11）年来の憂き雲。桃水との仲を疑われたこと。

如き心(1)のなどしばしもとゞまるべき、午後より出《い》づ。君はいたく青みやせて、みし面《おも》かげは何方《いづかた》にか残るべき、別れぬるほどより一月《ひとつき》がほどもよき折《をり》なく、なやみになやみてかくはといふ、哀《あは》れとも哀也《あはれなり》、物がたりいとなやましげなるに、多くもなさでかへる。

(1) 射る矢のように先を急ぐ気持ち。「あづさ弓」は「いる」「ひく」などにかかる枕詞。

水の上（明治二十七年六月—七月）

（六月）五日　かの人丸《ひとまる》(2)の異様《ことやう》成《なり》しがこゝろにかゝれば、かゝる処《ところ》に又《また》おもしろき人もやとてその庵《いほり》を訪《と》ふ、異談《いだん》一ならず物語をかしかりき、人はいくつ斗《ばかり》にや、髪ながく髯《ひげ》しろく、なへばみたる(3)小袖《こそで》の長やかなるを着たり。家は三間《みま》なれど、天井もなくくりや(4)めく物もなし、雨戸といふ物一《ひと》ひらもなくて、雨風《あめかぜ》はいかにしのぐらんあやし、七八年を遊歴《いうれき》に送りて、この庵《いほ》へはをとゝし斗《ばかり》よりときく、訪人《とふひと》ありとても、我《わ》が厭《いと》ふべきには逢《あ》はずとて、門《もん》にそのよしかひしるしあるも、さのみはいかで(5)とをかし、しばし有《あり》けるほどに、人の来たりければ又《また》とてかへる。

(2) 蓮門教の宮司、二十二宮人丸。前日、妹くにとともに根津神社の坂を通る際にその古い庵を見かけている。
(3) 着古して柔らかくなった。
(4) 台所。
(5) そんなことをするとは。

世はいかさまに成《な》らんとすらん、上が上なるきはに此《この》人はと覚《おぼ》ゆるもなし、浅ましく憂《う》き人のみ多かれば、いかで埋《うづ》もれたるむぐら(1)の中に共にかたるべき人もやとて此《この》あやしきあたりまで求むるに、すべてはかなき利《り》己《こ》流《りう》のしれ物《もの》(2)ならざるはなく、はじめは少しをかしとおもふべきも、二度とその説をきけば、厭《いと》ふべくきらふべく、そのおもてにつばきせんとおもふ斗《ばかり》なるぞ多き、かつて天啓顕真術会本部長《てんけいけんしんじゆつくわいほんぶちやう》と聞《きこ》えし久《く》佐《さ》賀《か》のもとに物語しける頃、その善と悪とはしばらく問はず、此世《このよ》に大《おほい》なる日あてありて身を打《うち》すてつゝ、一事《じ》に尽《つく》すそのたぐひかとも聞《きゝ》けるに、さてあまたゝびものいふほどにさても浅はかな小さきのぞみを持ちて唯《たゞ》めの前の分厘《ふんりん》にのみまよふ成《なり》けり、かゝるともがらと大事《だいじ》を談《だん》じたらんはおさな子にむかひて天を論ずるが如く、労《らう》して遂《つひ》に益《えき》なかるべし、おもへば我《わ》れも敵をしらざるのはなはだしさよと我《わ》れをさへあざけらる。

(1) 生い茂る草の類。
(2) 愚か者。

九日成《なり》けん、久佐賀《くさか》より書状来《しよじやうきた》る、君が歌道《かだう》熱心の為《ため》に、しか(3)困苦《こんく》せさせ給《たま》ふさまの、我《わが》一身《しん》にもくらべられていと憐《あはれ》なれば、その成業《せいげふ》の暁《あかつき》までの事は我《わ》れに於《おい》ていかにも為《な》して引受《ひきうく》べし、され共《ども》唯《たゞ》一面《めん》の識《しき》のみにて、かゝる事をたのまれぬともたのみたりともいふは、君にしても心ぐるしかるべきにいでやその一身《しん》をこゝ(4)もとにゆだね給《たま》はらずやと、厭《いと》ふべき文《ふみ》の来《き》たりぬ、そもやかのしれ物、わが本性《ほんしやう》をいかに見けるにかあらん、世のくだれるをなげきてこゝに一道《だう》の光をおこさんとこゝろざす我《わ》れにして、唯目《たゞめ》の前の苦《くるしみ》をのがるゝが為《ため》に、婦女《ふぢよ》の身として尤《もつと》も尊《たふと》ぶべき此《こ》の操《みさを》をいかにして破らんや、あはれ笑ふにたえたるしれものかな、さもあらばあれ(5)かれも一派《ぱ》の投機師《とうきし》なり、一言《げん》一語《ご》を解《かい》さざる人にもあらじとて、かへしをしたゝむ。

一道《だう》を持《も》て世にたゝんとするは君も我《わ》れも露《つゆ》ことなる所なし、我《わ》れが今日までの詞《ことば》、今日までの行《おこなひ》、もし大事《だいじ》をなすにたると見給《たま》はゞ扶助《ふじよ》を与《あた》へ給《たま》へ、われを女と見てあやしき筋

(3) そのように。

(4) それにしてもまあ。

(5) そういうことならそれでもよい。

になど思《おぼ》し給《たま》はらばむしろ一言《げん》にことはり給《たま》はんにはしかず、いかにぞやとて、明らかに決心をあらはしてかなたよりの返事をまつ。

文《ふみ》を出《いだ》すの夜《よ》返事来《きた》る、おなじ筋にまつはりてにくき言葉どもをつらねたる、今は又《また》かへしせじとてそのまゝになす。かの人丸《ひとまる》も我家《わがいへ》を訪《と》ひたり、かゝる人に似合はしからずと見ゆるは、かへすぐ〳〵我《わ》れを浮世の異人《いじん》なるよした〻へて、長き交際を結ばまほしきよしなどいふ、おもしろからぬ者ども也《なり》。

この(1)日は田中《たなか》ぬし(2)が発会《ほっくわい》なりければ、手伝ふ事多かる身は朝よりゆく。来会者《らいくわいしゃ》二十二三人は有《あり》けり、人々かへりて後《のち》しばし小出《こいで》(3)ぬしとかたる、切《せち》に歌をよむべきよしすゝむ、君が業《げふ》とする著作の事もとよりあしからず、そはおもしろかるべけれど、小説は書く人世《よ》に猶《な》ほ多かるべし、歌道《かだう》はしからず、今の此《この》よに天然の歌才《かさい》を得《え》て一身《しん》をこれに打入《うちい》れて世にたゝ

(1) 日付不明。
(2) 田中みの子。梅の舎と号し、しばしば歌会を主催した。
(3) 小出粲。八三頁注(9)参照。

んとする人かつふつ(4)有《ある》ことなし、されば中島《なかじま》の社中人多《しやちうひとおほ》しといへども　我《わが》みたる所にて君を置《おき》てこれかと見ゆるもなきに、君にしてふるひ給《たま》はゞかならず千載《せんざい》(5)に名をのこして不朽《ふきう》の事業たるべしとおもふに、いかで世にたち給《たま》はずやとすゝむ、歌論《かろん》もさま〴〵ありける中《うち》げにとおぼゆるふし少なからず、此《この》人よろしからぬ人なれど、さすがに一《ひと》ふし(6)と見ゆる説ども聞《きこ》ゆ。

＊

（七月）十二日　到来物《たうらいもの》のありしかば半井君《なからゐぎみ》を訪《と》ふ、めづらしくこゝろよげにてにこやかに物がたらる、されども来客のありければ長くもかたらで帰るに、いづれちかくに御音《おんおと》づれ申《まをす》べし、十五六の両日《りやうじつ》のうちに雷雨《らいう》なくばかならずといふ、たけくをゝ敷此人《しきこのひと》の口よりかみなりの恐ろしきよしを聞《きく》こそをかしけれ。

静かにかぞふれば誠や此《この》人とうとく成《なり》そめぬるはをとゝし

（4）まったく。

（5）長い年月。

（6）一本の筋のあること。

のけふよりなり、隔《へだ》たりゆく月日のほどに、幾度《いくたび》こゝろのあらたまりけん、一度《ひとたび》はこれをしをり(1)にして悟道《ごだう》に入《い》らばやとおもひつる事もあり、一度《ひとたび》はふたゝびと此《この》人の上をば思はじ、おもへばこそさま〴〵のもだえをも引《ひき》おこすなれ、諸事《しよじ》はみな夢、この人こひしとおもふもいつまでの現《うつゝ》かは、我《わ》れにはかられて我《われ》(2)と迷ひの淵《ふち》にしづむ我《わが》身はかなしとあきらめたる事もありき、そも〳〵思ひたえんとおもふが我《わ》がまよひなれば、殊更《ことさら》にすつべきかは、冥々《めいめい》の中《うち》(3)に宿縁《しゆくえん》ありてつひにはなれがたき中《なか》ならばかひなし、見ては迷ひ、聞《きゝ》てはこがれ、馴《なれ》ゆくまゝにしたふが如き我《わ》れならば遂《つひ》に何事《なにごと》をかなしとげらるべき、かく斗《ばかり》したはしくなつかしき此《この》人をよそに置《おき》て、おもふ事をもかたらず、なげきをももらさず、おさへんとするほどにまさるこゝろは、大河《たいが》をふさぎてかへつてみなぎらするが如《ごと》かるべし、悟道《ごだう》を共々《とも〴〵》にして、兄の如く妹《いもと》のごとく、世人《せじん》の見もしらざる潔白清浄《けつぱくしやう〴〵》なる行ひして一生を送らばやとおもふ。

(1) 手引き。

(2) 自分から。

(3) はっきりと自覚しないままに。

＊

十五日　はれ。早朝芝《しば》の兄君《あにぎみ》(4)来訪《らいはう》、少し物がたるほどに半井君《なからゐぎみ》参《まゐ》り給《たま》ふ、少し面《おも》やせたれども、その昔《むか》しよりはいげんいよ〳〵備《そな》はりて、態度の美事《みごと》なるに、一楽織《らくおり》(5)のひとへに嘉平次《かへいじ》(6)のはかま、絽《ろ》にてはあるまじき羽織のいと美事《みごと》なるをはふり給ふ、門《かど》に車をまたせ給《たま》へるは長くあらせ給《たま》ふべきにあらじとて、しゐてはとゞめず、鶏卵《けいらん》の折《をり》(7)到来《たうらい》。

兄君《あにぎみ》は日くれまで遊び給《たま》ふ。夜《よ》に入《い》りてより西村《にしむら》の礼助《れいすけ》(8)来《きた》る。此夜《このよ》の月又《また》なく清し。

＊

二十日　芦沢奈良志野《あしざはならしの》より帰営《きえい》、今日は土用《どよう》の入《いり》なればとて蒲焼《かばやき》を芳太郎《よしたらう》おごる。

隣家《りんか》に此《この》ほどよりかゝり居る女子《をなご》(9)あり、生れは神戸《かうべ》の刀剣《たうけん》商《しやう》にて、然《さ》るべき筋の娘なれど、十六の歳《とし》より身の行《おこなひ》よから

(4) 虎之助。
(5) 細かい紋様のある絹織物。ぜいたくなものであった。
(6) 平袴の一種。
(7) 卵は高級品で贈り物としてよく利用された。
(8) 西村釧之助の末弟。
(9) 寄宿する。

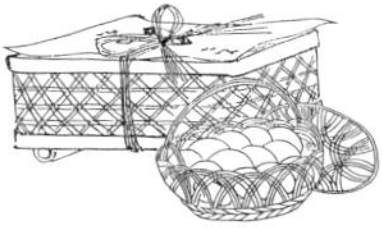
図 36

で、契《ちぎ》りしは何某《なにがし》の職工成《しよくこうなり》ける　父なる人の怒《いかり》にふれて侘《わび》しき暮しを二三年がほどなしつる、か丶りしほどに男子一人《をとこのこひとり》まうけて、二人《ふたり》が中《なか》にはあくこ丶ろもなかりしを、男の親の心《こゝろ》あしく、此女《このをんな》いかにしてもかくてあられぬ時は来《きた》りぬ、今はせんなしとて別れて家にかへる時、子は我《わ》が方《かた》につれもどして、その身はそれより大坂中《おほさかなか》の島《しま》の洗心館《せんしんくわん》(1)に中居《なかゐ》といふ物に成《な》りて、ことし五年がほど過《すぎ》ぬ、さるほどに此女生《このをんなうまれ》つき活達《くわつたつ》の気象衆客《きしやうしうきやく》の心にかなひて、引手《ひくて》あまたの全盛《ぜんせい》こ丶にならぶ物なく、洗心館《せんしんくわん》のお愛《あい》と呼ばれては、紅葉館《こうえふくわん》(2)のお愛《あい》と東西に嬌名《けうめい》たかく、我《われ》ぞ手折《たをり》て我宿《わがやど》のと引《ひ》かる丶袖《そで》のさりとはうるさや、一つ心をぬし様《さま》にと思ひこみぬるはかの地に名高きぼう易商《えきしやう》、こ丶にも人ぞしる森村市蔵《もりむらいちざう》(3)が一家《か》に広瀬武雄《ひろせたけを》とてとしは二十六、当世様《たうせいやう》の若大将、粋《する》は身をくふ合《あひ》ぼれの中《なか》おもしろく、互《たがひ》にのぼる二階三階《かいがい》、せきはと丶めぬ帳場《ちやうば》の為《ため》にも、大尽客《だいじんきやく》とて下《した》にもをかぬもてなしを、猶《なほ》やぬし様御顔《さまおかほ》よかれと、みえにはそろひの惣《そう》はつぴ(4)、女子《をんな》にちらす紙花《かみばな》(5)の、哀れ

(1) 大阪中之島にあった貸席。

(2) 芝公園内にあった会席料理貸席。

(3) 森村組を興し、対米貿易を開いた森村市左衛門か。

(4) 料亭で働く男衆全員に、祝儀として与えること。

(5) 祝儀。

や女もつまりに成《な》りて、双手《さうしゆ》にあまりしこがねの指輪、一つは内処《ないしよ》、二つはそつと、三つ四つと売《うり》つくせば、やがては客のひゞき(6)に成りて、岡《をか》やき半分なぶらるゝ、座敷の数《かず》は昔しのまゝとても、我《わ》が手にのらぬそれ鷹(7)のねらひたがへば、互《た》がひの上にもみゆるぞかし、まけじ気性は今更《いまさら》の恋に火の手つのりて、御免候《ごめんさふら》へ、我《われ》にも可愛《かはゆ》き人一人《ひとり》、のろけはならひぞ、うら山《やま》しくば真似《まね》ても見給《たま》へ、花を見《み》捨《すつ》る藪住居《やぶずまゐ》もぬし様故《さまゆゑ》なら大事《だいじ》なき身とおもて晴《はれ》たる取《とり》なしに、長くはあられぬ此家《このや》をはなれて共にと斗《ばかり》、息子も折《をり》ふし使ひ過《すご》しの詮義《せんぎ》むつかしく、こゝの支店に左《さ》せんの身となれば、とるや手に手を鳥が鳴《なく》(8)とはふるし、東《あづま》に行《ゆき》てしばしの辛棒《しんぼう》をと、落人《おちうど》ならねど人前《ひとまへ》つゝましき二人づれの汽車の中、出むかひの手前は、さる大家《たいけ》の嬢様《ぢやうさま》学問修業にこれへとあるを我《わ》れに托《たく》されて同《どう》道《だう》とくるむれど、誰《た》が目に見てもそれ者《しや》(9)あがりのなりふり、さりとはむつかしの乳母《うば》がもとに、しばしの宿《やど》をとゞめける。

(6) 評判。
(7) 鷹匠の放った鷹が主人の手にとまらず、他の場所に降りること。
(8) 「鳥が鳴く」は、「東」の枕詞。
(9) 水商売の女。

我《わ》れも家《か》とくは四五年の後《のち》なり、部屋住《へやずみ》の身の思ふにまかせぬほどは、そなたも修業ぞや、つらくとも堅気《かたぎ》の家に奉公《ほうこう》ずみして、やがて花咲く春にもあはゞ、仮親《かりおや》まうけて奥様とはいはすべし、頼むとありけるぬしが詞勿体《ことばもったい》なく、骨身《ほねみ》にきざんでさらばと出立《いでた》てば、全盛《ぜんせい》うつたる身に一人女子《ひとりをなご》のはしり使《づか》ひ、何《なに》としてたへらるべき、我《わ》れこらゆれども、お主様《しうさま》御気《おき》に入《い》らねば甲斐《かひ》なや、出《で》もどりの数《かず》を尽《つく》して、乳母《うば》の手前はづかしやと、こしらへ言《ごと》の底情《そこなさけ》なくわれて、京の大家《たいけ》の嬢様《ぢやうさま》と聞《きゝ》ましたるは偽《いつは》り、九尾《きうび》の狐(1)の我《わ》が若旦那様手《て》の中《うち》にまろめて、手だてあぶなや、大切は若旦那様が上とて、乳母《うば》が怒りに取《とり》つく島《しま》ふつと(2)はなれて、我《われ》とはとかぬとも綱《づな》に行《ゆく》衛《ゑ》は波のわだ中《なか》を流れ小舟《をぶね》の身の上助くる人なくて、乳母《うば》が前への謝罪はこれと、をしや三日月《みかづき》の眉《まゆ》ごそりとそりぬ。

すくひ給《たま》へとすがられしも縁也《えんなり》、我身《わがみ》にあはぬ重荷なれども引受《ひきうけ》ますれば、御前様《おまへさま》は此家《このや》の子も同前《どうぜん》、いふ事きひて貰《もら》はねば成《なり》ませぬ、東女《あづまをんな》はどんな物か、狭けれども此袖《このそで》のかげ

(1) 美女玉藻前に化けて鳥羽天皇を悩ますという伝説の金毛九尾の狐。浄瑠璃「玉藻前曦袂（たものまえあさひのたもと）」にも登場する。
(2) ふっつりと。

にかくれて、とかくの時節《じせつ》をお待《まち》なされと引《ひき》うけたるは今日也《なり》。

＊

二十三日　早朝田《た》中君《なかぎみ》(3)より断《ことはり》の手紙来《きた》る、まことはうしろぐらき処《ところ》ある人の、我《わ》れにはひたすらつゝまんとする物から、我《われ》よりつかはしたる女子《をなご》に家内《かない》の様子しれなば、つひには身の為《ため》よからじとの心なるべし、あな狭《せま》の人ごゝろやなとをかし、さるにてもお愛《あい》のなげき一方《ひとかた》ならず、いかでかく(4)非運薄《ひうんはく》福《ふく》の身と打《うち》なくさま、哀れにいぢらしければ、さらば今一度我《わ》が師のもとを訪《と》ひて頼みてみんと家を出《い》づ、師には事情残りなくうちあけて頼み聞《きこ》えたるに、師はその人となりの表面上よろしからざるにこれを引《ひき》うけてかくまふといはゞ、我《われ》も君もこれよりの前途に一大障碍《だいしやうがい》となりて、遂《つひ》に救ひがたき大《だい》難《なん》を生ずべしとて聞入《きゝい》れ給《たま》はず、今はかひなし。

帰宅後、猶《な》ほよくおあいと相談す、さらば一直線に武雄《たけを》ぬ

(3)　萩の舎門下の田中みの子。

(4)　どうして。

しのもとを訪《と》ひて、諸事《しよじ》談合《だんがふ》の上に、いか様とも策《さく》のほどこし方《かた》はあるべし、木挽町《こびきちやう》(1)は物の表にして、これにはつくろひもあるべしはゞかりもあらん、武雄《たけを》ぬしとの中《なか》は紙一枚の隔《へだ》てなく、かくしだての入《い》るべきならず、又《また》よしや世人《せじん》は何《なに》ともいへ、君にしていのちと頼むは此人《この》なるべし、箱根にいますと定まりたらば、宮《みや》の下《した》か芦《あし》の湯《ゆ》か、いづくまれ(2)尋《たづ》ねてしれぬ事はあらじ、いざ給《たま》へ(3)行《ゆき》て逢見《あひみ》て後《のち》の事とうながすに、さらばと思ひ起《おこ》して直《すぐ》に支度す。

　隣家《りんか》の妻がとゞむる詞《ことば》のうるさかりしかど、さま〴〵に頼み聞《きこ》えて出《い》づ、出《で》がけに、木挽町《こびきちやう》より帯取寄《おびとりよす》る為《ため》とて文《ふみ》したゝむ、隣の妻が名前にて、ぬしのありかしれ居《を》らば此文《このふみ》のはしにしるし給《たま》へとかく。

　送りし車夫《しやふ》の帰《かへ》りしは午後三時過《すぐ》る頃成《なり》し、首尾《しゆび》よく策の当《あた》りて宿処《しゆくしよ》を教へたるよし、まづはうれしかりしに、隣家《りんか》の主《あるじ》帰宅の後《のち》、直《すぐ》に木挽町《こびきちやう》に実事《じつじ》を打《うち》あけんといふ、そはよろしかるまじとてとゞむるに、猶《なほ》くど〳〵とのゝしりて、乳《う》

(1) 木挽町（東銀座の歌舞伎座付近の旧町名）の乳母の家。
(2) どこであれ。
(3) さあ、おいでなさい。

母《ば》のかたへの義理を思ふ、哀れなるは小人《せうじん》とるべき道をあやまりたるの人なり。

本郷向ケ岡弥生町《ほんがうむかふがをかやよひちやう》三番地《ばんち》
桜井栄三郎《さくらゐえいざぶらう》
相州箱根芦《さうしうはこねあし》の湯《ゆ》松坂屋方《まつざかやかた》
広瀬武雄《ひろせたけを》

水の上日記（明治二十八年四月—五月）

（四月）二十二日　はれ。早朝おかう様《さま》（1）来訪《らいはう》、小柳町《こやなぎちやう》よりもち月《づき》のつまも（2）来《きた》る。となりより緋鯉《ひごひ》三尾《び》あづかる。はがきをほしの君《くん》に出《いだ》して文学界の寄稿《きかう》を辞《じ》す（3）。

うき世にはかなきものは恋也《なり》、さりとてこれのすてがたく、花紅葉《もみぢ》のをかしきもこれよりと思ふに、いよ〳〵世ははかなき物也《なり》。等思《とうし》三人、等思《とうし》五人、百も千も、人も草木も、いづれか恋しからざらむ、深夜人なし、硯《すゞり》をならしてわがみをかへりみてほゝゑむ事多し。

にくからぬ人のみ多し、我《わ》れはさはたれと定めてこひわた

（1）稲葉鉱。一葉の母が乳母をつとめた。
（2）望月とく。
（3）「たけくらべ」（九）以下の続稿を辞退するもの。

るべき、一人《にん》の為《ため》に死なば、恋しにしといふ名もたつべし、萬人《ばんにん》の為《ため》に死ぬればいかならん、しる人なしに、怪しうこと物にやいひ下《くだ》されん、いでそれもよしや。

　よの人はよもしらじかしよの人の
　　しらぬ道をもたどる身なれば

*

五月一日《じつ》　書を久佐賀《くさか》のもとへ送る、金子《きんす》早々《さうく》にとたのみやる、嶋田《しまだ》の妻来《きた》りて手紙をたのめるに書《かき》てやる、午後久佐《くさ》賀《か》より書あり、博覧会《はくらんくわい》(4)見物がてら京都へゆきてかの地よりの状《じやう》なり、六月末《すゑ》ならでは帰宅すまじとの事、さては留守へ文《ふみ》さし出《だ》したる事成《ことなり》しと笑ふ、金子《きんす》の事さらばむづかし。

浪六《なみろく》(5)のもとへも何《なに》となくふみいひやり置《おき》しに、絶《たえ》て音《おと》づれもなし、誰《た》れもたれもいひがひなき人々かな、三十金《きん》五十金《きん》のはしたなるに夫《それ》すらをしみて出し難《がた》しとや、さらば明らかにと丶のへがたしといひたるぞよき、ゐせ男を作りて、髭《ひげ》か

(4) 四月一日に開会した第四回内国勧業博覧会。

図 37

(5) 村上浪六。明治・大正期の小説家。「三日月」（明二四）などの撥鬢（ばつびん）小説（侠客小説）で一世を風靡。一葉は二七年秋頃からしばしば浪六に援助を求めている。

きなせなどあはれ見にくしや、引《ひき》うけたる事とゝのへぬは、たのみたる身のとがならず、我《わ》が心はいさゝ川《がは》(1)の底《そこ》すめるが如し、いさゝかのよどみなく、いさゝかの私《わたくし》なく、まがれる道をゆかんとにはあらず、まがれるは人々の心也《なり》、我《わ》れはいたづらに人を計《はか》りて、栄耀《えゝう》(2)の遊びを求むるにもあらず、一枚の衣《ころも》、一わんの食《しょく》、甘きをねがはず、美しきをこのまず、慈《じ》母《ぼ》にむくひ、愛妹《あいまい》をやしなはん為《ため》に、唯《たゞ》いさゝかの助けをこふのみ、そも又成《またな》りがたき人に成《な》りがたき事をいはんや、我《わ》れたのみかれうけ引けばこそ打《うち》もたのむなれ、たのまれて後《のち》いたづらに過《すご》すはそもたれの罪とかおぼす、我《わ》れに罪なければ天地《てんち》おそろしからず、流れにしたがひていかなる淵《ふち》にもおもむかんなれど、しばらくうきよの浅はかなるをしるして、身《み》をしるをしへの一つにかぞへんとす。

*

三日　朝来《てうらい》かぜはげし。午前より田中《たなか》ぬしが月次会《つきなみくわい》におも

(1) 小さな川。
(2) ぜいたくなこと。

むく、家を飯田町《いひだまち》にうつされてよりはじめての会也《なり》、いたく尋《たづ》ね侘《わび》にたり、(3)帰宅せしは日没前《にっぼつぜん》、留守に馬場君来訪《ばばくんらいはう》ありしよし、いと失望して帰られしとか、気のどく成《なり》し。

さりし日、孤蝶《こてふ》の君《きみ》と秋骨《しうこつ》ぬし(4)とふたりして来《きた》る、秋骨《しうこつ》少しほゝゑみながら、孤蝶君《こてふくん》の君《きみ》に参《まゐ》らせ度《たき》ものあるよしにさむろふ、うけさせ給《たま》ひなんやといふに、そは何《なに》をと問へば、何《なに》にもあらずと孤蝶子《こてふし》打《うち》けす、しばし物語るほどに、過《す》ぐる日《ひ》社中打《しやちうゝち》つどひて写真うつしたるよしに聞きけるを、一度は見せ給《たま》へなどいひ出《い》づるに、そは事《こと》なし、いざ出《いだ》し給《たま》へと秋骨《しうこつ》そゝのかせば、孤蝶子《こてふし》笑ひてふところをさぐる、半身像《はんしんざう》の写真也《なり》。例には似ずあら縞《じま》のねんねこ(5)といふ物をきてそりかへりたるさま、何《なに》やらの親方おぼえてをかし、いとよくうつりたる事とたゝゆれば、孤蝶子《こてふし》満足におぼすべしと秋骨《しうこつ》かへりみる、やう〳〵かたりて源氏のあげつらひなどするに、我《わ》れはいかにもをかしき事のあり、よにすき物《もの》の仇人《あだびと》(6)とてそこにかしこに色めき渡る(7)かの君にして、うきよのひまなき(8)を打《うち》な

(3) 探しあぐねてしまった。

(4) 戸川秋骨。明治学院を卒業後、東京帝大で英文学を専攻。「文学界」同人、「帝国文学」編集長。当時下谷七軒町で、平田禿木と下宿を共にしていた。

(5) 綿入れの半纏。

(6) 色好みの浮気者。

(7) はなやかに広く知られる。

(8) 末摘花の巻で、源氏が「いとまなきほどぞや、わりなし」と訪れの絶えた言い訳を命婦に語る。

げくをかしさよ、ほんやくの筆《ふで》せはしきにも非《あら》じ、洋書の取《とり》しらべむつかしきもあらざらましをと秋骨《しうこつ》のわらふに、そは君達あやまれり、人しらぬ恋に心を尽《つく》して、秋の長よをいも寐《ね》られず、細殿《ほそどの》わたりた〻づみありき、起《おき》ゐて一人文《ひとりふみ》かきやるなど(1)、いかでか心のいとまあらんや、大《たい》やう(2)恋は人にいはれぬくるしみなればこそさもよの中いとまなきやうに覚《おぼ》えけめ、恋する身ほどつかはる〻はあらじをといへば、さは今のよは開《ひ》らけにけるよ、我《わ》れはか〻る人をかく恋わたるに此事《このこと》なりなんやなど友どちいひかはすに、そはおもしろし、大方《おほかた》は成《な》らん、さらば橋渡しを君にたのまん、よし引《ひき》うけぬなどいふをこ者(3)もさむろふ、とて孤蝶子《こてふし》をかへりみて笑ふに、これも苦《く》るしげに笑ふ。

孤蝶子《こてふし》が父君《ちゝぎみ》ことしは七十三に成《な》り給《たま》へるが、我《わ》が為《ため》にとて筆筒《ふでづゝ》にあしにかにの方《かた》ほりて給《たまは》りぬ、これをも孤蝶子《こてふし》もて来《き》て、返礼《へんれい》には歌よみ給《たま》へとせむ、秋骨何《しうこつなに》かものいひたげにありしが、孤蝶子《こてふし》の君をおもふこと一朝一夕にあらず、その

(1) 箒木の巻の、源氏が空蝉に文を与えるところ、また、花宴の巻で、源氏が朧月夜のもとを訪れるくだりをふまえる。

(2) 大方。

(3) 愚か者。

熱度《ねつど》のたかきこと斗《はか》り難《がた》しといふに、そはかたじけなきこと、ほゝ笑み居《を》れば、さすがにあとのつぎかねて口をつぐむ、多く聞かんは侘《わび》しかるべし、(4)かうやうの事(5)何《なに》よりもつらし、かくありける後《のち》いとゞ孤《こ》蝶子《てふし》のあし近きなんあはれなるやうにてかつは心ぐるし、ものへ行《ゆき》ては一日《ひとひ》もかゝず文《ふみ》いひおこし、野《の》べにつみつる花なんど送り来たるうれしけれどもわびし、人にはつゝむなるひめ事《ごと》もらさずもの語りなど、いよ〳〵はかなし、君をばたゞ姉君《あねぎみ》のやうに思ふよなどいひ〳〵てとひよるに、五日《いつか》とほどを隔《へだ》てたる事なし、あはれ此《この》おもひ今いくか(6)つゞくべき、夏さり秋の来《きた》るをも待たじと思へば、ゆく水の乗せてさる落花《らくゝわ》にも似たり。

いづくより流れきにけん桜花《さくらばな》
かき根の水にしばしうかべる

(4)　当惑するであろう。
(5)　このようなこと。
(6)　いくにち。

水の上（明治二十八年五月）

十日　姉君来訪《あねぎみらいはう》、ついで秀太郎《ひでたらう》も来《きた》る、長くあそびたり、日暮れて馬場君《ばゞくん》、平田《ひらた》君袖《くんそで》をつらねて来《こ》らる、今日高等中学同窓会《どうそうくわい》のもよほしありて平田《ひらた》ぬし其席《そのせき》につらなりしが、少し酒気《しゆき》をおびて一人寐《ね》んことのをしく孤蝶子《こてふし》を誘《いざな》ひて君のもとをとひし成《な》りといふ、このほどの夜《よ》とかはりていと言葉多かりし、孤蝶子《こてふし》例によりてをかしき事どもいひちらす、哲理《てつり》を談じ、文学をあげつろうにほこ先つよし、夜《よ》はいつしか更《ふけ》て十時にも成《なり》ぬ、いざ帰《かへ》らむと馬場君《ばゞくん》いへば、禿木子《とくぼくし》窓にひぢをもたせてはるかに山のかたをながめつ、いかにしても僕は帰ることのいやに覚《おぼ》ゆるといふ、こはあまりにうちつけ也《なり》、少しつゝしめよと孤蝶子《こてふし》大笑《たいせう》すれば、今しばし置かせ給《たま》へと、此度《こたび》は時計を打《うち》ながめていふ、月は今しも木《こ》のまをはなれて、や、のぼらんとするけしき、村くも少し空にさわぎて、雨気《うき》をふくみし風ひやゝかに酔《ゑ》ひたるおもてをなでゝゆけば、平《ひら》田《た》ぬしあはれよき夜《よ》やとかうべをめぐらしてはたゝへぬ、いかで一句と孤蝶子《こてふし》をうながすに、

月のまへにわか葉のそよぐこよひかな

景《けい》は句をのみ情《じやう》を没《ぼつ》して、黙々《もくく》の間《あひだ》にたゞよきよと斗《ばかり》おもはるゝもをかしと例の笑ふ、いかに禿木子《とくぼくし》さはあらずや、我《わ》れは一葉ぬしがもとを訪《と》ふごとに、唯《たゞ》しばし物語りせんのこゝろいつとなくゆるびて、いつも日をつゐやし夜《よ》を更《ふか》して帰りては、しばしば気の毒のねんおこりながら、こゝにある間《あひだ》は何事《なにごと》もみながらわすれて帰り難《がた》きはあやしけれど、こは我《わ》れのみにもあらじ、君はいかにといふに、誠にさ也《なり》、今日はことに一時間斗《ばかり》のこゝろ成《なり》しをとてともにわぶるもいとをかし、試験も近づきぬ、かくそゞろに遊び居《を》るを秋骨《しうこつ》きびし

く異見《いけん》などつらければ、かう夜更《よふけ》て帰らん事侘《わび》し、今宵《こよひ》は孤《こ》蝶子《てふし》のもとに泊まらせ給《たま》へ、かれのきびしきにはほと〳〵難《なん》義《ぎ》を極《きは》めぬとかしら重《おも》げ也《なり》、そゞろによもふけぬ、十一時をうつかねの音《ね》に、さらばとて二人共にたつ、をかしき辻占《つじうら》(1)をひらきて、これたまはらんと孤蝶子《こてふし》袖《そで》にしてかへる、こゝろ多き人よの。

　時は五月十日の夜《よ》、月山《つきやま》の端《は》にかげくらく、池に蛙《かはづ》の声しきりて、燈影《とうえい》しば〳〵風にまたゝく所、坐《ざ》するものは紅顔の美少年馬場孤蝶子《ばゞこてふし》、はやく高知《かうち》の名物とたゝえられし兄君辰《あにぎみたつ》猪《ゐ》が気魂《きこん》を伝へて別に詩文《しぶん》の別天地をたくはゆれば、優美《いうび》高《かう》傑《けつ》かね備へてをしむ所は短慮小心大事《たんりよせうしんだいじ》のなしがたからん生れなるべけれども歳《とし》はいま二十七、一《ひと》たびおどらば山をもこゆべし、平田禿木《ひらたとくぼく》は日本ばし伊《い》せ町《ちやう》の商家《しやうか》の子、家は数代《すだい》の豪《がう》商《しやう》にして、家産《かさん》今やうやくかたぶき身におもふこと重なるころとはいへれど、文学界中出色《ちうしゆつしよく》の文士、としは一《いち》の年少にて二十三歳也《なり》とか聞《きゝ》けり、今のまに高等学校、大学校越《こ》ゆれ

(1) 茶菓子の巻煎餅などにはさまっている占い。

ば、学士の称号《しやうがう》めの前にあり、静かに後来《こうらい》を思ひて現在を見れば、此会合《このくわいがふ》又得《またう》べしや否《いな》や、長やかなるうなじを延《の》べて、渋茶《しぶちや》一わんまた一わん、酔醒《ゑひざめ》は甘露《かんろ》の味(2)と舌打《したうち》しつゝ、辻占《つじうら》を開《ひ》らきては甲笑《かふわら》ひ乙《おつ》うらむ、二人の間《あひだ》に遠慮なき談笑《だんせう》を交《かは》せて時に大議論の評者になるなど、つく〴〵思ふてをかしき事二《に》なし、わが身は無学《むがく》無識《しき》にして家に産《さん》なく、縁類《えんるゐ》の世にきこゆるもなし、はかなき女子《をなご》の一身《しん》をさゝげて思ふ事を世になさんとするとも、こゝろに限《かぎり》あり、智恵《ちゑ》の極《きは》みしるべきのみ、かれは行水《ゆくみづ》の流れに落花《らくくわ》しばらくの春をとゞむるの人なるべく、いかでとこしへの友ならんや、親密〳〵、こはこれ何《なん》のことの葉《は》ぞや、平田《ひらた》ぬしとはをとゝしの春より友也《なり》、馬場《ばゞ》ぬしは一年の知を得《え》たる斗《ばかり》、さりとも人情のさかんなるに乗《じやう》じては相逢《あひあ》ふ事しばしばもだし難《がた》く(3)、一《ひ》と月《つき》のほどに七《なゝ》度《たび》の会合《くわいがふ》多しとせず、それが中《なか》にていかにつもる言《こと》の葉《は》ぞや、二度《ふたたび》三度《みたび》の文《ふみ》さへおこしぬ、我《わ》れよしや運ありて雲井《くもゐ》の庭に遊ぶとも(4)君がやへもぐら(5)かならず訪《と》はん音《おと》づれぬべし、はに

(2)「酔醒の水は甘露の味」ということわざを引いている。

(3) がまんできず。

(4) はるか上流の人々と交わるようになっても。

(5) 草の生い茂るところ。

ふの小《こ》や(1)は物《もの》かは、水火《すゐくわ》の中也《なかなり》ともその志は見すべしといふ、偽《いつはり》のなき世也《なり》せばいか斗此人々《ばかりこのひとぐ》の言《こと》の葉《は》うれしからん、(2)人ははかなき世にはかなき言《こと》の葉《は》をならべてとかくの契《ちぎ》りなどこはもと夢の中なるたはむれ成《なり》けり、此人々《このひとぐ》と我《わ》れもとかり初《そめ》(3)の友といふ名のもとに遊ぶ身也《なり》、うき世の契《ちぎ》りに於《おい》ていと軽《かろ》やかなる友の中也《なかなり》、さりとも猶此軽《なほこのかろ》やかなるちかいさへ末《すゑ》全《まつた》からんや、まして情《じやう》にはしり情《じやう》に酔《ゑ》ふ恋の中に身をなげいる丶人々いかに秋風の葛《くず》のうらみつらからざらん、夜更《よふけ》て風さむし、空ゆく雲の定めなきに月のはれくもる事今さらの様《やう》におもはれて、燈火《ともしび》のかげにものいふ孤蝶子《こてふし》も、窓によりて沈黙する平田《ひらた》ぬしも、その中にたちて茶菓取《さくわとり》まかなふわれも、たゞ夢の中なる事《こと》ぐさに似て、禿木《とくぼく》ぬしがいはゆる他界《たかい》にあるらん誰人《たれびと》かの手にもて遊ばる丶身ならずやと、思ふ事深し、きのふは他人にして今日は胸友《きようゆう》たり、今日の親友あすの何《なに》ならん、花は散るべき物とさだめて猶暮春《なほぼしゆん》の恨《うら》みたれもありぬべき事、こよひの会合《くわいがふ》をしばらくしるして、袖《そで》の涙の料《しろ》にと

(1) 粗末な小屋。
(2) 古今集仮名序一四「いつはりのなき世なりせばいかばかり人のことのはうれしからまし」を引く。
(3) ほんの一時の。

たくはへぬ。

＊

十七日　一日雨ふる。かしらのわるくていと寐《ね》ぶたきに、終日床《とこ》にあり、夕ぐれよりおき出《い》づ、師君《しぎみ》より明日興風《こうふう》会《くわい》(4)　例日《れいじつ》なればけい古《こ》は日曜にとはがき来《きた》り、関場君《せきばぎみ》のもとより藤子《ふぢこ》(5)が病気の容体《ようだい》申《まを》しこさる、星野君《ほしのくん》より文学界の寄稿かならずと申《まを》しこされしは十四日成《なり》しが、いまだに筆取《ふでと》ることのものうくて、一回の原稿もしたゝめあへず、二十日ごろまでにと思ふにいよ〳〵かしらいたし。

時は今まさに初夏也《なり》、衣がへもなさではかなはず、ゆかたなど大方《おほかた》いせやが蔵《くら》にあり、夕べごろより蚊《か》もうなり出《いづ》るに、蚊《か》や斗《ばかり》は手もとにあるなん、これのみこゝろ安けれど、来月は早々の会日《くわいび》などひとへだつ物(6)まとはではあられず、母君《はゝぎみ》が夏羽織《なつばおり》(7)これも急に入《い》るべし、ましてふだん用の品々《しなぐ》いかにして調達《てうだつ》し出《いで》ん、手もとにある金《かね》ははや壱円にたらず、かくて来

(4) 高崎正風と徳大寺宮内卿が興した御歌所派を中心とする歌会。
(5) 関悦子の妹関藤子。
(6) 単衣（ひとえ）らしきもの。
(7) 絽・紗など透ける布地の、単衣仕立ての羽織。

客あらば魚をもかふべし、その後《ご》の事し斗《はかり》がたければ、母君《はゝぎみ》、国子《くにこ》が我れを責むることいはれなきにあらず、静《しづか》に前後を思ふてかしら痛き事さま〴〵多かれど、こはこれ昨年の夏がこゝろ也《なり》、けふの一葉はもはや世上《せじやう》のくるしみをくるしみとすべからず、恒産《こうさん》なくして世にふる身のかくあるは覚悟《かくご》の前也《なり》、軒端《のきば》の雨に訪人《とふひと》なきけふしも、胸間《きようかん》さま〴〵のおもひをしばし筆にゆだねて、貧家《ひんか》のくるしみをわすれんとす。

　梅雨《さみだれ》のふるき板やの雨もりに
　　こやぬれとほる袂《たもと》なるらん

隣にすめりし人家《ひとや》移《うつ》りすとて、その池にかひたる緋《ひ》ごひ金魚などかず〴〵我家《わがいへ》にもて来《き》てあづけぬ、大《おほ》いなる魚共《うをども》のひれを動かし尾をふりておよげるさまいとおもしろく、来《く》る人ごとにほめたゝゆれば、いつとなく我物《わがもの》のやうにおぼえて、斗《はか》らざるに庭上《ていじやう》の奇観《きくわん》をそへたるなどよろこびあひし、ほどへてかしこの妻なるものその家に池のほれしかば魚《うを》たまはらんとさで(1)などもて来《き》たり、いざとりて行給《ゆきたま》へといへば中にい

（1）叉手網。交差させた竹や

りて追ひ廻《まは》るに隣《とな》りよりおこしたる少《ち》さきは得《え》よくも取《とり》がたく、もとより我《わ》が池にありし大いなるをのみあつめて、数《かず》にみたしてもて帰る、それしか非《あら》じともいふにうるさければ取るにまかせてやるを、母君《はゝぎみ》などいとにくがり給《たま》ふ、かくあるにて思へば、世は誠に常《つね》なきもの也《なり》、きのふおもしろしと見る事なくば、今日の残りをしき思ひあらんや、計《はか》らざるに景色をそへ、計《はか》らざるに景色を損《そん》ず、つく〴〵おもふて、栄華《えいぐわ》も富貴《ふうき》も一朝《てう》の夢なるを思ふ事切也《せつなり》。

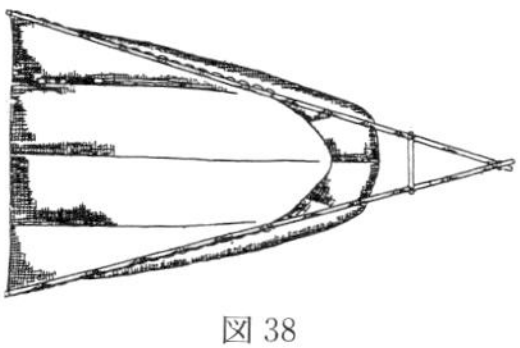
図 38

木に網を張ったもの。魚をすくう道具。

水の上（明治二十八年五月―六月）

（五月）二十六日　午後西村君来訪《にしむらぎみらいはう》、やがて生まるべき子（1）のまうけ（2）など更《さら》になし置くとも見えぬを母君《はゝぎみ》こと〴〵くとがめて、いざ衣類など買ひにゆかん、そのしろ（3）出《いだ》せとてあわたゞしく西村《にしむら》がり行《ゆ》く、釧之助《せんのすけ》はなほ残り居《ゐ》て、さま〴〵に身の不幸をなげく、はてはなさけなげにと息つきて、我《わ》れは此世《このよ》へくるしむ為《ため》に生《うま》れ来《き》つる身か計《はか》りがたし、思はぬつまに思はぬ子など出来るなん浅ましとも口惜《くちを》し、幸ひにしてあの子うせなばよろこばしけれども、猶《なほ》いのちありてながらふることならば、つひに乳母《うば》としてもかれをとゞめ置かざるべからず、さてはいよ〳〵我《わ》が生涯のおもしろからぬに、せめては

（1）明治二六年に西村釧之助は結婚している。
（2）準備。
（3）代金。

君達だに見捨て給《たま》ひそ、こゝに来てかく物がたり暮すは心くるしけれど、しばしの極楽として寄り来《く》る身をすくひ給《たま》へ、猶金銭《なほきんせん》に事《こと》かく折《をり》もあらば、そは遠慮なくつげこし給《たま》ふぞよき、我《わ》れにあたふほどの事は何時《いつ》にてもなすべしなどいふ。

かゝるほどに馬場《ばゞ》君《くん》、平田《ひらた》ぬしつれ立《だち》て川上眉山《かはかみびさん》君《くん》(4)を伴《ともな》ひ来《きた》る、君にははじめて逢《あ》へる也《なり》、としは二十七とか、丈《たけ》たかく色白く、女子《をなご》の中にもかゝるうつくしき人はあまた見がたかるべし、物いひて打笑《うちゑ》む時頬《ときほゝ》のほどさと赤うなるも、男には似合《にあは》しからねど、すべて優形《やさがた》にのどやかなる人なり、かねて高名なる作家ともおぼえず心安げにおさなびたるさま誠に親しみ安し、孤蝶子《こてふし》のうるはしきを秋の月にたとへば、眉山君《びさんくん》は春の花なるべし、つよき所なく艶《えん》なるさま京の舞姫をみるやうにて、こゝなる柳橋《やなぎばし》(5)あたりのうたひめにもたとへつべき孤蝶子《こてふし》のさまとはうらうへ(6)なり、君の名を聞初《きゝそめ》しはもはや四《よ》年《とせ》かほと〳〵五年《いつとせ》にも成るべし、参《まゐ》りよる折《をり》を得《え》がたくて御《お》近《ちか》けれどもかくうとくは過《すぎ》(7)ぬ萬《よろ》づに心隔《こゝろへだて》ず物語をたび給《たま》へ(8)と

(4) 東京帝大中退後、硯友社に加わるが、のち反発し「文学界」に接近。

(5) 隅田川に注ぐ神田川にかかる柳橋の北側一帯を占める地域。江戸時代は吉原・深川通いの船の発着所で、客の船遊や舟釣りに応じる船宿が集中し、芸妓も多かった。

(6) うらおもて。

(7) こんなにも疎遠になってしまった。

(8) 賜びたまへ。なさってください。

て打《うち》とけてかたる、来月あたり合綴《がってつ》(1)のもの春陽堂《しゆんやうだう》(2)より出《いだ》さんはいかになどいふ、小説中の人物のこと、世間の事、我《われ》どちが業《わざ》のくるしき事、朝寐《あさね》なる事、自《じ》だ落《らく》なる事、正直なる事、損なることなど語り出《いづ》るに極《きは》みなし、やがて馬場《ばゞ》君《くん》政治を論じ出《いだ》せば、眉山君《びさんくん》手を打《うち》て、さなり(3)面白しと一口《ひとくち》まぜに(4)いふ、平田《ひらた》ぬしも首尾よくしけんの及第したるよし、此人《このひと》は言葉少なにて、折《をり》ふし孤蝶子《こてふし》をたしなむる様《やう》なる詞《ことば》づかひあやし、人々の来《き》たりしは三時頃成《なり》し、五時といふより雨降り出《い》づ、かき暮し降るほどに日の暮れゆくも知られず、うなぎ取《とり》よせなどして人々にまいらす、帰りしは九時成《なり》しが、雨やまずして空くらし。

＊

二十八日　午後大橋《おほはし》の妻君《さいくん》(5)わがもとへ和歌の門《もん》にいり度《たき》よし申来《まをしきた》る、しばしかたりてかへる、引違《ひきちが》へに野々宮《のゝみや》、安井《やすゐ》君《ぎみ》(6)来訪《らいはう》、明後日の木曜主上《しゆじやう》(7)が御出《おで》むかへをなすべき筈《はず》に

(1) 合冊、合本。
(2) 日本橋通町にあった文芸書専門の出版社。眉山は紅葉の「心の闇」と合綴で「ゆく水」を出版したことがある。
(3) そうだ。
(4) ひとこと言うごとに。
(5) 大橋とき。博文館主大橋佐平の長女で、養子婿渡辺又太郎（大橋乙羽）と結婚。
(6) 安井てつ子。一葉に歌を教わっていた。
(7) 天皇。日清戦争終結のため、明治天皇が五月三〇日広島大本営より還御。

つき、参上《さんじやう》むづかしきか計《はかり》がたしとて、歌よみに来《き》しなり、日くれがたまでありて帰る、月謝を持参《ぢさん》されき、此《この》夕べ眉山《びさん》君《くん》おとつひかしたる傘を持参《ぢさん》、けふは又《また》ことにうるはし、あがり給《たま》へといへば、今湯に行んとて門《かど》には人もまてればといふ、見れば手ぬぐひさげたり、金ぶちの眼鏡に黄金《こがね》の指輪など、誰《た》が目にも天晴《あつぱれ》の小説家と見ゆらんを、こゝかしこの書《しよ》肆《し》に借財《しやくざい》つもりて、一部を終れば一部のくるしみ眼《め》の前に迫れる身としる人はなからん、これを此《この》人々が境界《きやうがい》かと見るに、我《わ》が身もかへりみられてあはれにはかなし。此夜《このよ》にいりて馬《ば》場《ゞ》ぬし来訪《らいはう》、文学界の事につきて憤《いきどほ》ること深げなり、退社《たいしや》せばやと思ふなどかたらる、かゝる事は大方《おほかた》の人にいふべきにもあらねば、常に親しといへど秋骨《しうこつ》にも藤村《とうそん》にもえもらさぬ也《なり》、君は姉君《あねぎみ》のやうにおぼゆれば、こゝろのうちもらさずつげまつるとて、憤《いきどほり》をおびたる顔もち淋《さび》しきやうにすごきやうなり、あまりに潔白に過ぎ給《たま》へばつひに人と衝突し給《たま》ふなり、さりとてよの人なみにうらおもてを置かせ給《たま》へと申《まをす》ならねど、さのみ人事《ひとごと》をこゝろにかけずゆるやかにふるまひ給《たま》へ、御老親《ごらうしん》おはします上に御身《おんみ》もすこやかならず、世を打侘《うちわび》て御病《おんやまひ》など引出《ひきいだ》し給《たま》はゞいかにせん、何《なに》も御心《おんこゝろ》にとゞめ給《たま》ふなといふに、いとよく承《うけたまは》りぬとて、涙のこぼるゝとおぼしくしば〳〵眼鏡をぬぐひ居《ゐ》たり、とある時は熱のおこりたるやうにさわがしく、ある時はこゝろのそこまで冷えたるやうに沈みいりぬ、こはこれ神経のする業《わざ》なるべく、一つには家に伝《つた》へし高潔なる風《ふう》のうきよにかなはで心もだゆるあまりわかき人のならひ血のさわぎはげしきなめり、文学界の内輪もめなどそのもと末《すゑ》をいかにとも知りがたけれど、我《わ》がもとなどにて馬場君《ばゞくん》の心安げにふるまひ給《たま》ふさま一つは禿木《とくぼく》などによからぬ思ひをやいだかせたる、うきよのほかに立てる身はいかならん波のたゞよひもよ所《そ》に見るべきなれど、猶《なほ》めの前にせまりたるあはれの見すぐしがたく、いかならんと思ふ事深し、此《この》よりも十一時に近きころ孤蝶子《こてふし》かへる、しけんの前より過度《くわど》になしたる勉強のなごりと、よくなし得《え》たる心ゆる

(1) 日清戦争の戦死者の過半はマラリア、コレラなどの伝染病による犠牲者であった。衛生設備が悪いために多くの病人を出した。
(2) 日清戦争に勝利して、明治天皇は静岡からの列車で新橋に到着。皇居まで凱旋した。

図 39

び及びそのほかにも猶《なほ》いかならん事の身にさわられるか足は力なくかしらはさゝふるにたえぬやうにて、沓《くつ》などよくもあがらず、筋骨《きんこつ》なきやうに成《なり》てかへりゆく姿何《なん》とはなくかなし。

此日《このひ》芦沢芳太郎《あしざはよしたらう》より書あり、台湾総《たいわんそう》とく附属《ふぞく》の身と成《なり》て、いよ〳〵かの地へ趣《おもむ》くべく成《なり》しに、これよりは病気(1)と戦争との二つをこゝろみる覚悟《かくご》なりなどいひおこす、文《ふみ》は野戦《やせん》郵便規則により月一回のほか出《いだ》しがたければ、此書《このしよ》をば佐久間《さくま》、広瀬《ひろせ》の二軒及《けんおよ》び故郷《こきやう》へも送り給《たま》ひてよなど有《あり》けり、かたの如く取《とり》あつかふ。

＊

三十日　風少しそひて空ははれたり。

主上東都《しゆじやうとうと》に還幸《くわんかう》、即《すなは》ち凱旋《がいせん》の当日(2)なれば、戸々《こゝ》国旗を出《いだ》し軒提燈《のきちやうちん》など場末《ばすゑ》の賤《しづ》がふせや(3)までいたりて、うらや住居《ずまゐ》(4)するものは手遊《おもちや》やにうる五厘《りん》(5)国旗など軒《のき》にさしたるもみゆ、着輦《ちやくれん》(6)は午後二時成りといふ、十時ごろ安井《やすゐ》君来《ぎみきた》る、これより高

(3) 貧しく粗末な家。
(4) 裏通りに面した家。
(5) 紙製の玩具の国旗。奉祝旗等も売られた。
(6) お召し列車のご到着。

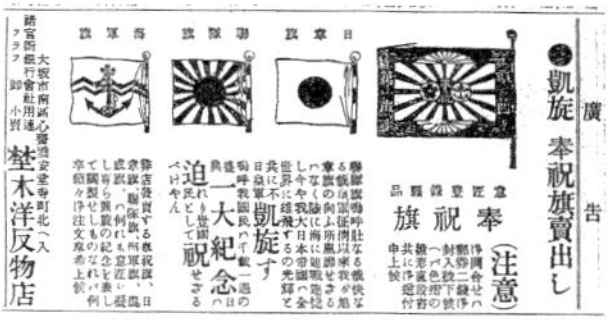

図40

等女子師はん校一同と共に奉迎《ほうげい》に趣《おもむ》かんとするを野々《のゝ》宮君《みやぎみ》こゝより参《まゐ》り給《たま》はんとありしかば誘《さそ》ひに来《き》たりしといふ、いな君はおはさずといふにさらば又《また》のちに参《まゐ》らんとていそぎて出《い》づ、正午《ひる》過《すぎ》より花火の音絶《たえ》まなし、午後三時過ぎ芝《しば》の兄君《あにぎみ》来《きた》る、芝区《しばく》民奉迎《みんほうげい》の徽章《きしやう》(1)を胸にかけて、塵《ちり》の中をはせめぐりしかばいたくつかれしとおぼしくまろぶやうにして来《き》たり、酒の支度などするほどに、野々宮《のゝみや》も奉迎《ほうげい》終りて来《きた》る、利久《りきう》びは(2)の三《み》つもん二枚給《まいあはせ》、もち論地《ろんぢ》はちりめん也《なり》、白茶《しろちや》二重《ぢゆう》どんすの丸帯《まるおび》、雪駄《せった》ばきにて来《きた》る、これもつかれて正体《しやうたい》なきやうなり、今日の有様《ありさま》はいかになど問へども、たゞいまだおぼえずかゝる騒ぎはと誰《たれ》も〳〵いふ、かゝるほどに秀太郎《ひでたらう》も来《きた》る、安井君《やすゐぎみ》も今来《いまきた》るべしなどいひ居《を》るほどに、てつ子《こ》のもとより使ひあり、止《や》みがたき客ありて供《とも》に萬歳《ばんざい》を祝《しゆく》さんなどありて出《で》がたければとなり、さらばせんなしとて、野々宮《のゝみや》には夕めし出《いだ》しなどして、こゝなるひとへものかして帰す。兄君《あにぎみ》、秀《ひで》太郎《たらう》も日没頃かへる。このよは早く寐《いね》たり。

(1) 凱旋奉祝の徽章。

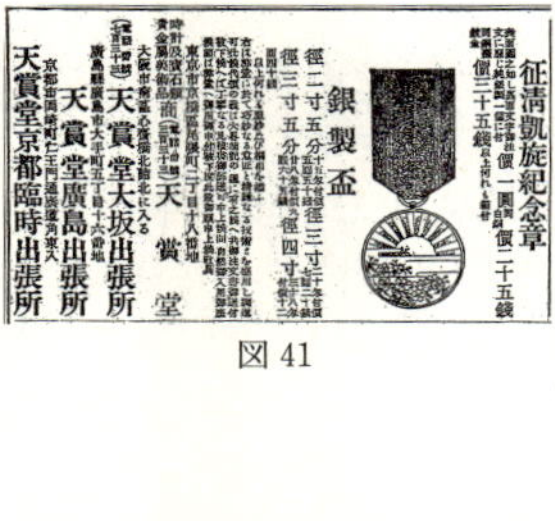

図 41

(2) 緑がかった灰色と、黄色がかった萌黄色。

*

（六月）二日　早朝石黒虎子《いしぐろとらこ》けい古《こ》に来《きた》る。午後西村君来訪《にしむらぎみらいはう》、少し物がたりするほどに川上眉山君《かはかみびさんくん》おはしぬといふ　奥なる部《へ》やへ通して茶菓《さくわ》など参《まゐ》らす。今日は先の日見たりしやうに、黄金《こがね》の指輪、糸織《いとおり》の小袖《こそで》などの華美なるにはなくて、博多結《はかたゆふ》城《き》のひとへに角帯《かくおび》しめて羽織は着ず、入湯《にふたう》せんとする折《をり》なればて手拭《てぬぐひ》もて来《き》たり、いたく人世《じんせ》を思ひいりてせんすべもなく、物の弁別《べんべつ》つき難《がた》く成《なり》し頃とて、かしらいたく気のぼりて常に夢の中にあるやうの心地すといふ、今日もこゝろわるくてのみ暮しがたければ、しばしねぶらばやと横に成《なり》つれど、夫《それ》すらなしがたければ、せめては君のもとをも訪《と》ひてめづらしき物がたり　承《うけたまは》らばやとて来《き》つる也《なり》とかたる、こは君が筆に一転化《てんくわ》の来《きた》るべき時機《じき》なめり、ひたすらになつかしくやさしき方《かた》をのみ取出《とりいづ》るやう成《なり》し人のかくて誠に心もだへば、人世《じんせ》のうくつらき、人の情《なさけ》のありて無きなど、こまかにうつし出《いづ》るやうに成《なり》なんも計《はかり》がたければ、こはこれ一級《きふ》をすゝむる時ならんとうれし、もろともにかたる事多し、我《わ》が身の素性《すじやう》など物がたるに、さらば君は誠にをとなしくやさしき人におはしけり、思ひかけぬまですなほなる人成《なり》けり、さる柔和《にうわ》なるこゝろを持《もち》てかゝるうきよをかくまでにしのびて渡り給《たま》ふこと、下《した》のこゝろのいづこにかつよき処《ところ》のあればなるべし、男ごゝろのまけじ気性にてすらも、うきよの波にもまれては終《つひ》におぼれぬ人少なきを、さるやさしき女性《によしやう》の身としてかくよに立《たち》て過《すご》し給《たま》ふ事よに有《あり》がたき人かな、自伝をものし給《たま》ふべし、今わが聞参《きゝまゐ》らせたる所斗《ところばかり》にても、たしかに人を感動さするねうちはたしか也《なり》、君が為《ため》には気のどくなれども、君が境《きやう》界《がい》は誠に詩人の境界《きやうがい》なるかな、おもしろき境界《きやうがい》なるかな、すでに経来《へき》たり給《たま》ひし所は残りなく詩にして、すでに〳〵人世《じんせ》の大学問ならずや、ふるひたち給《たま》ふべし、君にして女流文学に志し給《たま》はんか後来《こうらい》日本文学に一導《だう》の光を伝へて別に気魂《きこん》(1)の天地に伝へるものあるべし、切《せつ》に筆をもて世にたち給《たま》へなど

(1) 気迫。

いふ、そゝのかし給《たま》ふな、さらでも女子《をなご》（2）は高ぶり安きをとて笑ふに、君は誠に物つゝみ（3）し給《たま》ふ人也《なり》、よししからばこれより我《わ》れは書肆《しよし》に計《はか》りて、君のもとへ催促を打《うち》しきらすべし（4）、人すゝめずば書かぬ人なめりとて笑ふ、やがて日も暮《くる》るに近ければ、又《また》こそ訪《と》はめとて立帰《たちかへ》る、三年の知人に似たり。このよ国子《くにこ》と共に本郷《ほんがう》にものをかふ、家に帰《かへ》れば留守のほどに馬場《ばゞ》ぬしおよび誰成《たれなり》しか外《ほか》に二人三人《ふたりみたり》づれの来客ありしが家にあらずと聞《きゝ》て帰りしとか、大方《おほかた》は禿木《とくぼく》と秋骨《しうこつ》なめり。

三日　田中《たなか》の会なれども出《いで》がたし。午後より三崎町《みさきちやう》（5）に半井《なからゐ》ぬしを訪《と》へば　飯田町《いひだまち》の本宅におはします、かなたへ参《まゐ》らせ給《たま》へといふに、四丁め二十一番とて、田中《たなか》ぬしとは一小路《ひとこうぢ》斗隔《ばかりへだ》てたる処《ところ》へゆく、黒塀《くろべい》にしだり柳など雅《が》にもあらねど広《ひろ》やかなる家也《なり》、五年ぶりにておかう君《ぎみ》（6）にあふ、取集《とりあつ》めての弔詞《てうじ》などいふにこゝろうくたゞ涙ぐまれぬ、鶴田《つるだ》ぬしがはらにまうけし千代《ちよ》（7）と呼べるがことしは五つに成《なり》しが、いとよく我《わ》れに馴《な》れてはなれ難《がた》き風情《ふぜい》まことの母とや思ひ違《たが》へたる、

（2）そうでなくても。
（3）遠慮。
（4）ひっきりなしにさせよう。
（5）茶舗、松濤軒。当時は河村千賀に経営を譲って、飯田町に新居を構えていた。
（6）お幸。桃水の妹。
（7）鶴田たみ子と桃水の弟浩との子。一葉は桃水の子と思っている。

哀れ深し、ちよ様は我《わ》れをわすれ給《たま》ひしかといふに、房々《ふさ〳〵》とせし冠切《かぶき》（1）りのつむり（2）をふりて否《い》やわすれずといふ、二階のはしごの昇りにくきを、我《わ》が手にすがりて伴《ともな》ひゆくも可愛《かはゆ》（3）く、茶菓《さくわ》などはこぶをあぶなしといへども誰《たれ》も手なふれそお客様には我《わ》れがもてゆくのなりとて、こま〴〵とはたらく、かゝるほどに戸田《とだ》ぬし（4）が子も目さむれば、おかう殿いだき来てみす、まだ生れて十月《とつき》斗《ばかり》のほどならん、いとよくこえてたゞ人形をみるやうにくり〳〵とせしさま愛らし、目もはなもいと少《ち》さくて、泣く事まれなる子といふがうれしければ、抱《いだ》き取りてふりつゞみ（5）見せ、犬はり子まはしなどするに、いつとなくなれて我《わ》が膝《ひざ》にのみはひよる、こはあやしき事かな、常にをとなしき子なれども見馴《みな》れぬ人にはむづかりて手をもふれささず、此《この》ほど野々《のゝ》宮様《みやさま》、大久保《おほくぼ》様《さま》などあやし給《たま》ひしにいたく泣入《なきい》りて困《こう》じにけるを、今日はかく馴《な》れ参《まゐ》らせてよろこび居《を》る事と、おかうどのいぶかる、半井《なからゐ》ぬしほゝゑみて縁《えにし》のあるなめりといひ消《けし》（6）つ、すし取寄《とりよ》せ、くだもの出《だ》し馳走《ちそう》を

（1）おかっぱ。

図42

（2）頭。
（3）手をふれないで。
（4）お幸の実子戸田ソノ子。
（5）でんでん太鼓。柄の付いた鼓に糸で豆などをつけ、柄を回しながら打ち鳴らす玩具。
（6）相手のことばを打ち消す。

図43

つとむ、四年《よとせ》ぶりにて半井《なからゐ》ぬしが誠の笑《ゑ》がほを見るやうなるが嬉《うれ》しく、打《うち》くもりたる心のはれる様也《やうなり》、そのむかしのうつくしさはいづこにかげかくしたるか、雪のやう成《なり》し色はたゞくろみに〳〵て、高かりしはなのみいちじるく成《な》りぬ、肩巾の広《ひろ》かりしも膝《ひざ》の肉の厚かりしも、やう〳〵にせばまりやせて打《うち》みる所は四十男といふとも偽《いつはり》ならず見ゆ、なつかしげに物いひて打笑《うちゑ》むさま、さはいへど大方《おほかた》の若ざかりよりは見にくからず、たゞ誠の兄君《あにぎみ》　伯父君《をぢぎみ》などのやうにおぼゆ、君はいくつにかならせ給《たま》ふ、廿四とや、五年《ねん》の前に逢《あひ》そめ参《まゐ》らせたるその折《をり》に露違《つゆたが》はずもおはしますかなといひいひて、こゝろおく方《かた》もなく語る、此人《このひと》ゆゑに人世《じんせ》のくるしみを尽《つく》して、いくその(7)涙をのみつる身とも思ひしらねば、たゞ大方《おほかた》の友とや思ふらん、今の我《わが》身に諸欲脱《しよゝくだつ》し尽《つく》して、仮《かり》にも此《この》人と共に人なみのおもしろき世を経《へ》んなどかけても(8)思はず、はた又過《またすぎ》にしかたのくやしさを呼《よび》おこして此《この》人眼《め》の前に死すとも涙もそゝがじの決心など大方《おほかた》うせたればたゞなつかしくむつまじ

(7) どれほど多くの。
(8) 決して。

き友として過さんこそ願はしけれ、かく思ひ来たりて此人《このひと》を見れば、菩薩《ぼさつ》と悪魔をうらおもてにして、こゝに誠のみほとけを拝《をが》めるやうの心地いひしらずうれし、日くれに近く、暇《いとま》ごひして帰らんとするに、さらば又此次《またこのつぎ》とはせ給《たま》へ、われも例の神鳴《かみな》りのけなき折《をり》君がもとを訪《と》はん、もろともに寄席にも遊ばゞやなどいふ、下座敷《したざしき》に下《お》りくれば、樋口様《ひぐちさま》は帰らせ給《たま》ふか我《わ》れも逢《あ》ひ参《まゐ》らせたかりしをとて父君《ちゝぎみ》出《い》でおはします、又《また》とはせ給《たま》へ、ゆる〳〵御物語《おものがた》りせばやとて、これもかれもなつかしげなるがうれしく、暇《いとま》をこひて出《いづ》るこゝろ夢のやうなり、家に帰りて直《たゞち》に入浴、道にて雨にあふ、此《この》よは大雨《たいう》也《なり》。

水のうへ日記（明治二十八年十月）

やう〳〵世に名をしられ初《そめ》て、めづらし気《げ》にかしましうもてはやさる〻、うれしなどいはんはいかにぞや、これも唯《たゞ》めの前のけぶりなるべく、きのふの我《わ》れと何事《なにごと》のちがひかあらん、小説かく、文《ぶん》つくる、たゞこれ七つの子供の昔《むか》しよりおもひ置《おき》つる事のそのかたはしをもらせるのみ、などこと〳〵敷《しく》はいひはやすらん、今の我《わが》みのか〻る名得《え》つるが如く、やがて秋かぜた〻んほどは、たちまち野末《のずゑ》にみかへるものなかるべき運命、あやしうも心ぼそうもある事かな、しばし書《かき》とゞめてのちの寐覚《ねざめ》のこ〻ろやり(1)にせばや。

(1) 気晴らし。慰み。

＊

十五日より三十一日までの間《あひだ》に、如来《にょらい》ぬし(1)の我家《わがや》をとふ事四度《たび》、用ありて来《き》し事もあり、あらずして来《き》し事もあり。にごり江《え》の評各雑誌《ひやうかくざつし》にかしがましとて(2)、まだ見ざるをば郵便にておこしつ、妻の事(3)たのみおかれつれば、写真給《たま》へといひやりしに、やがて写《うつ》してこれをも送りぬ、木強《もくきやう》(4)の男とふと見ゆめれど、物なるゝまゝにおさな子のやうなる所うつくし。

　川上眉山《かはかみびさん》ぬしも、此《この》ほど打《うち》しきりて訪《と》ひ給《たま》ふ、此月《このつき》にいりてより四五度《たび》は来給《きたま》ふめり、一夜《や》は関君《せきくん》と打《うち》つれて来《き》つ、その次の夜《よ》の事なり、たがひに期せずして一つに成《なり》し事あり、我《わ》れにこゝろなければ何《なに》ともおもひたらねど、二人の面《おも》やうのをかしさ、物がたりのしどなさ(5)、おもひがけず落《おち》あひしを恥《はぢ》あへるさま、男も猶《なほ》ものつゝみはなす成《なり》けりとをかしかりき。

　いで孤蝶《こてふ》ぬしのたより少ししるしとゞめばや、これも此月《このつき》

(1) 関如来。日就社（読売新聞）の美術・文芸担当記者。
(2) かしましい。
(3) 一葉は一二月に関に野々宮菊子との縁談をすすめたが、まもなく破談になった。
(4) 武骨な男。
(5) 秩序立たぬありさま。

にいりてより文《ふみ》三通、長きは巻紙《まきがみ》六枚をかさねて二枚切手の大封《おほふう》じなり(6)、一《ひと》たびは名所古趾《めいしよこし》(7)の写真二葉《えふ》、紫式部源氏《むらさきしきぶげんじ》の間《ま》(8)などいへるをおくりこし給《たま》へり、例のこまかにつゝみなき言《こと》の葉《は》、わが恋人にやるやうの事かきてあるもをかしく、誠ある人なれば、おのづからはげますやうのことの葉《は》などもみゆめり、こゝろうつくしき人かな。

平田《ひらた》ぬしには此月《このつき》たえて逢《あ》はず、文《ふみ》こまぐ〵とおこしつれど、孤蝶《こてふ》ぬしとの間《あひだ》に物うたがひを入《い》れて、少しねたまし気《げ》などの事書《かき》てありしもうるさければ、返しはやらず成《な》りにき、みづから二度ほど訪《と》ひ来《き》しかど、国子《くにこ》の取《とり》はからひて門《かど》よりかへしぬ、才子《さいし》なれども憎《にく》き気《け》のあるぞ口をしき。

秋骨《しうこつ》も幾度《いくたび》わがもとをとひけん、大方《おほかた》土曜日の夜《よ》ごとには訪《と》ひ来《く》る、来《く》ればやがて十一時すぎずして帰りし事なし、母も国子《くにこ》も厭《いと》ふは此《この》人なれどいかゞはせん、ある夜《よ》川上君《かはかみくん》と共に来《き》て物がたりのうちにふるひ出《い》でぬる時などの恐ろしかりし事よ、我《わ》れはいかにするとも此家《このや》の立《たち》はなれがたきかな、

(6)　ぶ厚い封筒。二五三頁参照。
(7)　昔、都や建物のあった跡。
(8)　紫式部が『源氏物語』を書いたとされる滋賀県大津市にある石山寺の一室。

いかにせん、いかにせんとて身をもみぬ、みづからこは怪《あや》し、怪《あや》しといひつゝあと先見《さきみ》廻《まは》しつゝ、打《うち》ふるふに、川上《かはかみ》ぬしもただあきれにあきれて、からく(1)伴《ともな》ひ出《いで》て送りかへしぬ、其夜《そのよ》なき寐《ね》入《い》りにふしたりとてあくる朝まだきに文《ふみ》おこしぬ、うちにさま〴〵ありけれど、猶親《なほした》しき物にせさせ給《たま》はらずや、いかにも中空《なかぞら》(2)に取《とり》あつかひ給《たま》ふ事のうらめしさなど書《かき》つらねありき、あなうたての哲学者よな(3)。

優《いう》なるは上田君《うへだくん》(4)ぞかし、これも此頃打《このごろうち》しきりてとひ来《きた》る、されども此《この》人のは一景《ひとけ》色《しき》ことなり、萬《よろづ》に学問のにほひある、洒落《しやらく》のけはひなき人なれども、青年の学生なればいとよしかし、桐一葉《きりひとは》(5)の評《ひやう》かく事をうがりてかにかくといひわけ(6)などいひ居《を》るもたかぶらずしてなつかしう見えぬ、されども心はいかならん、かく言ひ、かく見せて、世にたゝんの人なりや知りがたし、あなどりがたうもあるかな。

おそろしき世の波かぜにこれより我《わが》身のたゞよはんなれや、

(1) かろうじて。
(2) いいかげんに。
(3) ああ、なさけない哲学者だこと。秋骨は英文学専攻だが、一葉は発表された評論の印象から哲学者と呼んでいる。
(4) 上田敏。翻訳家、詩人。
(5) 坪内逍遙作の史劇。上田敏は「読売新聞」にこの評を書くことを、関如来に説得されていた。
(6) あれこれと。

おもふもかなしきはやう〳〵をさな子のさかいをはなれて争ひしげき世に交《まじは》る成《なり》けり、きのふは何《なに》がしの雑誌にかく書《かゝ》れぬ、今日は此大家《このたいか》のしか〳〵評せりなど、唯《たゞ》春の花の栄《さか》えある名斗《なばかり》うる如くみゆる物から、浅ましきは其《その》そこにひそめる所のさま〳〵成《なり》けり、わか松《まつ》(7)、小《こ》金井《がねゐ》(8)、花圃《くわほ》の三女史《ぢよし》が先《さき》んずるあれども、おくれて出《いで》たる此《この》人をもて女流の一《いち》といふをはゞからず、たゝへても猶《なほ》たゝへつべきは此《この》人が才筆《さいひつ》などいふもあり、紫清《しせい》(9)さりてことし幾《いく》百年《ねん》、とつてかはるべきはそれ君ぞなどいふもあり、あるはとつ国《くに》(10)の女文豪《ぢよぶんがう》がおさなだち(11)に比べ、今世《いまのよ》に名高き秀《す》才《さい》の際《きは》にならべぬ、何事《なにごと》ぞおとゝしの此《この》ころは大音寺《だいおんじ》前《まへ》に一文《もん》ぐわしならべて乞食《こじき》を相手に朝夕を暮しつる身也《なり》、学は誰《た》れか伝へし文《ぶん》をば又《また》いかにして学ぶべき、草端《さうたん》の一蛍《けい》よしや一時《じ》の光りをはなつとも、空しき名のみ、仇《あだ》なるこゑのみ、我《わ》れに比べて学才のきはなみ〳〵ならざりしさがのや(12)が末《すゑ》のはかなき事、山田《やまだ》の美妙《びめう》(13)数奇《すうき》の体《てい》、あはれあはれ安き世の好みに投《とう》じてこの争ひに立《たち》まじる身、

（7）若松賤子。「小公子」の翻訳で有名。巌本善治の妻。このあたりは、「国民之友」第二六六号（明治二八・一〇・一九刊）に掲載された内田魯庵の「一葉女史の『にごり江』」から引用。
（8）小金井喜美子。翻訳家、小説家。医学博士小金井良精夫人、森鷗外の妹。
（9）紫式部と清少納言。
（10）外国。
（11）幼いころの成長のさま。
（12）嵯峨の屋御室。本名矢崎鎮四郎。逍遥門下で浪漫的作品で名を成し、評論や詩も発表。国民新聞などに勤務。のち受洗。陸士教官も務めた。
（13）小説家、詩人、国語学者。紅葉らと硯友社を興す。当時、小説家田沢稲舟との艶聞が取り沙汰されていた。明治二八年暮結婚するが、三カ月で破局。

いか斗《ばかり》かは浅ましからざらん、されども如何《いかゞ》はせん、舟は流れの上にのりぬ、かくれ岩にくだけざらんほどは引《ひき》もどす事かたかるべきか。

極《きは》みなき大海原《おほうなばら》に出《いで》にけり
やらばや小舟《をぶね》波のまに〳〵

水のうへ（明治二十九年一月）

六日に文学会《ぶんがくくわい》の新年宴会《えんくわい》などいふ事ありき、われと三宅《みやけ》ぬしには別席《べつせき》しつらへおきぬればかならず出席あらまほしきよし星野《ほしの》ぬしよりいひこされたれど、さる所にはしたなう立出《たちい》づべきにはたあらねば断《ことは》りいひやりて我《わ》れはえ行《ゆ》かざりしに、たつ子《こ》ぬしにも同じこと断《ことは》り成《なり》しよし、こゝの間《あひだ》に心をかしからぬ事あれば馬場《ばゞ》(1)ぬしもえ行《ゆ》かじなどいひ居《を》られしものから、さもいなみあへで(2)出席有《あり》けるよし、有様《ありさま》いか成《なり》けん。

こぞの秋かり初《そめ》に物しつるにごり江のうわさ世にかしましうもてはやされて、かつは汗《あせ》あゆる(3)まで評論などのかしましき事よ、十三夜(4)もめづらしげにいひさわぎて女流中《ぢよりうちう》ならぶ物

(1)「文学界」同人の不和をさす。
(2) そうも断りきれず。
(3) 汗が滴り落ちる。多く冷や汗をかくことにいう。
(4)「文芸倶楽部」第一二編、臨時増刊「閨秀小説」（明治二八・一二・一〇刊）に「やみ夜」とともに掲載。

なしなどあやしき月旦《げつたん》(1)の聞《きこ》えわたれるこゝろくるしくも有るかな、しば〳〵おもふて骨さむく肉ふるはるゝ夜半《よは》もありけり、かゝるをこそはうき世のさまといふべかりけれ、かく人々のいひさわぐ何《なに》かはまことのほめこと葉《ば》なるべき、たゞ女義太夫《をんなぎだいふ》に三味《さみ》の音色はえも聞《きゝ》わけで心をくるはするやうのはかなき人々が一時《じ》のすさびに(2)取《とり》はやす成るらし　されども其《その》声あひ集まりては友のねたみ、師のいきどほりにくしみ、恨《うら》みなどの限りもなく出来《いでき》つるいとあさましう情《なさけ》なくも有《ある》かな、虚名《きよめい》は一時《じ》にして消えぬべし、一《ひと》たび人のこゝろに抱《いだ》かれたるうらみの行《ゆく》水の如く流れさらんかそもはかりがたし、われはいちじるしくうき世の波といふものを見そめぬ、しかもこれにのりたるをいかにして引《ひき》もどさるべき、あさましのさま少しかゝばや。

日ごと訪《と》ふ人は花の如く蝶の如きうつくしの人々也《なり》、大島《おほしま》文学士(3)が奥がたのやさがたなる、大《おほ》はしとき子《こ》の被布《ひふ》(4)すがた　わか〳〵しき、今は江木《えぎ》が写真師《しやしんし》(5)の妻なれど関《せき》えつ子《こ》(6)の裾《すそ》も

(1) 批評。

(2) 慰みごと。

(3) 大島義脩。東京帝大を卒業後、第八高等学校校長、女子学習院長などを歴任。夫人みどりは萩の舎に入門。

(4) 着物の上にはおる防寒用の外衣。打ち合わせが深く、房付きの飾り紐でとめる。

(5) 神田淡路町に写真館を経営していた江木保男。

(6) 関場氏と離婚したのち、江木保男と結婚。

やうでたち(7)、同じく藤子《ふぢこ》が薄色《うすいろ》りんずの中振袖《ちうふりそで》、それよりは花やかなる江間《えま》のよし子《こ》が秋の七草そめ出《いだ》したる振袖《ふりそで》に緋《ひ》むくを重ねしかわいのさまもよく、師はん校の両教授(8)がねづみとひわの三まい着《ぎ》、取々《とりぐ》にいやなるもなし、一昨年《をとゝし》の春は大《だい》音寺前《おんじまへ》に一文《もん》ぐわし売りて親せき近よらず故旧《こきう》音《おと》なふ物なく、来《きた》る客とては悪処《あくしよ》のかすに舌つゞみ打つ人々成《なり》し、およそ此《この》世《よ》の下《しも》ざまとてかゝるが如きは多からじ、身はすて物によるべなきさま成《なり》けるを、今日の我身《わがみ》の成《なり》のぼりしはたゞうき雲の根なくしてその中空《なかぞら》にたゞよへるが如し、相《あひ》あつまる人々この世に其名《そのな》きこえわたれる紳士、紳商《しんしやう》(9)、学士《がくし》社会《しやくわい》のあがれる際《きは》(10)などならぬはなし、夜更《よふけ》て人定《ひとさだ》まりて静《しづか》におもへば我《わ》れはむかしの我《われ》にして、家はむかしの家なるものを、そも〳〵何《なに》をたねとしてかうき草のうきしづみにより人のおもむけ異《こと》(11)なる覧《らん》、たはやすきもの(12)はひとの世にして、あなどるまじきも此《この》人のよ成り、其《その》こゑの大《おほ》ひなる時は千里《せんり》にひゞき、ひくきときは隣だも猶《なほ》しらざるが如し。

(7) 出で立ち。
(8) 安井てつ子と木村きん子。
(9) 品格と地位を備えた大商人。
(10) 学問や地位をきわめた者。
(11) 接し方。
(12) 軽々しいもの。

　国民のとも春季附《しゆんきふ》ろく(1)書《かき》つるは江見水蔭《えみすゐいん》(2)、ほし野《の》天知《てんち》(3)、後《ご》藤宙外《とうちうぐわい》(4)、泉鏡花《いづみきやうくわ》(5)および我《わ》れの五人なりき、早くより人々の目そゝぎ耳引《ひき》たてゝこれこそ此年《このとし》はじめの花と待《まち》わたりけるなれば、世に出《いづ》るよりやがて沸出《わきいづ》るごとき評論のかしましさよ、さるは新聞に雑誌にいさゝか文学の縁《ゑん》あるは先をあらそひてかゝげざるもなし、一月の末《すゑ》には大《おほ》かたそれも定まりぬ、あやしうこれも我《わ》がかちに帰《き》して読書社会《とくしよしやくわい》の評判わるゝが如しとさへ沙汰《さた》せられぬ、評家《ひやうか》の大斗《たいと》(6)と人ゆるすなる内田《うちだ》不知《ふち》庵《あん》(7)の口を極《きは》めてほめつる事よ、皮肉家《ひにくか》の正太夫《しやうだいふ》(8)がめさまし草(9)の初号《しよがう》に書きたるには道成寺《だうじやうじ》に見たてゝ白拍子一葉同宿水《しらびやうしいちえふどうしゆくすゐ》蔭坊《いんばう》、天知坊《てんちばう》、何《なに》がしくれがしと数《かぞ》へぬ、へつらふ物は萬歳《ばんざい》〳〵とゝなへ、そねむ人は面《おもて》を背《そむ》けて我《わ》れをみること仇《あだ》の如《ごと》かり。

　にごり江よりつゞきて十三夜、わかれ道、さしたる事なきをばかく取沙汰《とりざた》しぬれば我《わ》れはたゞ浅ましうて物だにいひが

(1)「国民之友」第二七七号付録。一葉の「わかれ道」が載った。
(2)「炭焼の煙」が載る。硯友社同人。
(3)「のろひの木」が載る。
(4)「ひたごゝろ」が載る。「早稲田文学」の編集に携わった。のち「新小説」編集主任。
(5)「琵琶伝」が載る。尾崎紅葉門下となり、二八年「夜行巡査」で新進作家の地歩を確立。同年博文館入社、「日用百科全書」の編集を通じて一葉とも交渉があった。
(6) 泰斗。ある一つの道で、最も高く尊ばれる人。
(7) 内田魯庵の別号。評論、翻訳、小説に活躍。魯庵が「国民之友」の付録を取り上げた批評文はなく、他号などに書かれたものの記憶が混じっていると思われる。

たかり、此《この》二十四五年がほどより打《うち》たえ寐《ね》ぶりたるやうなる文界《ぶんかい》に妖艶《えうえん》の花を咲かしめて春風《しゆんぷう》一時《じ》に来《きた》るが如き全盛の場舞台《ぶたい》にしかへしたるは君が一枝《し》の力よなど筆にするものあり、口にする者あり、いかなる人ぞやおもかげ見たしなどつてを求めて訪《と》ひよるも多く、人してものなど送りこすも有《あり》けり、雑誌業《ざつしげふ》などする人々は先をあらそひて書きくれよの頼み引《ひき》もきらず、夜《よ》にまぎれて我《わ》が書《かき》つる門標《もんへう》ぬすみて逃《に》ぐるもあり、雑誌社には我《わ》が書《かき》たる原稿紙一枚もとゞめずとぞいふなる、そは何《なに》がしくれがしの学生こぞりて貰《もら》ひにくる成《な》りとか、閨《けい》秀《しう》小説(10)のうれつるは前代未聞にしてはやくに三萬《まん》をうり尽《つく》し、再《さい》はんをさへ出《いだ》すにいたれり、はじめ大坂へばかり七百の着《ちやく》荷《に》有《あり》しに一日にしてうれ切れたれば再び五百を送りつるそれすら三日はたもたざりしよし、このほど大坂の人上野《うへの》山仁《やまに》一郎《らう》愛読者の一人《にん》なりとて尋《たづ》ね来《き》つ、かの地における我《わ》がうわさ語り聞かす、我党嵩拝《わがとうすうはい》のものども打《うち》つどひて歓迎のもうけ(11)なすべければ此春《このはる》はかの地に漫遊《まんいう》たまはらばや、手ぜまけれ

（8）正直正太夫。斎藤緑雨の別号。仮名垣魯文に師事し、小説を書く一方、評論を新聞に連載し、評判になる。
（9）明治二九年一月三〇日、「しがらみ草紙」の後身として鷗外が創刊した。
（10）一八一頁注（4）参照。
（11）もてなしの宴。

ども別荘《べつさう》めきたるものもあり、いかで(1)おはしませなどいざなふ、尾崎紅葉《をざきこうえふ》、川上眉山《かはかみびさん》、江見水蔭《えみすゐいん》および我《わ》れを加へて二枚折《をり》の銀屏《ぎんぺう》一つはりまぜにせまほしく、うらばりは大和《やまと》にしき(2)にしてこれをは文学屏風《べうぶ》と名づけ長く我家《わがいへ》の重宝《ちようほう》にせまほし、いかで原稿紙一《ひと》ひら給《たま》はらばやなど切《せち》にいふ、金子御入用《きんすごにふよう》の事などもあらばいつにても遠慮なく申《まをし》こさせ給《たま》へ、いかさまにも調達《てうだつ》し参《まゐ》らする心得也《こゝろえなり》などいふ、ひいきの角力《すまふ》に羽《は》をり投ぐる格《かく》にやとをかし。

正太夫《しやうだいふ》のもとよりはじめて文《ふみ》の来《き》たりしは一月の八日成《なり》し、われは君に縁《えん》あるものならねど我《わ》が文界の為《ため》君につげ度《たき》こと少しあり、わが方《かた》に来《き》給《たま》ふか我《われ》より書にて送らんか、われに癖《へき》あり我《わ》れより君を訪《と》ふ事を好まず、なほ我事《わがこと》聞かんとならばいかなる人にももらすまじきちかひの詞聞《ことばきゝ》たしと也《なり》、何事《なにごと》ともしらねど此皮肉家《このひにくや》がことかならずをかしからんとて返しをやる、人にはいふまじく候《さふらふ》、つげさせ給《たま》はれかし、我《わ》れは

(1) ぜひ。

(2) 唐錦に対して、平安以後日本で織り出された紋様の錦織。

男ならぬ身なれば御《おん》もとをば訪《と》ふ事かたし、文《ふみ》おくり給《たま》はらばうれしかるべしといひき。

九日の夜《よ》書《かき》たる文《ふみ》十日にとゞきぬ、半紙四《よ》枚がほどを重ねて原稿かきたるがごと細《こま》かに書《しよ》したり、にごり江の事、わかれ道の事、さま〴〵ありて、今の世の評者がめくらなる事、文人《ぶんじん》のやくざなる事、これらがほめそしりにかゝはらず、直《ちよく》往《わう》(3)し給《たま》へといふ事、幷《なら》びに世にさま〴〵の取沙汰《とりざた》ある事、我《わ》れが何《なに》がし作家と結婚の約ありといふ事、浪六《なみろく》のもとへ原稿をたづさへ行給《ゆきたま》ひしときく事などありき、何《なに》がし作家とは川《かは》上君《かみくん》の事なるべし、君よりは想《さう》のひくき何《なに》がしとしるしぬ。

一覧《らん》の後《のち》は其状《そのじやう》かへし給《たま》はれ、君よりのもかへしまつるべし、世の人聞《ひとぎ》きうるさければと成《なり》けり、直《たゞち》に封《ふう》してかへしやる、これはめさまし草の出《いづ》るより二十日《はつか》も前の事成《なり》き、のちに紙上を見ればわれへ対《たい》する評言《ひやうげん》(4)はこのふみの如く細《こま》かにはあらでおほらかに此旨《このむね》をぞ書《かき》ぬ。

正太夫《しやうだいふ》はかねても聞けるあやしき男なり、今文豪の名を博《はく》

(3)　ためらわずに進むこと。

(4)　「めさまし草　まきの一」の斎藤緑雨「金剛杵」。

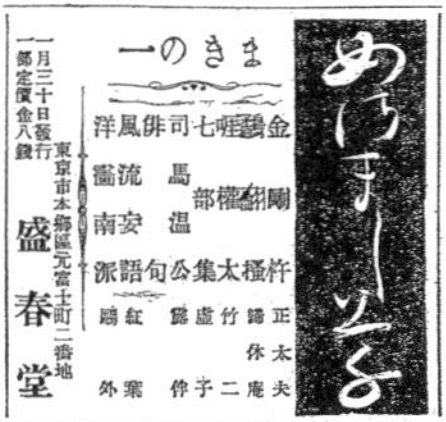

図 44

して明治の文壇に有数の人なるべけれど、其《その》しわざ、其手《そのて》だてあやしき事の多くもある哉《かな》、しばらく記《き》してのちのさまをまたんとす。

この頃世にあやしき沙汰《さた》聞《きこ》え初《そめ》ぬ、そは川上眉山《かはかみびさん》と我《わ》れとの間《あひだ》に結婚の約なりたりといふうわさ成《な》り、岡《をか》やきといふものおびたゞしき世なれば伝《つた》へ〳〵て文界の士の知らぬもなしといふ、あるものは伝《つた》へて尾崎紅葉仲立《をざきこうえふなかだち》なりとさへいふめる、あるもの紅葉《こうえふ》にかたりたるに高笑ひしてもしさる事さだまらば我《わ》れ媒《ばい》しやくにはかならず立つべしといひしとか、よみうり新聞新年宴会《しんねんえんくわい》の席にて高田早苗君《たかたさなへくん》(1)は眉山《びさん》が肩をうちてこの仲立《なかだち》は我《わ》れ承《うけたまは》らんとたはぶれしとか、こゝにかしこに此《この》沙汰《さた》かしましければいつしか我《わ》れにも聞《きこ》えぬるを、あやしきは川上《かはかみ》ぬし知《し》らずがほを作り給《たま》ふ事なり、この人の有《あり》さまあやしとおもひしは過《すぎ》し八日の夜《よ》われに写真給《たま》はれとてこばむをおして持行《もちゆき》し事ありき、母君《はゝぎみ》も国子《くにこ》もひとしういなみしを、

(1) 号半峰。東京専門学校の経営、教育に当たる。のち「読売新聞」主筆。明治二三年より、衆議院議員。

さらばしばしかし給《たま》へ、男の口よりいひ出《いで》つる事つぶされんは心わるしとしひていふに、さらば五日がほどをとてかしつる其《その》写真をばさながら(2)返さず、人結婚の事をいひて君は一葉君《くん》と其《その》やく有るよし誠にやとゝへば、そは迷わくの事いひふらすものかなとて打笑《うちわら》ひ居《ゐ》るよし、八日の夜《よ》のさまはほとんど物くるはしきやうに眼《まなこ》をいからし面《おもて》を赤めて、なに故我《ゆゑわ》れにはゆるし給《たま》はぬにや、我《わ》れをばさまで仇《あだ》なるものとおぼし召《めす》か、此《この》しやしん博文館《はくぶんくわん》より貰《もら》はゞ事はあるまじけれどあやしう立つ名の苦しければこゝに参《まゐ》りてかくいふを、猶《なほ》君にはうとみ給《たま》ふにや、男子《だんし》一《ひと》たびいひ出《いで》たる事このまゝにしてえやはやむべきとて、つく息のすさまじかりし事、母君《はゝぎみ》かげに聞《きゝ》て胸をば冷《ひや》し給《たま》ひしよし、我《わ》れに妻の中立《なかだち》して給《たま》へや、此《この》十五日を限りにして其《その》返事聞度《きゝた》しいかで〳〵などせまられたる事ありしが、それこれを思ひ合せてあやしき事一つならず、文界の表面にこの頃あやしき雲気《うんき》のみゆるは何《なに》ものゝ下《した》にひそめるならん、眉山排斥《びさんはいせき》の声やう〳〵高う成《な》りぬ。

(2) そのまま。

正太夫《しやうだいふ》いはく君はおそらく文界の内情《ないじやう》などしり給《たま》ふまじければ瑣細《ささい》の事とおぼしめさんも計《はか》られねど、我《わ》れの考へたる処《ところ》にてはなほざりならぬ大事とおもへり、よろしく君がもとをとふやくざ文人どもを追ひ払《はら》ひ給《たま》へ、かれ等《ら》は君が為《ため》の油《あぶら》虫《むし》なり、払《はら》ひ給《たま》はずは一日より一日と其害《そのどく》を増《ま》さんのみといひき。

かどを訪《と》ふ者日《ひ》一日《にち》と多し、毎日の岡野正味《をかのしやうみ》(1)、天涯茫々《てんがいばうく》生《せい》(2)など不可思議《ふかしぎ》の人々来《きた》る、茫々生《ばうくせい》はうき世に友といふ者なき人世間《せけん》は目《もく》して人間の外《ほか》におけりとおぼし、此人《このひと》とひ来《き》て二葉亭四迷《ふたばていしめい》(3)に我れを引《ひき》あはさんといふ、半日がほどをかたりき。

野々宮《のゝみや》きく子《こ》関如来《せきによらい》との縁《えん》やぶれて一度《ひとたび》我《わ》れを恨《うら》めりき、しばしにしてうたがひの雲はれたれど猶我《なほわが》もとを男のとひよるねたましうあるまじき事にいひなす、教育社会の人々は我《わ》れを進めて著作の筆たゝしむるか、もしくは教育趣味のもの書《かき》てよとの忠告さへ聞《きこ》えぬ、紛《ふん》たり擾《じやう》たり、このほどの事雲《くも》くらし。

(1) 本名岡野敬胤。毎日新聞社社員。正味・知十坊の筆名で「しがらみ草紙」「毎日新聞」などに作品を発表する。

(2) 本名横山源之助。毎日新聞社社員。下層社会の調査を担当、探訪記録「都会の反面」を掲載。主著に「日本の下層社会」。

(3) 明治二〇年から二二年にかけて言文一致体の小説「浮雲」を公刊。当時は内務省官報局に勤務。

あやしき事また沸出《わきいで》ぬ、府下《ふか》の豪商《がうしやう》松木《まつき》何《なに》がしおのが名をかくして月毎《つきごと》の会計《くわいけい》に不足なきほど我《わ》がもとに送らんと也《なり》、取次ぐは西村《にしむら》の釧之助《せんのすけ》、同じく小三郎《こさぶらう》協力して我《わ》が家《いへ》に尽《つく》さんとぞいふなる、松木《まつき》は十萬《まん》の財産ある身なるよし、さりとも名の無き金子《きんす》たゞにして受けられんや、月毎《つきごと》いかほどを参《まゐ》らせんと問はれしに答へて我《わ》が手に書き物なしたる時は我手《わがて》にして食《しよく》をはこぶべし、もし能《あた》はぬ月ならば助けをもこはん、さらば老親《らうしん》に一日の孝《かう》をもかゝざるべければとて、一月の末《すゑ》二十金《きん》をもらひぬ。

身をすてつるなれば世の中の事何《なに》かはおそろしからん、松《まつ》木《き》がしむけも、正太夫《しやうだいふ》が素《そ》ぶりも半としがほどにはあきらかにしらるべし、かしたしとならば金子《きんす》もかりん、心づけたしとならば忠告も入《い》るゝべし、我心《わがこゝろ》は石にあらず、一封《いつぷう》の書状、百金《きん》のこがねにて転《まろ》ばし得《う》べきや。

みづの上（明治二十九年二月）

（二十日）雨《あま》したり(1)の音軒《をとのき》ばに聞《きこ》えてとまりがらすの声《こゑ》かしましきにふと文机《ふづくゑ》(2)のもとの夢《ゆめ》はさめぬ、今日《けふ》は二月《ぐわつ》廿日《か》成《なり》きとゆびをる(3)に、大《おほ》かた物《もの》みなうつゝにかへりて(4)わが名《な》わがとしやう〳〵明《あき》らかに成《なり》ぬ、木《もく》よう日《び》なれば人々稽古《ひとぐけいこ》(5)に来《きた》るべき也《なり》、春《はる》の雪《ゆき》のいみじう降《ふり》たるなれば道《みち》いとわるからん(6)にさぞな侘《わ》びあへるならん(7)などおもひやる。

　みたりける夢《ゆめ》の中《うち》にはおもふ事《こと》こゝろのまゝにいひもしつ、おもへることさながら(8)人《ひと》のしりつるなど嬉《うれ》しかりしを、さめぬれば又《また》もやうつせみのわれ(9)にかへりていふまじき事《こと》かたりがたき次第《しだい》などさま〴〵ぞ有《あ》る。

（1）雨滴（あましたり）。雨のしずく。雨だれ。
（2）書物をのせ、読書や書き物をする机。
（3）夢の醒めぎわのしぐさか。
（4）夢からさめ現実にもどって。
（5）和歌や古典を教えていた。
（6）道が泥でぬかっているだろう。
（7）さぞ歩きにくくて困るだろう。
（8）そのまま。まちがいなく。
（9）現実の自分。

しばし文机《ふづくゑ》に頰《ほゝ》づえつきておもへば誠《まこと》にわれは女成《をんななり》けるものを、何事《なにごと》のおもひありとてそはなすべき事《こと》かは。(10)われに風月《ふうげつ》のおもひ有《あり》(11)やいなやをしらず、塵《ちり》の世《よ》(12)をすて、深山《みやま》(13)にはしらんこゝろあるにもあらず、(14)さるを厭世家《えんせいか》(15)とゆびさす人《ひと》あり、そは何《なに》のゆゑならん、はかなき草紙《さうし》(16)にすみつけて世《よ》に出《いだ》せば当代《たうだい》の秀逸《しういつ》(17)など有《あり》ふれたる言《こと》の葉《は》をならべて明《あ》日《す》はそしらん口《くち》の端《は》にうや〳〵しきほめ詞《ことば》などあな侘《わび》しからずや、かゝる界《さかひ》(18)に身《み》を置《お》きてあけくれに見《み》る人《ひと》の一人《ひとり》も友《とも》といへるもなく、我《わ》れをしるもの空《むな》しき(19)をおもへば、あやしう一人《ひとり》この世《よ》に生《うま》れし心地《こゝち》ぞする、我《わ》れは女《をんな》なり、いかにおもへることありともそは世《よ》に行《おこな》ふべき事《こと》かあらぬか。

(10) それは行うことができるのか。
(11) 自然の風物に親しんで詩歌などをつくること。
(12) 俗塵にまみれた世間。
(13) 奥深い山。
(14) それなのに。
(15) 世の中を悲観的に考える人。
(16) 綴じた冊子。原稿用紙。
(17) 当世きっての優れた作家。
(18) 評価の定まらない危うい文筆の世界。
(19) 自分の理解者などいない。

みづの上（明治二十九年五月—七月）

五月二日の夜《よ》禿木秋骨《とくぼくしうこつ》の二子《し》来訪《らいはう》、ものがたることしばしにして今宵《こよひ》は君がもてなしをうけばやとてまうで来《き》つる也《なり》、いかなるまうけ(1)をかせさせ給《たま》ふぞや、これは大《おほ》かたのにては得《え》うけ引《ひき》がたしとふたりながら笑ふ、何事《なにごと》ぞと問へば戸川《とがは》ぬしふところより雑誌とり出《い》で、朗読《らうどく》せんかと平田《ひらた》ぬしをかへりみていふ、こはめざまし草《ぐさ》巻《まき》の四(2)成《なり》き、一昨日《をとつひ》の発行にてわが文芸倶楽部《ぶんげいくらぶ》に出《いだ》したるたけくらべ(3)の細評《さいひやう》(4)あるよし新聞の広告にみけるがそれならんかしと思ふにあわたゞしうはとふ事もせず打《うち》ゑみ居《ゐ》るに、いかでまうけせさせ給《たま》へ、この巻《まき》よけふ大学(5)の講堂に上田敏《うへだびん》氏の持来《もちき》てこれみよと押開《おしひら》きさしよ

(1) ご馳走。
(2) 明治二九年四月二五日盛春堂発行。

図45

せられぬ、何《なに》ぞ〳〵と手に取りみれば、これ見給《たま》へかく〳〵しか〴〵の評鷗外《おうぐわい》、露伴《ろはん》の手に成《なり》て、当時の妙作《めうさく》これにとゞめをさしぬ、うれしさは胸にみちて物いはんひまもなく、これが朗読《らうどく》大学の講堂にて高らかにはじめぬ、さても猶《なほ》うれしさのやる方《かた》なきに学校を出《いづ》るより早くはせて発兌《はつだ》の書林《しよりん》(6)に走り、一冊あがなふより早く禿木《とくぼく》が下宿にまろび入《い》り君々これ見給《たま》へと投《なげ》つけしに、取りて一目みるよりはやく平田《ひらた》は顔をも得《え》あげず涙にかきくれぬ、(7)さらばとく見せて此《この》よろこびをものべ、ねたみをも聞《きこ》えてんとて斯《か》く二人《ふたり》相伴《あひとも》ひてはまうで来《き》つる也《なり》、いかでよみ給《たま》ひてよ、我《わ》れやよまん、平田《ひらた》やと、詞《ことば》せはしく喜びおもてにあふれていふ、今文《いまぶん》だんの神よといふ鷗外《おうぐわい》が言葉としてわれはたとへ世の人に一葉崇拝《すうはい》のあざけりを受けんまでも此人《このひと》にまことの詩人といふ名を送る事を惜しまざるべしといひ、作中《さくちゆう》の文字五六字づゝ今の世の評家作《ひやうかさく》家《か》に伎倆上達《ぎりやうじやうたつ》の霊符《れいふ》として呑《の》ませたきものといへるあたり、我々《われわれ》文士の身として一度《ひとたび》うけなば死すとも憾《うらみ》なかるまじき事

（3）「文学界」に発表したものを改訂して、「文芸倶楽部」第二巻第五編（明治二九・四・一〇刊）に再掲載。

図46

（4）「三人冗語」として、鐘礼舎（鷗外）、脱天子（露伴）、登仙坊（緑雨）が合評で「たけくらべ」を取り上げたもの。
（5）東京帝国大学。
（6）本郷区元富士町の盛春堂。
（7）羨ましさも申し上げよう。

ぞや、君が喜びいか斗《ばかり》ぞとうらやまる、二人はたゞ狂《きやう》せるやうに喜びてかへられき。

　此評《このひやう》よいたる所の新聞雑誌にかしましうもてさわがれぬ、日本新聞などにはたゞ一行《ぎやう》よみては驚《おどろ》き歎《たん》じ二行よみては打《うち》うめきぬとか有《あり》けるの由国子《よしくにこ》のよそより聞来《きゝき》ていとあさましきまで立《たち》ぬる評かなと喜びながら悲しがる、そは槿花《きんくわ》の一日の栄え(1)を歎《なげ》けばなるべし、世の中をしなべて文学にはしりぬる比《ころ》とて仮初《かりそめ》の一文《ぶん》一章《しやう》遠国他郷《えんごくたきやう》までもひゞきわたり聞《きこ》えゆきて、立つ名さま〳〵、さてはよからぬ取沙汰《とりざた》もやう〳〵に増《まさ》り来《き》たりぬ、此《この》たけくらべ書《かき》つると同じ号に我《わ》れと川上《かはかみ》ぬしとの間《あひだ》のことあやしげに書きなしある雑報有《ざつぱうあり》き、千葉あたりより来たりたる投書なりとか、これをばやがてよき材《ざい》にして人ねたみもし憎《に》くみもす、ことなる事なき身どちにはさして何事《なにごと》のなげかはしさもおぼえねど、そも〳〵のはじめよりうき世にけがれの名を取らじ、世の人なみにはあるまじのおもひなりしを、かくよからぬ評《ひやう》など立出《たちいで》くるやましき事な

(1) アサガオの花のように、栄華のはかないことのたとえ。白居易の「放言詩」から出たことわざ。

らねど、我《わ》が不徳のする所かとものなげかしう思はれき。

我《わ》れを訪《と》ふ人十人に九人まではたゞ女子《をなご》なりといふを喜びてもの珍《めづ》らしさに集《つど》ふ成《なり》けり、さればこそことなる事《こと》なき反古紙作《ほごがみつく》り出《いで》ても今清少《いませいせう》よむらさきよとはやし立《たつ》る、誠は心なしのいかなる底意《そこい》ありてともしらず、我《わ》れをたゞ女子《をなご》と斗見《ばかりみ》るよりのすさび。(2) されば其評《そのひやう》のとり所《どころ》なきこと、疵《きず》あれども見えずよき所ありてもいひ顕《あら》はすことなく、たゞ一葉はうまし、上手なり、余《よ》の女どもは更也《さらなり》、男も大《おほ》かたはかうべを下《さ》ぐべきの技倆《ぎりやう》なり、たゞうまし、上手なりといふ斗《ばかり》その外《ほか》にはいふ詞《ことば》なきか、いふべき疵《きず》を見出《みいだ》さぬか、いとあやしき事ども也《なり》。

(2) もてあそび。

＊

(五月) 二十九日　横山源之助《よこやまげんのすけ》来訪《らいはう》、はなす事《こと》長し、うちに正太夫来《しやうだいふきた》る、ひそかに通して坐敷の次の間《ま》に誘《いざな》ふ、源之助《げんのすけ》はやがて帰る。

わが近作《きんさく》われからの(1)評《ひやう》めさまし草三人冗語《にんじやうご》の間《あひだ》に大いに見解を異《こと》にせる由《よし》、これにつきては正太夫《しやうだいふ》の責任を明らかに一論文をしたゝめて世に出《いだ》さんの目論《もくろみ》なれども、わがいふ処《ところ》尤《もつとも》なるか露伴《ろはん》の思ふ処当《ところあた》れるか一応《いちおう》君が所存を聞《きゝ》てしかして(2)我《わ》れは一文《いちぶん》を草《さう》さんと思ふ也《なり》、よつて昨日も二度まで御宅《おたく》を訪《と》ひ参《まゐ》らせしなれど御来客と見えしかば一度《ひとたび》は帰りぬ、二度目も同じ事にていと甲斐《かひ》なかりし、まづ其事《そのこと》とはゞやとて我《わ》れからの作意《さくい》につきてとひをおこす、
一いなりの社前《しやぜん》に奥方物《おくがたもの》おもひを生ずる処《ところ》あり、(3)あれは親の世よりの事につきて明《あけ》くれ物をおもひ居《を》り、我《わ》れもいつしか母と同じき運命に廻《まは》り逢《あ》ふ事なからずやとの念かしこにいたらぬ前より有《あり》しものならんか。
一は、あの奥がたの性《せい》としてさる事常日頃《ことつねひごろ》おもひ居《を》るべきにあらず、真《しん》に偶然の出来事として描《ゑが》かれたる物なるべしといふ二つなり。
この二議《にぎ》のうち作者が当時《たうじ》の心は如何成《いかゞなり》しか、それにより

(1)「文芸倶楽部」第二巻第六編（明治二九・五・一〇刊）に掲載。

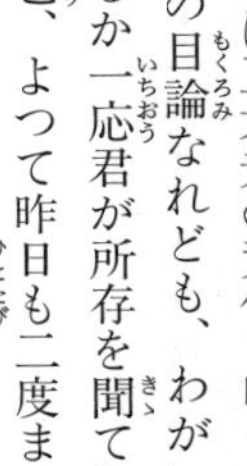

図47

(2) そうして。

(3)「われから」(九)より(『樋口一葉 小説集』二七九〜二八四頁参照)。

て我《わ》が論は成立すべきにこそと正太夫《しやうだいふ》いふ、誠にこれは偶然の出来事なり、しかれども常々おのれも知らぬ心のそこに怪《あや》しうひそむ物のありて心細き感は常々有《あり》しに相違《さうゐ》なかるべく、さて此事《このこと》は偶然におこりたるなるべしといふ、正太夫《しやうだいふ》そは困《こま》りし事かなさては二論《にろん》の中間《ちうかん》に君は居給《ゐたま》ふ成《なり》けり、前の説は露伴《ろはん》のとく処《ところ》、あとなるは我《わ》が論じつる也《なり》、こは難義《なんぎ》なる事よとほゝゑむ。

　第二問は町子《まちこ》と書生との間《あひだ》に実事《じつじ》の有《あり》しやいなやなり、一《いつ》方《ぱう》の論者《ろんしや》はいはく、跡なき風も騒ぐ世にしのぶが原の虫の声、つゆほどの事あらはれて奥様いとゞうき身に成りぬ、といふ詞《ことば》(4)あれば彼《あ》れは正《まさ》しく実事《じつじ》ありたる也《なり》といふ、されどかた〳〵の論者《ろんしや》の見る処《ところ》にては、こは作者がこと更《さら》に読者をまよはさん為《ため》にたくみの詞《ことば》をもて遊《あそ》びしのみ、実事《じつじ》はいまだなかりしものといはざるべからず、といふ争ひなり、今少し行過《ゆきすぎ》たる説なれど、此処《こゝ》二月《ふたつき》の猶予《いうよ》をあたへなば此不義《このふぎ》かならず成立《せいりふ》すべきなりともいはるべくや、片《かた》つかたの実事《じつじ》ありしと

(4) かたほう。

いふ論者《ろんしや》の行過《ゆきす》ぎたる証《しよう》には、実事《じつじ》有《あり》しに相違《さうゐ》なきも作者は女なれば此間《このかん》のこと憚《はゞか》りて態《わざ》と曖昧《あいまい》にせられたるものなるべしとの説もあり、君が思ひし処《ところ》はいかなるにかと問はる、誠にしのぶが原の虫の音《ね》に心づき給《たま》ひしこそ我《わ》が心にてはあれといふに、さては又露伴《またろはん》に我《わ》れは負けにきと笑ふ、実事《じつじ》のありしといふ方《かた》天下の輿論《よろん》ともみなすべきさまにて、無実《むじつ》といふは天下我《わ》れ一人のみの形なり、これも悉《ことぐ》く実《じつ》なしといふにはあらず、いま二月《ふたつき》の猶予《いうよ》をあたへよしからばまことに不義の成立《せいりふ》をみるべしといふの也《なり》、此度《このたび》のめさましには近松《ちかまつ》が鎗《やり》の権三《ごんざ》(1)の例を引置《ひきお》きつれど、あれも古来実否《こらいじつぴ》の処《ところ》たしかならずあるものはなしといひ、あるものはありといひ、此論容易《このろんようい》に詮《せん》じつめがたきなり、なれども我《わ》れをもつていはしむれば、権三《ごんざ》おさゐ家を出《いで》てより二月《ふたつき》の間《あひだ》を放浪して、さておさゐは良人《をつと》の手にかゝりてしなばやと願ひ居《をり》つるをみるにも、此二《このふた》月間《つきかん》には必らず不義の成立《せいりふ》したりしものとみとむる也《なり》(2)、この処《ところ》を明らかにかゝざる処《ところ》、作者のずるき手段にて誠は作《さく》の功《こう》

(1) 近松門左衛門の浄瑠璃「鑓の権三重帷子（やりのごんざかさねかたびら）」。

(2) 「鑓の権三重帷子」の数奇屋の段を引く。

妙《めう》なる処《ところ》ともいふべく、何方《いづかた》より見るもしか見ゆる又《また》よかるべし、かゝる事は作者に問ふ事をせずして我《わ》れの見《けん》をもつて批評を試《こゝろ》むるこそ誠の批評とはいふべきものなれど、我《わ》れいまだ力たらずして眼識《がんしき》さやかならぬを憂《うれ》ひ、かく作家のもとにとふ事とは成《なり》ぬ、君としての答へには何方《いづかた》にてもよしとの給《たまふ》がこそ当《あた》れるにはあらめ、などかたる。

　君がわれからの評、わがめさましを先として明治評論《めいぢひやうろん》(3)、青《せい》年文《ねんぶん》(4)、国民《こくみん》の友《とも》、太陽《たいやう》(5)、帝国文学《ていこくぶんがく》などいづれも書出《かきいづ》る事《こと》となるべし、我《わ》れは近くにかの奥方《おくがた》一身《しん》を論拠《ろんきよ》として一文を是《ぜ》非《ひ》公《おほやけ》にすべき心なり、さてこれより君が初作《しよさく》よりの物こと〴〵くよみ見ばやと思ふ也《なり》、さて作者と作との関係といふもの説《と》かばやと思ふ、あながち我《わ》れが大発明者の真似《まね》をするにもあらねどとて笑はる。

　雨いよ〳〵降《ふり》しきりて日《ひ》やう〳〵暮《くれ》んとす、わる口《くち》の正太《しやうだ》夫《いふ》(6)ぬしに参《まゐ》らする物は無けれど、又笑《またわら》はれの材料に柳町《やなぎちやう》のすもじにてもさし上《あげ》ばやと笑へば、いな〳〵何《なに》も給《たま》はる事はす

(3)　評論雑誌。精神社発行。
(4)　青年機関誌。少年園発行。
(5)　明治二八年一月創刊の総合雑誌。博文館発行。
(6)　小石川の柳町から取り寄せたすし。柳町は不衛生な印象のある場所。

まじゆふべさる処《ところ》にて少し色気のなきわづらひをしつればとて辞《じ》さる丶にさらば参《まゐ》らすまじとて又《また》はなしに移る、一昨日《おとつひ》の夜《よ》は十一時頃より露伴《ろはん》と君が作を論じて四時に及びて猶々《なほなほ》其論《そのろん》尽きがたかりし、いつも君の作につきては争論此間《さうろんこのあひだ》に起《おこ》る也《なり》などかたらる、君は此頃博文館《このごろはくぶんくわん》の為《ため》に書簡文《しよかんぶん》とかや文反《ふみほう》古《ご》(1)のやうのもの作り出給《いでたま》ひしよしそれは誠かととはる、百科全書の十二編として書簡文《しよかんぶん》(2)かきつるは誠なれど、文反古《ふみほうご》などいひて小説めかしきものには非《あら》ずといへば、されども君の書き給《たま》へるには相違《さうゐ》なきなるべし、さらば面白き事、直《たゞ》ちに帰《かへ》りて拝見《はいけん》すべし、乙羽庵《おとはあん》(3)のいへるに通俗書簡文《つうぞくしよかんぶん》と題はおきたれど終りのかたは純然《じゆんぜん》たる小説なりと語《かた》りたれど、何《なん》の彼《あ》の男が批評眼《ひひやうがん》とさのみ心にとゞめざりしなれども、君のものし給《たま》へるとならば必らず拝見《はいけん》すべきものなり、いと面白かるべしとて笑はる丶に、いな、見給ふは嫌《いや》なり(4)ゆるし給《たま》へと侘《わぶ》るを、をかしげに見やりて、さもあらばあれもはや印刷に附《ふ》して世に出《いだ》し給《たま》へるなれば詮《せん》なし、書店にて売居《うりを》る以上《いじやう》は致《いた》し

(1) 西鶴の「万の文反古」をさす。
(2) 「日用百科全書第拾弐編通俗書簡文」。明治二九年五月二五日刊。
(3) 大橋乙羽。
(4) どうにもしかたない。

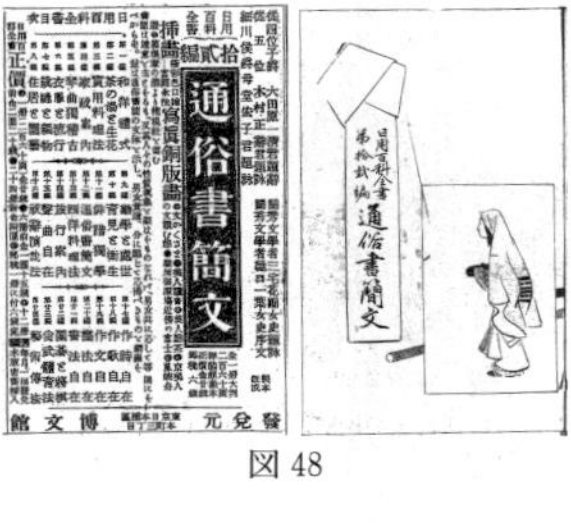

図48

かたなかるべしとて又《また》笑ふ。

正太夫《しやうだいふ》とし は二十九、痩《や》せ姿の面《おも》やうすご味《み》を帯びて唯口《たゞくち》もとにいひ難《がた》き愛敬《あいきやう》あり。綿銘仙《めんめいせん》(5)の縞《しま》がらこまかき袷《あはせ》に木綿がすりの羽織は着たれどうらは定めし甲斐絹《かひき》(6)なるべくや、声《こゑ》びくなれどすみとほれるやうの細くすゞしきにて、事理明《じりめい》白《はく》にものがたる、かつて浪六《なみろく》がいひつるごとく、かれは毒筆《どくひつ》のみならず誠に毒心《どくしん》を包蔵《はうざう》せるのなりといひしは実《げ》に当《あた》れる詞《ことば》なるべし、世の人さのみはしらざるべけれど、花井《はなゐ》お梅《うめ》(7)が事につきて何《なに》がしとかやいへる人より五百金《きん》をいすり取りたるは此《この》人の手腕《しゆわん》なりとか、其眼《そのまなこ》の光りの異様《ことやう》なると、いふことゞ〱の嘲罵《てうば》に似たる、優しき口もとより出《いづ》ることながら、人によりては恐ろしくも思はれぬべき事也《なり》、われに癖《へき》あり君がもとをとふ事を好まずと書《しよ》したる一文を送られしは此《この》一月の事成《ことなり》き、斯道熱心《しだうねつしん》の余《あま》りわれを当代《たうだい》の作家《さくか》中《ちう》ものがたるにたるものと思ひて諸事《しよじ》を打《うち》すて訪《と》ひ寄《よ》る義《ぎ》ならば何《なに》かこと更《さら》に人目をしのびてかくれたるやうの振舞《ふるまひ》あるべきや、めさま

(5) 横糸に綿糸を用いて銘仙風に織った縞物。格子柄が多い。

(6) 細い本練絹の糸を用いた平織物で、光沢に富み、羽織の裏地によく使われる。

(7) 明治二〇年六月九日浜町河岸で、待合酔月の女将花井うめが、雇人の元箱屋八杉峯太郎（通称峯吉）を殺害した事件。当時うめはまだ獄中にあった。

図 49

し草のことは誠なるべし、露伴《ろはん》との論も偽《いつは》りにはあらざらめど猶《なほ》このほかにひそめる事件のなからずやは、思ひてこゝにいたれば世《よ》はやう〳〵おもしろくも成《なり》にける哉《かな》、この男かたきに取《とり》てもいとおもしろし、みかたにつきなば猶《なほ》さらにをかしかるべく、眉山《びさん》、禿木《とくぼく》が気骨《きこつ》なきにくらべて一段の上ぞとは見えぬ。

逢《あ》へるはたゞの二度なれど、親しみは千年の馴染《なじみ》にも似たり、当時《たうじ》の批評壇《ひゝやうだん》をのゝしり、新学士《しんがくし》のもの知らずを笑ひ、江戸趣味の滅亡《めつばう》をうらみ、其《その》身の面白からぬ事をいひかたる事四時間にもわたりぬ、暮《くれ》ぬればとて帰る、車はかどに待たせ置《おき》つる也《なり》。

*

(六月)二日　早朝前田曙山《まへだしよざん》(1)君来《くんきた》る、春陽堂《しゆんやうだう》の使ひになり、著作のあら筋出来たらば画様《ゑやう》の注文ありたしとのたのみなり、今しばしたゝばといひてかへす。

(1) 二四年より硯友社系作家として作品を発表する。この当時は、春陽堂編集員。

先月のはじめ成《なり》し春陽堂《しゆんやうだう》みせのものをもて我《わ》が作是非《ぜひ》にといひおこし、引《ひき》つゞきわが店のもの、み著作し給《たま》はるやうの契約《けいやく》給《たま》はらばいとかたじけなかるべし、左《さ》あらずとも是非《ぜひ》にといひて、金子《きんす》などは前金《ぜんきん》にいか斗《ばかり》も奉《たてまつ》るべし、御用候《ごようさふら》はゞ端書《はがき》一本《ぽん》つかはされたし、さすればたゞちに御仰《おんおほ》せだけの金《きん》持参《ぢさん》すべしといひき、さもあらばあれこは一時《じ》の虚名《きよめい》を書肆《しよし》の利《り》としておのれの欲をみたさん為《ため》のみ、すでに浪六《なみろく》の例もあり、多くの作家のいたづらに苦《く》るしみて心のまゝならぬものなど世に出《いだ》すは此《この》一時《じ》の栄えにおごりつきて(2)債《さい》をこゝに負へばなるべし、我《わ》が身はかまへて(3)其事《そのこと》なすまじとおもふに、一編《いつぺん》の作趣向《さくしゆかう》つばらに(4)出来《でき》ざらんほどは画様《ゑやう》のこと金子《きんす》のこと更《さら》にいひやらじとなり、家は中々に貧迫《ひんせま》り来てやる方《かた》のなければ綿《わた》のいりたるもの袷《あはせ》などはみながら伊《い》せやがもとにやりて、からく一二枚の夏物したて出《いづ》るほどなれども、やがてのくるしみをうけまじとて、母も国子《くにこ》も心をひとつに過《すご》す、いとやるかたなし。

（2）傲慢になって。
（3）決して。
（4）十分に。

午後三木竹二《みきたけじ》君《くん》(1)来訪《らいはう》、医学士《いがくし》森篤次郎《もりとくじらう》とある名刺もて来《き》しかばいかなる人かとおもひけり、君は森鷗外君《もりおうぐわいぎみ》が令弟《れいてい》にて小金井《こがねゐ》きみ子《こ》ぬしが兄にておはす、いと口がるにものいひつゞけて重《おも》りかならぬ人にてもあるかな、来訪の趣意《しゆい》はめさまし草社中《しやちう》の総代《さうだい》として我《わ》れに連合せられん事をといふ迎ひの使ひに来たりしなり。

今まで三人冗語《さんにんじようご》といひて鷗外《おうぐわい》、露伴《ろはん》、正太夫《しやうだいふ》の三人にて新作の評なし居《ゐ》たりしなれど、更《さら》に君を加へて四《よ》つ手《で》あみといふ名を付《ふ》しつ各々名《おの〳〵な》を署《しよ》して評論さかんにせばやといふ願ひなり、切《せち》に入会《にふくわい》給《たま》はれよといふ。

君がたけくらべには一同たゞ驚歎《きやうたん》して口開《くちひら》くもの候《さふら》はず、露伴《ろはん》などは生れて今日まで我《わ》れにはいまだ斯斗《かばかり》の作(2)のなきを恨《うら》むといひつ、されば過《す》ぐる日の三人冗語《にんじようご》にて詞《ことば》を極《きは》めてほめたゝへしかば早稲田文学などには冷評《れいひやう》を与《あた》へられぬ(3)、露伴《ろはん》がいへるやうこの作中の文字五六字づゝ今のよの評家作家《ひやうかさくか》に技《ぎ》倆上達《りやうじやうたつ》の霊符《れいふ》として呑《の》ませたきものなりと書きしに、かれ

(1) 鷗外の弟。内科医を開業のかたわら、三木竹二の筆名で劇評を書いた。

(2) これほどの作品。

(3) 『早稲田文学』第一一号（明治二九年六月一日刊）「投書」欄に載った「原稿の黒焼」という一文。

はまぜかへして黒《くろ》やきにしてふりかけては(4)如何《いかに》などいひぬ、とまれかくまれ(5)心し給《たま》へ、こゝの学士、かしこの博士ども君が事といへば髭《ひげ》おもてのしまりをうしなひて、かゝる文書給《ぶんかきたま》ひしかばかゝる人なめり、いないな此詞《このことば》をもてみれば人がらは斯《か》くこそ有《ある》べけれなど、一字一句に解《かい》をいれていひさわぎ候《さふらふ》ぞなどかたる。

正太夫《しやうだいふ》の参《まゐ》りしよしを聞き候《さふら》ひぬ、かれには仮初《かりそめ》にも心ゆるし給《たま》ふな、われ〳〵兄弟、幸田《かうだ》露伴《ろはん》などもうわべにはいとよき友のやうに交《まじ》はり候《さふら》へど猶隔《なほへだ》ておきつゝものをもまふすなれ、いかなること申《まをし》こんともいひがたきにかまへて〳〵たばかられ(6)給《たま》ふなといふ、合評会《がふひやうくわい》の日取《ひど》りきまらば申上候《まをしあげさふら》はんかならず参《まゐ》らせ給《たま》へといひて、たゞ一人のみこみつゝかへる。

夜《よ》に入《いり》てより正太夫来訪《しやうだいふらいはう》、けふ三木《みき》や参《まゐ》りつる、そのうわさゝる所にて聞《きゝ》しかば、さして承《うけたまは》らんの用もなき折《をり》ながら、一応申度《おうまをしたき》ことありて参《まゐ》りつる也《なり》といふ。

君がもとを訪《と》ひ参《まゐ》らせしといふこと我《わ》れは誰《た》れにも語らざ

(4) イモリを黒焼きにした漢方薬は、粉末をふりかけると、ほれ薬として効き目があるという俗信を引いた皮肉。
(5) いずれにせよ。
(6) だまされ。

りき、たゞ森《もり》に斗《ばかり》もらしつればやがて篤次郎《とくじらう》にかたりつるなめり、我《わ》れに紹介状かきてくれといふたのみありければ、それに我《わ》れとてもたれが紹介といふ事もなく出《いで》つるなれば、それには及び候《さふら》はじとて書かざりしが、今日は定めし参上《さんじやう》しつるなるべしと察しぬ、名刺持ちてや参《まゐ》りつる、はなしはいかなる事成《なり》しかと問ふ、みな様がたの打寄《うちよ》り御評遊《ごひやうあそ》ばさん折我《をりわ》れにも出《いで》て御《お》はなし承《うけたまは》れよといふ仰《おほ》せ成《なり》しといへば、それは怪《あや》しき事にもあるかな、その相談にてはなかりしものをとかたぶく(1)、して要領を得《え》て帰り候《さふら》ひしやいかゞといふ。

いかゞありけん私《わたくし》はたゞ有《あり》がたき由《よし》を申《まを》しぬ、そのほかにはとて打《うち》ゑむに、さもありけんさあるべし、あの男の使ひなればとてひやゝかに打《うち》ゑむ。

　我《わ》れ〳〵が評するを聞きに来給《たま》へと申せしこそをかしけれ、罪なき申条《まをしでう》にもあるかな、我《わ》がうち〳〵の話しを聞《きゝ》しには君に歌少し給はれかし雑誌にのせたければと頼み参《まゐ》らするのなりといひき、しかれば我《われ》は其事甚《そのことはなは》だ心得《こゝろえ》ず、われ〳〵は一葉

(1) 首をかしげる。

君《くん》を歌人としていまだみしれるにあらず、唯《たゞ》作家としての人をしれるなるに、殊更《ことさら》の歌を取出《とりいだ》さんいとあやしかるべし、同じことならば始《はじめ》より君が作を給《たま》はれ、小説是非《ぜひ》といひたる方《かた》やさしかるべし、うたは三十一文字の責《せめ》いとかろく出《いだ》し給《たま》ふに世上《せじやう》よりの沙汰《さた》もくるしからねば、まづ此事《このこと》はうなづき給《たま》ふべし、この軽《かろ》らかなるより取入《とりい》りてやがて作を処望《しよまう》せんといふこゝろそも〳〵人をはかるに似て文士のいさぎよしとせざる処《ところ》、たゞ打明《うちあけ》んにはしかずとて、我《わ》れは今宵《こよひ》かくふりはへて(2)参《まゐ》れる也《なり》、かゝるをやがて人にくしみの種にはするなるべし、いとゝげ多き我《わ》れかなと淋《さび》しく打《うち》ゑむ。我《わ》れ等《ら》の期《き》する処《ところ》は君が大成《たいせい》の折《をり》をなり、みづからいだかるゝ宝珠《はうじゆ》をすてゝいたづらの世論に心を迷はし、はかなき理論沙汰《ざた》などにかたぶき給《たま》はゞ、あたらしき人を種なしにもなすべきわざなればそのさかいを脱《だつ》しさせ参《まゐ》らせたしといふこそ我《わ》れ〳〵の志《こゝろざし》にてはあれ、されば殊更《ことさら》に合評会《がふひやうくわい》への出席あらんあらずにもかゝはらず、鷗外露《おうぐわいろ》伴《はん》の御《おん》もとを訪《と》ひよりてもしかる

(2)　わざわざ出向いて。

べきわざなり、何《なに》かはこと〴〵敷招《しくまね》き参《まゐ》らするまでもなしとていと冷《ひやゝ》かなるさまなり。

ものがたりはいつしかめさまし草の事をはなれつ、正太夫《しやうだいふ》が身の上のことかにかく(1)とかたる、我《わ》れは今やがてこの文学沙汰立《ざたたち》はなれていとあやしき境界《きやうがい》にならばやと思ふなり、かゝる馬鹿野郎どもが集合の場処《ばしよ》にながくあらんは胸のわるければと声たかくいひて、あな本性の出《いで》けるよと侘《わび》しげに笑ふ。

御《おん》もとなどに参《まゐ》りて馬鹿野郎呼《よば》はりするにてはなかりしを、おさへ難《がた》う成《なり》てつひ本性の顕《あら》はれぬ、驚きやし給《たま》ふとぬすむやうに打《うち》ながめて、いと声ひくにいふ。

何《なに》かは(2)承《うけたまは》るは今はじめてなれど、君が馬鹿野郎の御《お》うわさはやくより伝はりて世上《せじやう》に君が名しるほどの人承《うけたまは》らぬはなかるべし、御遠慮なくの給《たま》へかしこれを初音《はつね》にと笑へば、さらば御合点《ごがてん》よなとて快く笑ふ。

吉原《よしはら》に入《い》りてかし座敷の風呂番《ふろばん》になりとも落《おち》つかばやと思

(1) あれこれと。

(2) どうして驚くことがあるでしょうか（驚きはしません）。

ふなり、さらば此上《このうへ》の落処《おちどころ》なきひくき処《ところ》なればやるかたなき憤《いきどほ》りももらすにかたく、誰《た》れを相手に何《なに》をかいはん、こゝもうき世《よ》とあきはてなん時は唯死《たゞし》といふ一物《もつ》のこれるのみ、其《その》ほかに行《ゆ》く処《ところ》しなければ中々に心安《こゝろやす》かるべうや、うき世に人の階級といふものありて上の品《しな》の人も下《しも》の位《くらゐ》にたゝずむ身も同じくうくる普通の苦あり、我《わ》れはこゝに図式をしめさんにこれをかりに縦《たて》の苦《く》といふべし、このたての苦はうき世といふ詞《ことば》のよりて起《おこ》る処《ところ》にして上《かみ》はかしこき御《ご》一人《いちにん》(3)より下萬民《しもばんみん》のたれも受けぬはあらざるべきたゞ一通《ひととほ》りのものにてあり、次に横の苦といふものあり、こは階級によりていと異なる物なるべく、うわべをつくろひて人にも尊《たふ》とまれなどするさかい(4)こそわきて(5)くるしきものにはあるべけれ、上の事はわがしらぬ事いはでもありなん、生中《なまなか》(6)中《ちう》の段にたゞよひて今日《けふ》一升《しよう》の米、一つかみの塩《しほ》に事かく事はありとも人にかたりて誠とされがたき痛かゆきやうの境界《きやうがい》を思へば、中々におもひやりある下流の住居《すまゐ》ぞうらやまるゝ、一向《ひたぶる》に落《おち》ぶれはてなば心

（3）天皇陛下。
（4）境遇。
（5）とりわけ。
（6）なまじ。

もおのづからひくきになれてみだりにもだえの生《しやう》すべきにもあらじ、月六円の収入あれば一人口安《いちにんくちやす》らかに送らるゝ場処《ばしよ》もあるものを、用もなき長羽織《ながばおり》(1)きていとみぐるしきさかいにもたゞよふかな、いかにもしてこゝを放《はな》れんの願ひいと切《せつ》なりといふ。

区役処《くやくしよ》のうけつけに成《なり》なんいとよけれど、かれは昔《むかし》正直《しやうぢき》正太夫《しやうだいふ》とて筆もて口をぬらしゝ男也《なり》、浅ましき事して居《を》るよなど打《うち》ながめられんこれも癪《しやく》の種なるべく、郵便局に入《い》りてすりがらすの中に事務とり居《を》るいと好都合とおもへど、これも猶同僚《なほどうれう》などいふけにくきもの(2)あり、我《わ》れはすべての前生《ぜんしやう》を打《うち》わすれて過《すぐ》さまほしきに、文字《もんじ》に縁《えん》なき博奕《ばくち》中間《なかま》か、かし座敷の下廻《したまは》り(3)などこそはと思ひよる也《なり》けり、いづ方《かた》になさばそも〳〵よかるべき、此道《このみち》なほとりもあへず、斯《か》くはたゞよへるぞとて打《うち》なげく。

御活計《おんくわつけい》に憂《うれ》ひなく、君をばたゞ我君《わがきみ》とさゝげて撫牛《なでうし》(4)のやうに御蒲団《おふとん》つみ重ねたるが上に据《す》え参《まゐ》らせ、仰《あふ》せられたしとな

(1) 普通より丈の長い羽織。

(2) 腹立たしい。

(3) 下働き。

(4) 寝ている牛の形に作った素焼の置物。撫でるとよいことがあるといわれ、よい結果が得られると座布団を重ねた。

らば御心《おんこゝろ》のまゝに馬鹿野郎の給《たま》ひつ、御一生安《ごいつしやうやす》らかに過《すご》し参《まゐ》らせたしといふ人あらば何《なに》とかせさせ給《たま》ふ、さても猶御心《なほおこゝろ》もだえ給《たま》ふや、かし座敷の下廻《したまは》りばくち打《うち》など猶御《なほお》望《のぞ》み遊ばさるべきやといへば、さる人もしあらばいとよかるべきこと新聞の広告《くわうこく》にでも出《いだ》し候《さふら》はんかとて笑ふ。

さりながらさては我《わ》れ食客《しよくかく》(5)といふものになるなり、食客《しよくかく》は嬉《うれ》しからずといふに、さらばこれも御心《みごゝろ》にはかなはせ給《たま》はずやと笑ふ。

こゝと定めたる宿もなし、日の暮れゆけばもよりの家のたがもとにてもしれるかどをたゝきてはねぐらとし、明けぬればたゞおぼつかなくさまよひありきて、人にはたゞ蛇《だ》かつのやうに(6)いみはゞかられつ、みづからは憤《いきどほ》りに心もだえて筆とれども優《いう》なるものなつかしきなどはかけても書き出《いで》(7)らるべきにあらず、たま〱書出《かきいづ》るは油地獄(8)、てき面《めん》(9)、あま蛙《がへる》(10)のたぐひたゞに敵を設《まう》くる斗《ばかり》、文学に一つの光りを加ふるにもたらず、後進を導くの助けとなるにもあらず、いたづらに心のも

(5) いそうろう。

(6) 蛇や蝎（さそり）のように。
(7) 決して。
(8) 緑雨の代表小説。
(9) 小説「覿面」。
(10) 「太陽」に載った小説。

だえを顕《あら》はして、かれ毒筆《どくひつ》にくむべしとのみの丶しらる、鷗《おう》外《ぐわい》はもと富家《ふか》の子《こ》順《じゆん》を追《お》ふて当代《たうだい》に名をなしつるなればさもあるべし、露伴《ろはん》の今少し力を加へなばと思はる丶も我岡目《わがをかめ》(1)の評なるべくや、たゞ天然にすねたる生れなりぬべきやも計《はか》られぬを、例の弱きもの見過《みすぐ》しがたき余《あま》りいと物がなしくながめらる。

正太夫《しやうだいふ》かさねて曰《いは》く、かくはいへども猶《なほ》われに自然ののがれ難《がた》きものありて、この文学といふ事いかにしてもなすべきものぞといふたしかなる事定まらば何《なに》かは卑怯《ひきやう》のにげ足を構《かま》ふべき、我《わ》れ生れて二十九年《ねん》、競争はこの後《のち》にあるべしとて笑ふ。

まことにさこそ候《さふら》へ、さる人にかならず人が文だんにとゞまり給《たま》はん事を願ふべきにこそといへば、いな〳〵今我《わ》れに此境界《このきやうがい》をはなる丶などいふ人あらば、そは借金《しやくきん》し置《おき》し口々の人なるべし、吉原《よしはら》のけし炭に成《ずみ(2)なり》なんには其金《そのかね》とりがたければと笑ふ。

(1) はたから見る者の目。

(2) 吉原の隠語で、風呂番のこと。

いと遅く成《なり》にけり、又《また》こそ参《まゐ》らめとて立《たち》しは十時すぐる程にや有《あり》けん、今宵《こよひ》はかたる事いと多かりし。

六月に入《い》りてより人二人《ひとふたり》門《もん》に入《い》りぬ、一人《ひとり》は野《の》々《ゝ》宮《みや》ぬしが紹介にて三浦《みうら》るや子《こ》といふ何《なに》がし校《かう》の教師なり、一人《ひとり》は榊原《さかきばら》家《け》の侍女《じぢよ》なるべしいさ子《こ》より文《ふみ》にてたのみおこしたる伊東《いとう》せい子《こ》といへるなり、これは習字《しふじ》の弟子《でし》なれば手本かきてやる。

*

七月二十日　雨風おびたゞし。午後二時ごろ計《はか》らず三木君《みきくん》、幸田君《かうだくん》を伴《ともな》ひ来《きた》る、はじめて逢《あ》ひ参《まゐ》らす、我《わ》れは幸田露伴《かうだろはん》と名のらるゝに、有《あり》さまつく〲うち守《まも》れば色白く胸のあたり赤く丈《たけ》はひくゝしてよくこえたり、物いふ声《こゑ》に重みあり、ひくゝしづみていと静《しづか》にかたらる、めさまし草に小説ならずともよし、何《なに》か書きもの寄せられたし、こをば頼みに来《き》つるなりといふ。

ものがたることさま〴〵多く成《な》りて、著作のこと身の上のこと世評《せひやう》のうるさきこと、とるにたらぬ事などかたらる　早く御《おん》としとり給《たま》はゞよけれどいとわかくおはしますこそ心ぐるしけれ、さりとも老ひ給《たま》はんは侘《わび》しうおぼすやなど笑ひ〳〵いふ、合作《がつさく》小説早くよりかゝばやの計画ありしかどえまとまらで年月過《としつきすぎ》ぬ、いかで君《きみ》一連《れん》に入《い》り給《たま》ひて役者たる事をゆるし給《たま》はらずや、御同意ならば其《その》うけもちの性格だけけふ取《とり》さだめ、さてあら〳〵の大筋たてばや、細《こま》かき処《ところ》は各自のおもふ処《ところ》にまかせていさゝか筆の自由を妨《さまた》げじ、おの〳〵の文体心々《こゝろ〴〵》の書きざまいとをかしからんとおもふ、地《ぢ》の文《ぶん》といふものを別々の筆にて書きいださばはぎ〳〵に成《な》りていとみぐるしかるべきに、すべて事を書簡文の体《てい》にしつ、文《ふみ》にかゝれぬ心中《しんちう》などはやがて日記文などにしたらばをかしかるべし、いかなる役者をかまづゑらばん、すみ筆しばしかし給《たま》へと指《ゆび》させば、三木君《みきくん》立《た》ちて我《わ》が机の上より取《とり》おろしく。

にごり江のお力《りき》といふ役をば樋口君《ひぐちくん》には願はまほしゝ、といふものは三木君《みきくん》なり。

いな長文《ながぶみ》かくべきしかくなき人にてはかなふまじと露伴子《ろはんし》しりぞく。

さらば紙治《かみぢ》(1)の小春《こはる》といふ役はと例の芝居気《しばゐぎ》にて三木君《みきくん》のぞむ。

まづ待給《まちたま》へこゝにいかなるといかなる人物をか取出《とりいづ》るべき、其人《そのひと》がら定めて役者をふりつ、さて大筋には取《とり》かゝるべし、樋口君《ひぐちくん》にはいづれとも女《をんな》の役を願ふべきなれど、身分に好《このみ》はあらせられずや、中等か上等か、商家か士族か官員《くわんゐん》(2)かと露伴《ろはん》子《し》とふ。

何《いづ》れにても同じくむづかしきなればゑり好《ごの》みのあるべきにもあらねど、二頭馬車の境界《きやうがい》はみもしらねばかひなくや、唯《たゞ》中《ちう》わたり(3)の士族などこそといふ。

さらば士族の娘がたぞまづはこれ一つ定まりぬ、さて其次《そのつぎ》にと筆をねぶれば(4)。三木君《みきくん》あわたゞしく我《わ》が望みをいはせ給《たま》へと呼ぶ、女の内気なるは世におもしろみなき物なり、狂《きやう》か

(1) 近松門左衛門の浄瑠璃「心中天網島」またはその歌舞伎化「心中紙屋治兵衛」（いずれも通称「紙治」）。紙屋治兵衛と遊女紀伊国屋小春の心中物。
(2) 公務員。
(3) 中くらい。
(4) なめれば。

(1)んの女子《をんな》の山犬の如きはいかならん、一《ひと》たび取《とり》つきたる男の身を終生《しうせい》はなれじといふやうなるあくどきはといふ、それを樋口君《ひぐちくん》にかと露伴《ろはん》かほをしはむ。

いな、そは菊五郎《きくごらう》(2)と見立《みた》て、正太夫《しやうだいふ》にふるべし。我《わ》れこゝにおもしろきあら筋をおもひよりぬ。学者にして世間みずの官員《くわんゐん》ありと仮《かり》さだめ、そを我兄鷗外《わがあにおうぐわい》にうけ持《も》たせんはいかに、さて樋口《ひぐち》ぬしは其妹《そのいもと》よ、ものいとよく知りて長官のにくしみをうけ、うき世に出世の道なくして苦悶《くもん》の末《すゑ》にてつ学に身を投入《なげい》れたるといふその兄をかみにいたゞきて一人もの思ふ妹《いもと》のやくいと栄《は》えあるべし、さてその相手の恋人は露伴子貴兄《ろはんしきけい》ならざるべからず、さる処君《ところきみ》は大酒家《たいしゆか》の乱暴人《らんぼうにん》の放蕩家《はうたうか》にて正太夫《しやうだいふ》が役の悪《わる》ずれ女と事出来《ことでき》つ、さてゆすりこまるゝやうなる筋はいかならん、こはいとおもしろかるべしと調子高《てうしだか》に扇《あふぎ》うちならしつゝいふ。

我《わ》れが恋人かと露伴《ろはん》つむりをたゝきて打笑《うちわら》ひつ、そのやうな役は此方《このはう》に不似合《ふにあひ》なり、我《わ》れには気みぢかの疳《かん》もちの、騒《さう》

(1) 志は大きいが、行為が粗雑なこと。
(2) 五代目尾上菊五郎。生世話物（きぜわもの）を得意とした。

動《どう》の源《みなもと》おこしくるやうなる乱暴《らんばう》のやくこそよけれ、さて一役《ひとやく》にては舞台《ぶたい》をなさず、二役老女《ふたやくらうぢよ》にて子《こ》の異見《いけん》いふといふこれをば樋口君《ひぐちくん》今一つうけがひ給《たま》(3)へ、それは正太夫《しやうだいふ》が役の母親ぞといふに、三木君《みきくん》又《また》口を入《い》れて外《ほか》のやくはいかにもあれ君と樋口君《ひぐちくん》東西の関《せき》にするゑずば此狂言《このきやうげん》納《をさ》まりがたし、君はいかにしても樋口《ひぐち》ぬしが恋人ぞ、二役子役《ふたやくこやく》は君にかぎれば樋口君《ひぐちくん》の弟《おとゝ》になり給《たま》へ、これも又《また》をもしろかるべしといふ、露伴《ろはん》いはく猶舞台《なほぶたい》の淋《さび》しきに友達といふやうな第三者なかるべからず、これはたれにかといへば、へんくつ官員《くわんゐん》の友ならば鷗外《おうぐわい》にうけとらし給《たま》へ、兄貴が友のうちには粉本《ふんぽん》(4)おほしと三木君《みきくん》いふ、事件に花を添ふべき横れんぼの人なかるべからず、其《その》やくはと言へばそれこそは拙者《せつしや》つかまつらんと三木君《みきくん》いふ。

かりに我《わ》が心中をいはしめ給《たま》へ、かつてたけくらべを読《よ》みたるとき密《ひそ》かに我《わ》れのおもへらく、龍華寺《りうげじ》の信如《しんによ》は露伴兄《ろはんけい》にして、田中《たなか》の正太《しやうた》は我《わ》が兄鷗外《あにおうぐわい》、横町《よこちやう》の長吉《ちやうきち》はとりも直さず斎藤《さいとう》のはまり役なるべく、をどけの三五郎《さんごらう》はかく申す拙者《せつしや》、

(3) 引きうけてください。

(4) 手本となる者。

大黒《だいこく》やの美登利《みどり》は樋口君《ひぐちくん》と定めき。此《この》わりにてやらまほしきなり、さしづめ我《わ》が兄は団十郎《だんじふらう》(1)、樋口君《ひぐちくん》は新《しん》こまとこゑ(2)の役《やく》か丶る処《ところ》なるべく、斎藤《さいとう》は菊五郎《きくごらう》の向《むか》ふをはり、露伴子《ろはんし》の役は故人宗十郎《こじんそうじふらう》(3)と参《まゐ》るなるべし、かくてこれをば小説にせずして芝居になさばと我《わ》れはおもふ、さてはいよ〳〵おもしろかるべしとおのが好きの道にいざなふいとをかし、

露伴《ろはん》はしばしなりを静めておもむろにいふ、場処《ばしよ》などの事も御心《おこゝろ》にかなひたるこそよけれ、知り給《たま》はぬ処《ところ》にては情《じやう》うつらずしてをかしみ少なし、西洋の事は鷗外君《おうぐわいくん》うけもち、田舎《いなか》のことはそれがし書くといふ体《たい》ならば実景実情《じつけいじつじやう》まのあたりにうかぶべし、いかやうにも御心《おこゝろ》ずみのするやう仰《あふ》せられよ、もとこれ仮《かり》の遊戯《いうげ》なれば書きはじめて後《のち》おもしろからずば半ばにして筆をなげうつ誰《た》れかは妨《さまた》げん、しかも御互《おたが》ひつひえのたつべき事にもあらねばといふ、我《わ》れ等《ら》一同君《きみ》に迫りて我《わ》がめさましに無理やりの筆をとらし参《まゐ》らするやうおぼし給《たま》はんかしり候《さふら》はねど、こと更《さら》にさる心得《こゝろえ》あるにもあらず、同じ

(1) 九代目市川団十郎。活歴物で活躍。
(2) 四代目中村福助。屋号成駒屋。
(3) 中村宗十郎。和事を得意とした。

き業《げう》に遊ぶ身の文《ぶん》のたのしみを相《あひ》たがひに別《わか》ちもし、知らざるはとひき、しれるは教へてともに進まばとおもふのみなり、天明《てんめい》のむかし横谷《よこや》宗《そう》みん(4)…………(5)の両人、当代《たうだい》の名人両関《りやうぜき》といはれぬるこの人々のむつまじかりしこと、一つの額《がく》を二人の刀《とう》してつくりしもの、其《その》ころの美談として伝《つた》へられぬ、もとより人に特異の点《てん》あれば同じ額を二人してつくる明《あきら》かに変《かは》りし処《ところ》ありしなるべし、されどもそをば人笑はんものか、引《ひき》かへ用なきひぢを張りて、何《なに》がし筆とる以上は我《わ》れ何《なに》かはといふやうの事あらば、そは区域《くゐき》いと狭くるしく成りて進歩の道のさまたげなるべし、今《いま》君と我《わ》れ等《ら》と相《あひ》ともに提携《ていけい》して世に出《いで》んか、文士の交《まじは》りはかゝる物と世《せ》人迷夢《じんめいむ》やゝはれつ、志《こゝろざ》しあるものは胸壁《きようへき》(6)をつくらずしておのづから悠々《いう〳〵》の交《まじは》りなるべしと思ふ、さま〴〵はゞかり給《たま》ふ事多からめど、此《この》義《ぎ》なればとやう〳〵とくに、何《なに》かはさる処存《しよぞん》(7)にも候《さふら》はず、余《あま》りに筆のをさなくて御《おん》かた〴〵と一つ舞台《ぶたい》にのらんことといと心ぐるしければぞといふ。

(4) 横谷宗珉。天明の二代宗珉ではなく、元禄・享保に活躍した彫金工で、江戸町彫りの祖といわれた初代と思われる。浮世絵師英一蝶（はなぶさいっちょう）との親交など伝えられる逸話も多いが、ここにあるような話を伝える資料は不明。

(5) この部分、不明。

(6) 敵の弾丸を防ぐために、土などを胸の高さに積み上げたもの。ここでは隔て心。

(7) 心に思っていること。

さらは用なき遠慮にてこそおはせ、我《わ》れも鷗外《おうぐわい》ぬしもいかでか卒業の身なるべき、ともに修業の道にあるもの、出来不出来そは時によるべし、今のわかさにさる弱き事にて成《な》るべきか、うき世は長しまだ百篇二百篇の出来そこねこしらへ出《いづ》るとも取《とり》かへしのつく時は多かるを、一生に一つよき物出来なばそれにて事は終るべし、弱き事おほせられなとゝき聞かさる。

此合作《このがつさく》出来あがる後《のち》までは世にもらし給《たま》ふ事なかれ、うるさき取《とり》さた聞くもあきたり、こしらへあげたる後《のち》めさましの別冊として出《いだ》すもよく、書《しよ》てんにおくるも時の都合なり、さらずば各自の間《あひだ》におきて世に出《いだ》さぬもまた自由ぞ、すべて打《うち》くつろぎたる事こそよけれといふ。

こはいと長く物がたりき、このあら筋立《た》ちもせば、又《また》こそ参《まゐ》らめとて立《たち》あがる、かたれる事三時間に過《すぎ》ぬ、これより鷗《おう》外君《ぐわいくん》がもとを訪《と》ふとて三木君《みきくん》ともぐ〵家を出《いで》らる、いまだ十間《けん》ならじとおもふに大雨車軸《たいうしやぢく》を流すが如く降りくる。

以上七月二十一日午前のうちしたゝむ。

二十二日の夜《よ》ふけて正太夫来《しやうだいふきた》る、露伴《ろはん》および三木竹二《みきたけじ》参《さん》上《じやう》したりし由《よし》、めさまし草への寄稿御承諾相成《きかうごしようだくあひなり》しよしにきけるは誠かと問はる、いな、(1)取《とり》とめたる事にもあらず、例の遅《ち》筆《ひつ》なればいつの何号にはなどさだかに申《まをし》つるにもあらず、もし書出《かきいで》らるゝことあらば其折《そのをり》にと申《まをし》つる也《なり》、いつの事ならんいとおぼつかなき業《わざ》といへば、いな、書き給《たま》ふ、書き給《たま》はぬにもかゝはらず、唯《たゞ》めさましに物かならず書き給《たま》ふといふけい約遊《やくあそ》ばされしにや、其《その》ほど承《うけたまは》り参《まゐ》らせ度《たき》なり、書かれたらばさし出《いだ》さんといふ御言《おんこと》の葉《は》はそこらの新聞やより物たのみに出《いで》たる時もおほせらるゝ御《おん》ことの葉《は》なるべければ　さる無責任のものならでいと明らかに、と問ひ寄る、さりとも此外《このほか》にはこたへ参《まゐ》らする様《やう》もなし、責任論のいとむづかしきことはえしり侍《はべ》らぬ身なればとたゞほゝゑみてあるに、我《わ》が今宵参《こよひまゐ》りつるはこゝにいと六《む》づかしき意義のあるあり、こは

(1) いえまあ。

事《こと》秘密に属《ぞく》すなるを、君が御心《みごゝろ》さだかに承《うけたまは》りてさて其後《そのゝち》にや聞《きこ》ゆべき(1)、まづ聞《きこ》えおきて御決心のほどうながすべきかいかにせんと打《うち》たゆたふ(2)、我《わ》がめさましにて御作得《おんさくえ》まほしといへるは御作《おんさく》の事にはあらで御名《おんな》を我《わ》が方《かた》の人たらしめたき也《なり》、めさまし草の一員《ゐん》たる事をうけがはれ度《たき》を願ふなり、もと我《わ》がめさまし一書肆《しよし》の企《くはだ》てに過《すぎ》ずといふといへども、内実《ないじつ》はしからず、鷗外《おうぐわい》、露伴《ろはん》および我《わ》れ連帯責任をもつて起《おこ》しつる雑誌なり、しかれども共々筋骨《きんこつ》ひとしからぬ人々の連合なり、こと〴〵に一致せずして此間《このかん》に風波《ふうは》しば〳〵おこりつ、我《わ》れも露伴《ろはん》もともすれば退《しりぞ》き去《さ》らんの有《あり》さま折々《をり〱》にみゆるなれば、鷗外《おうぐわい》が痛苦《つうく》真《まこと》におもふべき也《なり》、世人《せじん》いへらく(3)めさまし草の落城近《らくじやうちか》きにありと、此《この》こと真《しん》に偽りならず、露伴《ろはん》は春陽《しゆんやう》堂《だう》より新小説(4)の編輯人《へんしふにん》として立顕《たちあら》はれ、よしや名のみをかしたるにもせよ、紅葉《こうえふ》は硯友社《けんいうしや》を根拠《こんきよ》として雪月花《せつげつくわ》(5)のはたあげをなさんの結構《けつこう》(6)あり、森兄弟驚愕《もりきやうだいけいがく》、はせて森田思軒《もりたしけん》(7)、依田学《よだがく》海《かい》(8)を誘説《いうぜい》し、めさましの社員たる事を依頼するにいたりしか

(1) そのあとに申し上げるべきか。
(2) 迷いためらう。
(3) 言うことには。
(4) 明治二九年七月二七日創刊。その緒言を春陽堂主人の名で露伴が書いている。
(5) 博文館が企画、七月創刊予定であったが、取り止めとなる。のち、一二三館から一号のみ発刊。
(6) 企て。
(7) 文久元年岡山の生まれ。報知新聞入社後、「国会」「万朝報」などの記者を歴任。傍ら翻訳、史伝を著す。
(8) 天保四年江戸の生まれ。文部省を最後に官界を去り、演劇改良運動に打ち込む。

ば、我《わ》れたるものいかで傍観《ばうくわん》するにしのびんや、さる見ぐるしき有様《ありさま》を演じて今更《いまさら》他《た》見《けん》をかざらんものか、我《わ》が社は我《わ》が社の人によりてこそ、もし我《わ》が説入《い》れられずとならば、我《わ》れもやむなし涙をふるひて此《この》めさまし草みすてざるべからず、我《わ》れこれをはなるゝとならばよし三号にしてつぶれんまでもかならず一雑誌創立には及ぶべし、今かく崩れ初《そめ》たるをいかさまにと引《ひき》かへすべきよしもなけれど、他《た》より人をいるゝほどの勇気あらばさる老朽《らうきう》の士《し》を蒐拾《しふしふ》する何事《なにごと》かあらん、開門《かいもん》とあらば新らしき人をこそと我《わ》れはいひき、さて其《その》あたらしきにいかなる人かあると鷗外《おうぐわい》いひにしかば、我《わ》れはその時君がこと申《まをし》つるなり、されども事《こと》窮策《きうさく》にてまことに我《わ》が志しにはあらざりき、一昨日《おとつひ》三木《みき》竹二《たけじ》、露伴《ろはん》がもとをとひていかなる談話をなしたりけん、相《あひ》たづさえて君がもとをとひつ、さて昨日《きのふ》我《わ》がもとに明白の報知《はうち》は有《あり》き、樋口一葉いよ〳〵めさましの一員《ゐん》たる事《こと》承諾《しようだく》あり、合作の事も相談とゝのひぬと申《まをし》こせり、我《わ》れは頗《すこぶ》るあやしき事におもへりしもさるさだかなる報《はう》なればもし御承諾なりつるかともおもひつるなり、此事《このこと》すべて秘みつに属《ぞく》す、君には世にもらし給《たま》はぬをしればはゞかりなくかくはかたる、つゝみなき誠をいはゞ、君が承諾の一語につきてめさましの利害大《おほ》かたならぬなり、はた又《また》君が利害も大《おほ》かたならぬ事とおもふ、我《わ》れつら〳〵世のさまをみるに(1)泉鏡花《いづみきやうくわ》の評判絶頂に達せし時われはじめて一げきを加へつるより名声《めいせい》とみに落《おち》て又泉鏡花《またいづみきやうくわ》あるなしといふさまに及べり、君がけふ此頃《このごろ》の有《あり》さますでに全盛の頂上ぞとおぼゆるに今もしわがめざましに入会《にふくわい》の事ともならば世人《せじん》よりのにくしみを一身《いつしん》におひ給ひて批難《ひなん》さこそは甚《はなはだ》しかるべし、我《わ》がめさましの人々とてもしかなり、君がたけくらべ賞《しやう》さんしつるより以来早稲田(2)などのわれに冷評《れいひやう》を加ふる事一月《ひとつき》は一月《ひとつき》より甚《はなは》だしく、我《わ》れ君がもとを訪《と》ひたりと聞くより、いかに黒《くろ》やきは本家へ行《ゆき》てもとめ得《え》られしや(3)などいふ評いとかしがまし、此際《このさい》君の入社せられしとならばいよ〳〵かゝる沙汰《さた》かしましく、思はぬ事より要《えう》なき名をも引出《ひきいで》つべきに、とかくは入社

(1) 緑雨は「金剛杵」で鏡花を酷評した。

(2) 「早稲田文学」。

(3) 「早稲田文学」第一四号（明治二九・七・一五刊）の、「速成批評法」を引く。

み合《あは》せられたる方《かた》しかるべくやと余《よ》はおもふ、こはさへぎりてとゞめ参《まゐ》らするに非《あら》ず　唯君《たゞきみ》が為我《ためわ》が為打《ためうち》わつて申《まをす》までなりとくり返し〳〵この事をいふ、此男《このをとこ》が心中いさゝ解《かい》さぬ我《わ》れにもあらず、何《なに》かは今更《いまさら》の世評沙汰《せひやうざた》……(4)

(4)これ以降、日記をつけることができず、病床中の手記を書くだけになった。

書簡（抄）

1　樋口邦子宛　明治二十三年六月

御歌拝見中々よき御出来感心申候《さうらふ》。と〔疾〕くに返上可致《いたすべき》ところ難陳のもよふし御座候て両三名より相談たのまれ夫かれに而《て》非常にせわしくつひ跡まはしにいたし候て大延引恐縮に存じ候、此つぎよりは直《なほ》しの都合も御座候まゝ今少し間を明て御したゝめ被下度《くだされたく》候。昨日来俄《きのふよりにはか》に暑気相まし候へどなたにも御障《おさは》りもいらせられずや御左右《おんさう》御伺申上候。私はいつも〱かはりのない所か却《かへりて》は丈夫に相成たる様に御座候。誠に御一同にてよくなし被下《くだされ》候まゝ御案じ被下間敷様《まじきやう》願上候。先生はもとより御隠居様も真《まこと》のまご同様に御取あつかひ被下《くだされ》候、一昨日《をととひ》は伊東の春《はる》と申《まをす》娘と私とを御つれ博覧会(1)の見物致され

〔編者解題〕発信日付不明。明治二三年五月から九月まで一葉が中島歌子の家に内弟子として住込んでいた時に西応寺町に住む妹に宛てたもの。和歌の添削が遅れたことの詫びからはじまり、萩の舎での待遇が良いことをかなり誇張して語っている。後半から末尾にかけ、同じ小間使いの娘が辞めて忙しくなったことにつづき、最後は樋口家の暮し向きへの心配が記されるなど不安感も滲み出ている。末尾は歌題。

候、帰路《かへり》に「パノラマ」(2)まで廻り申候、浅草のには遠く不及《およばざる》よしに候へど、とに角一寸《ちよつと》見ものに御座候。内々の御都合よろしくば兄様に御願一日御母様の御《お》伴被遊《ともあそばさる》べく候。中喰《ちゆうじき》は松のずしおやつは風月堂にてした丶め一日ゆつくりと遊山致し候。右様の次第にて私は大きに楽すぎる様にて殊にたべものなどはうまきもの丶たべあきと申位もつたいなき次第に御座候。お定《さだ》ともしごく仲よしにて私が参り候以来少しもいさかひしたる事などはなく先生へ内々の事件まで相だん申候様にて誠によきこと丶存じ居候所、此度少し都合これ有同人は下《さが》る事に相成昨日荷もつ取した丶め帰宿申候。かはりの参り候まで一両日は少しいそがしかるべく候へど、これもすこしがまに御ざ候。いづれ参上は来月と今より待居候。とかく不景気不時候なるのみこまりたる物に候。さぞかし種々《いろいろ》御心被遊《あそばされ》候事かげながら心配申居候。御母上様御病気などの御《お》出《で》なさらざる様お前様御気をつけ申上候様ねんじ居候。萬《よろづ》は拝姿。先《まづ》はあら〳〵のみ。

かしこ

(1) 四月一日から七月三一日まで上野公園で開設された第三回内国勧業博覧会。
(2) 博覧会の呼び物として初めて公開された、風景などの絵画装置。回転画。

末ながらおかゝ様へは御前様よりよろしく御伝言《ことづて》願上候。

夏山家《なつのやまが》　夕顔　夕蚊遣火《ゆふべのかやりび》　窓前蛍《さうぜんのほたる》　鵜舟《うぶね》　多《おほし》　里夕立《さとのゆふだち》

夏子拝

邦子様

2　伊東夏子宛　明治二十五年六月十八日

梅雨《さみだれ》のそらいかゞ暮し給ふらん、こなたこと更でもの折からとて晴間なき袖のよそめもいとゞ心ぐるしき頃に御坐候《さうらふ》。日を数ふればさまで久しく御めもじいたさぬにもあらねど土曜日といふ定期のなければにや、(1)何となく御わたり恋しく日々思ひ出申し候。扨《さて》もこの二三日のほどにさま〴〵御話しいたすこと重り申し候。天がした四ッの海ひろしといへど心をしる友少なき世なれば、何方にまことをと打明し候とも《ママ》、

〔編者解題〕弟子入りしていた「東京朝日新聞」小説記者半井桃水との間が萩の舎で醜聞となり、苦境に立たされた一葉が身の潔白を友人の夏子へ訴えた手紙。桃水を呼び捨てにするなど、かなり感情的な文面になっている。田辺花圃が商業文芸誌「都の花」への寄稿を一葉に周旋しようとしていることが出てくる。

何の甲斐はあるまじく苔のしたまで此浮名すゝがれずや候はん。さりながら百人の友に疑《うたが》ひを受ぬるとも一人まことの友に誠をしられなば微塵恨みとぞんず間敷《まじく》、君ならでこの無実の名訴へ参らせんかたもなければ、斯くも書きつゞけて御目を煩はす也。先何を置て十日祭(2)の時の御心づけ私いのちあらん限り御恩わするまじく、お前様なればこそあの様にも仰せられしなれ、いか斗世の人はしりうごとしてあざ笑ひけん、思ふも中々はづかしく候。あの御詞承るまでは人々の当こすりもからかひも更に〳〵気がつき不申、何心なく居り候ひしが不啚〔図〕思ひあたることも有て俄に心配に相成候まゝ師の君に残らず打あかし相談申し候ひしに、何事ぞや師の君をはじめとして十分疑ひを抱き居られ候ひし由、夫のみならず何方の誰いひふらしけん知らねど、下がしもなる人にまで其風説《うはさ》知らぬはなしとのこと余りのことに驚きもされず、猶よく〳〵承り合せ候ひしに例の桃水と申人、その友人某とかに私を既婚の妻なる由物がたりしとか、夫より広まりし風説《うはさ》の

(1) 萩の舎の定期の土曜の稽古日が師の母中島いくの葬儀で休会になっていた。
(2) 六月一二日に行われた。

よし師の君申され候にも、このこともし実ならずばすみやかに手を離れて田辺君がいつぞや仰せられし様に、都の花の方に御依願いたす将来の身の為なるべしと御さとしも有り、且はお前様先日の御詞にも其かた宜しかるべしとの御心づけもあり、私今日まで一重に桃水への義理を思ひ候故に折角の御心〔親〕切をも無にしたるなれど、先方にさる野心あるのみか跡もなきこと申ふらす様のこと有ては何分暫時も師として仕る訳には参らずと存じ、師の君の御高諭(1)に従がひ一昨日先方へ参り断りの手段に相成申候間、何とぞ御休神願度、実は今日田中君御来訪に相成候まゝ、右の訳御話し申上再度の御周旋ねがひ置候ひしが、或はいまだ御疑ひの去り難きふしもやあらむ、何となき御詞に其御様子相見え申すことの心ぐるしく、しのびて胸いため居候。先日も仰せられし通り、女子の身の疵は是を置て外に有間敷、私何の罪有てにやかゝる浮たる名を取り候こと終世の恨み是に過ず、口惜しさの限りに御坐候。さりながら余人はともあれ御前様斗は事情少しは御察

(1) 師などから教えさとされること。日記「しのぶぐさ」(明治二五・六・四)参照。

し曇りなき心のほども御覧じ知らせ給ふべく、誰れは何と申す共知る人にさへ知られ参らせなば随て心はおのづからに清かるべく、うやむやの胸すく斗筆に任しまゐらせ候。くやしさのたゝまりをも恨めしさのつもりをも御まのあたりにて萬々御話しいたし度、其内参上可申なが（ら）先はあらまし申上置候。　かしこ

是はおとく様に申候

嶋田のかもじ(2)長々拝借千萬申訳なく、つむりよりは返上致し置候ひしかどもいまだ持参いたすことが出来ず、嘸かし御立腹御許容願上候。拝顔の時に打なり、ける也御十分に御せめ遊ばすべく、御詫。　かしこ

十七日夜　なつ子

伊東さま

（2）葬儀に際し、一葉は銀杏返しから島田髷に改めていた。「かもじ」は髷を整えるための入れ毛。

3　田辺龍子宛　明治二十五年八月四日

おもひのほかの御無沙汰申訳なさが日々心の中にてもつれ合申候。実は先月中に是非〳〵小説完備（1）いたし御教へを受度と存じ居候ひしに、廿三日の稽古日より俄に肩のはりつよく其後はげしき脳の痛みに成り、当時は帰宅いたし居候。尤《もつと》もほんの一時のことゝ見え、追々よろしき傾きになり候まゝ近々全快可致《いたすべく》、只々御前様《おまへさま》折角の仰せに対し、この様に長曳き居候事お侘〔詫〕のいたし様もなく、且は御立腹でも遊ばさば真に〳〵いたし方のなき身ゆゑ、夫のみ心配に存じ居候。先日参上の節も不足のなきおしやべりを申ながら、まだ〳〵御話しせねばならぬ事情《わけ》も種々《さまざま》あり、と〔兎〕角御《お》見捨なき様とのみ祈り居候。お父様《とうさま》にも御母様《おかあさま》にも先日の御礼よろしく仰せ上いたゞき度、私し生来《うまれつき》の不調法にて有難きことあり難げに詞にも出ず、筆とりても同じくにて只々心におもふのみに御坐候。うぬぼれたる申条なれど、もし〳〵友のかたはし

〔編者解題〕桃水と絶交後、花圃の周旋で実現した『都の花』の原稿執筆（「うもれ木」）が思うように進まない弁明を述べた手紙。この頃一葉は東京図書館へ通うなど、小説制作のため全力を傾注していた。末尾の和歌は、姉弟子であり先輩作家でもある花圃への感謝を表明したもの。

（1）明治二五年七月三日、龍子は手紙で金港堂から「五十ページ位のもの」を刊行してはどうかと勧めていた。

とも思し置れ候はゞ、其失礼は御見のがしいたゞき度、何か申し上ること多き様に御坐候へど、脳《つむり》のかげんにや何事もまとまり不申、其うち参上のふしと申残し候。　かしこ

此ごろの月よに例のやれ垣にむかひて
よもぎふにさし入る月のかげみれば
よは捨がたきものにぞ有ける
此様な事いひ捨てゝ脳《つむり》の熱をひやし居候

夏　子

龍子さま
四日

4　半井桃水から樋口夏子宛　明治二十五年八月十日

暑さ御障りもなく被為入、珍重奉存候。扨《さて》は焼餅多き世の中、人々己《おの》が儘の目にて見心をもつて推し候へば潔《きよ》き衣にも穢れ

〔編者解題〕野々宮起句（ののみやきく・一葉の友人）から萩の舎での醜聞の事実を聞い

色に立ち候はんなれど、畢竟《ひつきやう》(1)私不徳の致す処自から恥入候外は無之候。さりとて御互ひ心の潔白なるは心こそ知りて居り候はめ我安らけき上は暫し人の口に任する外これあるまじく何時かは汚したるおん名を雪《きよ》め元の曇りなき玉として見え申す時のなからずやと諦め候へども、扨お目もじの程も料《はか》られず抔《など》一筋に考候へば、只管《ひたすら》お慕はしき心地致候。素より行届かぬ私御談合の膝にも得ならず深く恥入候得共、仰せに甘へ不束《ふつつか》ながら兄と思召被下候はゞ、勿体も打置き妹とおん睦《むつ》み可申、偶坂《たまさか》(2)お逢ひ申す折あらば如何に嬉しからん、夫れ不相叶ば玉詠にても拝見致し、煩襟《はんきん》(3)涼を覚えたしと愚かにも願候ひしは昨日までの心、今晩野々宮様御出のふしいろ〳〵御懇《ねんご》ろの御言伝《ことづて》其の外お話承はり候処、仲間の者の口より伝はり源は私申出したる事とさる方の仰せられ候由、素より斯る疎《うとま》しきこと言ひし言はざりしなど、憖《なまじ》し洗立て致さんは恥の上の恥と思召し扨《さて》こそ御口づから仰せ聞けられず、野の宮様よりおぼろげに窺ふ事とは相成りしならめ、さりとては御

た桃水は、一葉自身も彼を疑っていることに驚愕し、「曽つて発狂致したる覚えは無之、発狂だに致さぬ上は右様の事誰か口走り申すべき」という強い調子で詰問した。

(1) 結局。要するに。

(2) 思いがけず。まれに。

(3) 煩わしさの多いこと。

恨に御坐候。斯迄の大事、申伝へし者の知れたる上は篤《とく》と問合はせ、如何様にもなき事のない程は申し清めも致すべきを、野の宮様お口振りにては御前様にも幾分お疑ひなきやとの事、誠に驚入候。病後精神太く衰《いた》へ長からぬ命と覚悟、医者も爾《しか》申候へども曾《か》つて発狂致したる覚えは無之、発狂だに致さぬ上は右様の事誰か口走り申すべき、兎も角も其の人の誰なるやおん知らせ願度、鳥渡《ちよつと》問合はせ候へば万の事明白と相成り、御互ひ身晴れ可仕候、筆よりも口と存候へど思憚り書中右申上候。病中御懇《ねんご》ろに御見舞被下御厚情忘れ難く、参上御礼申上度存候折、避けられぬ用事起り旅行、漸《やつ》と一日に帰京久々にて社に狩出され思ひながら御無沙汰、物弁《わきま》へぬ男と皆様思召され候はんが右の成行にては身晴れ致候時まで、已《や》むを得ず差扣《ひか》へ候間、御尊母御令妹へも御前様より可然御取做《とりなし》奉願候。

かしこ

八月三日

半井　洌

樋口夏子様

5　半井桃水宛　明治二十五年八月十日

此ほどは思ひよらぬ賜《たまはり》ものありがたく、折ふし不在にてしげ〔茂〕(1)様に御目にもかゝらず御前さま御近状をくわしくは承り得ざりしこといとも〳〵残念にて、ことにかま倉へ御旅行とか伺ふは、もし御病気にてはなきやと御案じ申候ひぬ。御様子うかゞひながら御礼申度と存じ居候ひしかど、憚る所なきにしもあらで心ならずも日を送り申候。今日しもめづらしき御玉章《たまづさ》(2)、久々にて御目もじせし心地うれしきにも又お恨みの御詞がうらめしく候。私し愚どんの身、人様をしるなどゝ申すことかけても及ばねど、師の君なり兄君なりと思ふお前様のこと誰人が何と申伝へ候とも、夫を誠と聞道理もなくもとよりこしらへごとゝは存じ候故、別して御耳にも入れざりしに候。我さへしらぬ事をしるよの中、聞かぬことを聞

〔編者解題〕桃水からの抗議の手紙（4）に接して書かれたもの。「御親切仇にして御名前をけがし候こと何よりも心ぐるしく」という文面からは、自らが採った保身的な言動への自己呵責の念が浮び上がっている。末尾の添え書きは初秋への思いに託して、抑え難い彼への思いを吐露したもの。

（1）桃水の弟茂太。
（2）手紙。

たりと申す位さしてあやしきことにもある間敷、御捨おき遊ばし候とも、消る時にはきえ候はんかし。かく計らぬ事より御目通りの叶はぬ様に成しも、やむを得ぬこと、私しはあきらめ居《をり》、今更人の口に耳〔戸〕も立ず、只身一ッをつゝしみ申候。さりながら其源は何方にもあらず、みな私しより起りしにて、此一事のみにも非ずひまあれかし落しいれんのおとしあな設けられし身、いかにのがれ候とも何の罪かきせられずにも居る間敷と悲しき決心をきわめ居候。唯々先日野々宮さまにおことづて願ひしとほり、お前様御高恩のほどはみな〳〵身にしみて有難く、日夜申暮し候もの、其御親切仇《あだ》にして御名前をけがし候こと、何よりも心ぐるしく愁《つ》らきはたゞ是のみに候。申上度ことといと多けれど、さのみはとて御返し斗をなむ、猶々願ひ参らするは何方へ御転住相成候とも、何とぞ御住処御しらせ置たまはり度、又折ふしは一片の御花託(3)もと夫のみ苦中のたのしみに待渡りまゐらせ候。　かしこ

(3) 便り。

折しもあれ初秋かぜの立そめたるに、虫の音の時しりがほなるなど月にもやみにも夜こそものはおもはれ候へ。露けき秋とはつね〴〵申ふるせし詞ながら、袖の上におく今日此頃ぞ誠にしかとは思ひしられ候。何事を申合する人もなき様に覚えて、世の中の心細さ限りなく私しこそ長かるまじき命かと存じられ候。先頃より脳病にて自宅に帰り居候を、又さる人々のあしざまに言ひなすとか
とにも角にも誠うき世はいやに御坐候

八月十日夜　　なつ子

御兄上様御前

6　久佐賀義孝から樋口夏子宛　明治二十七年二月二十八日

過日ハ態々《わざわざ》被為入候処、何之風情モ無之遺憾千萬ニ存候。而《しか》

れ共余が無学の拙説、貴嬢の心燈ニ聊《いささ》カ移リタランニハ余の幸栄ニ候。次ニ余者貴嬢の精神の凡ナラザルニ感ゼリ、爾来願クバ親しく御交際玉ハラバ余の本望に存候。近比《ごろ》ハ臥龍梅《がりようばい》(1)園実ニ盛リニ候。春気の初メノ人間の心、正サニ陽開の時季、凡ソ人モ心ノ花トナリテコソ草木の花ヲ見ザれば花ヲ見ルの楽アランヤ。而ルニ今時季正キニ天地の媒介ニテ、此の梅園ニ人ヲ誘ヒ花ヲ楽むるの時ニ際セリ。幸ニ貴嬢ニシテ寸閑アラバ該園ニ同伴セント欲ス、貴嬢如何ニヤ若《も》シ同意アレバ適日ヲ期シ返章ヲ玉ハランことヲ。

義　孝

にあたる明治二六年前後の手紙は、親戚宛のものが大半で文学関係者のものは少ないが、代って登場するのが相場や身の上の鑑定を行う天啓顕真術会の久佐賀義孝からの手紙である。一葉は明治二七年二月二三日、単身で本郷真砂町にある同会の本部を訪問し、久佐賀と四時間あまり面談した。この手紙はそれから五日後に投函されたもの。

（1）二一八頁参照。

7　久佐賀義孝宛　明治二十七年二月二十八日

御ひえ〳〵敷相成申　候《さうらふ》。此ほどはをしかけの参上に失礼の御とがめもなく御高説仰せきけられ日夜こゝろにくりかへし居申候。うきよにたよる方もなくして塵塚のすみにうごめき

〔編者解題〕突然の訪問を詫びたうえで、久佐賀から提案された梅見の誘いを婉曲に断った手紙。末尾の歌は、彼の

居り候身を捨て玉はぬ計かは、御ねんごろの御文の様、ことに梅見の御さそひまで仰せ下され先は御こゝろのほどうれしく存じまゐらせ候。貧者余裕なくして閑雅[1]の天地に自然の趣きをさぐるによしなく、御心はあまたゝび拝しながら御供の列に加はり難きをさる方に御見ゆるし下さるべく、よしや袂にあまる梅がゝはこゝに縁なくとも御厚意のほどを月とも花とも味はひ可申、御詞にあまへ不日御ひざもとにまかり出づべく候まゝ御見すてなく願上まゐらせ候。先は御返事のみ。

かしこ

ありし御詠の御かへしとはなけれど

すみよしのまつは誠かわすれ草
つむ人斗多きうき世に

「とふ人やあるとこゝろにたのしみてそぞろうれしき秋の夕暮」に対する返歌。

(1) もの静かで、趣きのあるようす。

8　小林あいから樋口夏子宛　明治二十八年二月二十六日

御かない〔家内〕様　　あいより

一筆しめし上まゐらせ候。今〔未〕ださむさきびしく候《さうらふ》間、皆々様御きげんよろしく御くらしあそばされ候や。次ニ私方もきげんよくくらし居り御安心下され候。猶〱私しこと旦那様より一月に御手紙参り、又それに付だん〱しさへ(2)〔仔細〕き、〔聞き〕又こよはま〔横浜〕にいるに付あおうとおもふてしている内に、何ぶん日々すくないゆへ人が参り、いろ〱している内にもはやふね〔船〕で〔出〕るよふになり、誠に〱何とも〱申されぬほどかなし〔く〕なりそら〔候〕へども、ふね〔船〕で〔出〕たゆへ、このしだへ〔次第〕ゆへ、何ごとぞ〱はらだちの段わ〔は〕ゆるしてくれと申され、又人前之手まへにてしていることゆへ、おまへに何にもいわれなんだゆへ、おまへのはらだちわ〔は〕いくへにもゆるして

〔編者解題〕一葉は隣家の銘酒屋浦島の酌婦小林あいから頼まれ、店から抜け出すために奔走した（「水の上日記」明治二七・七・二〇）。神戸の実家に帰ったあいは、横浜から清国へ渡った愛人広瀬武雄を待ちながら身をつつしんでいた。この手紙は彼から便りがあり、商売に成功して晴れて帰国するのを楽しみにしていることが告げられている。末尾はあいの心境を託した歌。

(2)　理由。わけ。

くれと申されて参り、又あねにもだん〳〵申され、又まへ〳〵やくそく申したとう〔通〕り、け〔決〕して〳〵いつわりわ〔は〕なしゆへ、ゆるしくれと申され候。又これに付旦那様、私に付だん〳〵〔段々〕しさゐ〔仔細〕きけばくろふ〔苦労〕あそばされゆかれ、又あちらにてもくろふ〔苦労〕お〔を〕なされたが、今にてわ〔は〕日々しよばい〔商売〕のほう〔方〕にかゝられておられまするなれども、今わ〔は〕内〔家〕からとても金だ〔出〕すでわ〔は〕なくすれども、行《ゆく》〳〵わ〔は〕どうなとなり、又旦那様も二三年の内にわ〔は〕しよばい〔商売〕はじめて日本んへゐらくなりてかへ〔帰〕るゆへ、ぞ〔ど〕うぞ〳〵ふがいなき人とおも〔思〕ふであろふなれども、ぞ〔ど〕うぞそれまでまちてくれと申され候。それにて又手ならい〔習〕又おちや〔茶〕はな〔花〕とわ〔は〕ならゐ〔習へ〕と申されて参り、又壱人なりとも手がみとりやりわ〔は〕いう〔云ふ〕たらたいへんゆへ、かへるまでわ〔は〕たがいにしらぬたい[1]〔態〕ゆへと申されて参り候ゆへ、やまさんにも申せずに

（1）知らぬふり。

いる私しゆへ、私しとあなた様だけゆへ、ごくない〱人にしれるとたいへんゆへ、又私しとてもなか〱のくろふ〔苦労〕ゆへ、又御はんも壱ど〔度〕た〔断〕ちおり、私しとても日々あねの内〔家〕にてせわになりてきお〔を〕つけ、おなごし[2]〔女子衆〕とおなじおもふてお〔居〕り、もの〔物〕だけわ〔は〕日々なら〔習〕わしてもらいお〔居〕り、ふたりの心ろお〔を〕御すいさつ〔推察〕下され候。このしだへ〔次第〕ゆへ、みな〱様よろこび下され候。又おかへりの上わ〔は〕、みな〱ども〔共〕によりてよろこびお〔喜びを〕たのしみにぞ〔ど〕うぞ〱居り下され候。あちらのせんそうのしんぶ[3]お〔新聞を〕おくりますゆへ、又うらしま[4]〔浦島〕のぎり〔義理〕しらずにわ〔は〕あきれ、又こちらがあまり〱すなお〔素直〕にしているゆへ、すこ〔少〕しわ〔は〕心ろにあ〔当〕たるか、きよだい〔鏡台〕つこ〔使〕てわやに[5]しやりてあるに、又おくりて参り、私もうらしま〔浦島〕のいうとう〔云ふ通り〕に私のはんりよふ[6]〔飯料〕までしてあるゆへ、これにて私わ〔は〕よ

（2）女中。
（3）日清戦争関係の新聞か。
（4）あいが身を置いていた一葉の隣宅の銘酒屋。
（5）関西で使う言葉。道理に合わないこと。「わやく」（無理なこと）の転じたもの。
（6）抱え酌婦が支払う食事代。

らずさわらずゆへ、あなた様だけわ〔は〕私しみたへ〔い〕なものなれども、なか〳〵たのみ上候。壱人なりともない〳〵申たきこと海山なれども、ふで〔筆〕とめ申候。

〔とおくともよしや心ろわ〔は〕かわらねどちかきにまさるふみのおとずれ〕

9　小林あい宛　明治二十八年二月

御手がみはいけんいたし候《さうらふ》。時かふのおさわりもなく、御きげんよく御くらしとのこと、何より〳〵御めでたくおうれしくぞんじ候、私かたにもみな〳〵ぶじに候間、御安心下され度候。さて御手がみにてうけたまはれば、だんな様より御ふみのたより御座候ひしよし、さぞ〳〵おうれしく、御くろうのかひもありて、此のちごしんぼうのはりあひもあると申もの、お前さまの御心をおすいし申上、私どもまでうれしくぞんじ候、だんなの御こゝろさへおかわりがなくば、もはや千《せん》

〔編者解題〕発信日付不明。書簡（8）への返信。「さすがにあいちやんは、かんしんなこゝろとほめられるやうになされべく」など、一葉の骨折りの甲斐があって無事に実家に戻ったあいの近況に喜ぶ一葉の姿が見て取れる。あいは歌だけでなく、書も上達したことは「大そうお手があがりたるやうにはい見」からもうかがえる。

人力《にんりき》に御坐候。いかにとし月をかさねても、お前様がこゝろのみさをゝあくまでつらぬひてごらんにお入れなされ、さすがにあいちやんはかんしんなこゝろとほめられるやうになされべく、たゞいまの御くろうはさぞかしとお察《さっ》し申おり候へ共、ゆく〳〵をたのしみごしんぼうがせん一に御坐候、お手ならひにせい(1)が出で候と相みえ、大そうお手があがり(2)たるやうにはい見、なほ〳〵御べんきよう、いのりおり候、うらしまさんこと、お前様へ対《たい》しあまりの不義理《ぎり》と私共もぞんじ居候へ共、何事《なにごと》も申かね、たゞたゞおどろきおり候、それにつけ、おまへ様のおとなしきにはいよ〳〵感心《かんしん》致し居候、何と申すもあのとほりのお人ゆゑ、大ていの事はよらずさわらずがよろしく、今にだんな様おかへりの時に、おどろかしておやりなさるべく候、申上度事のかず〳〵は又の便《たより》にとて申残《のこ》し候。

かしこ

なつ

おあい様

(1)「精」が出る。一生懸命に努力する。

(2) 上達する。

末ながら御両親様御はじめへよろしく御伝へ願上候

御れい申上候、御□*けれど、だんなより内《ない》々に□おほせがありしならば、なるべくおふたりの中〔仲〕は、人においひなされぬやう、中々世間《せけん》が大事《だいじ》に候

〔注〕
＊ 空白部分は、別の紙を隅に重ねて書いたため削り取られたように白くなっている。

10　馬場孤蝶宛　明治二十八年十月九日

御いそがしくいらせられ候や、たえて御たよりも承らず、その地はわるき病ひの流行するよしなどかね〴〵承り居候《さうらふ》まゝ、いとゞ心配にたへかね申候。時々文学界のかた〴〵など御出も候へども、人様のおかほさへみれば馬場様〳〵とおうわさ申出す事の少しは極《きま》りわるくも存じられ候まゝ、こゝろのまゝには御様子承りあはす事もならで、いよ〳〵御なつかしさの増るやうに御坐候。御かはりなく御勉強いらせられ候や、萩も薄も下葉やつれてやがての月に鹿なくころ、やゝ

〔編者解題〕彦根中学校へ英語教師として赴任した孤蝶へ宛てた書簡。「文学界」メンバーのなかでも特に気の合った孤蝶が東京を離れたので、冒頭から人恋しさを隠さない文面で近況を問うている。これ以前、孤蝶から伝えられる石山寺・義仲寺・逢坂の関など、名所や歌枕への小旅行の模様も旅の経験のほとんどない一葉を刺激したようで、彼への懐かしさと旅への憧れが巧み

色づきゆく山の梢《こずゑ》など御覧ずるにつけて、御旅寐の御こゝろいかにやとおし斗り参らせ候。いつぞやの御便り(1)に、石山寺《いしやまでら》義仲寺《ぎちゆうじ》(2)などよそながら承るだに心ゆく様の所々御遊覧の御様子うら山しく、逢坂の関よりと遊したる御端書とゞきたる時は、そゞろにお前様が御わらじ姿おもかげに覚えて、今も見てしがなと御なつかしさやるかたもなく候ひし。それより絶えて御たよりなきは、これよりさし出さぬ失礼を怒り給ひてかともおもひたどられ候に、お侘〔詫〕を申すが厭やなれば、今日まで我まんを致し居候へども、もとより女子《をんな》は弱きもの、まけてもさのみの恥ならず、御なつかしきは何処までもおなつかしきなれば、用なき痩せ我まんにそなたの空のみながめんよりとて文したゝめてさし出し候、御ひまあらばたゞ一筆御便りつげさせ給へ。文学界のおかた〴〵など御有様しりたしとならば、親御様の御もとにもはしり給ふべし、私はお馴《な》染《じみ》もなければ今俄に御留守を音なひ参らすることもならで空しくうち〴〵に御うわさ申暮すのみ、汲とり給ひて折々のお

なレトリックで記されている。

(1) 二八年九月二三日付の端書。

(2) 大津市にある天台宗の寺。芭蕉の墓がある。

たより夫れのみ待渡られ参らせ候。さても此ほどのことにて候ひき、都も秋の空さびしく萬づにまぎるゝ物なく暮し侘候まゝ、一日《ひとひ》妹ともなひて飛鳥山より滝野川あたりそゞろあきすることありしに、ある野道にてふと逢ひたる人の、としは二十四五位にやそのわたりの野に折りし草花少し手に持ちて無造作にさつ〳〵と歩むうしろ姿、似たりとてもいかな事お前様をそのまゝなるに、追かけてお名をも呼び度やうに候ひし、されどももとよりお前様にてある筈なければ唯そのかたしろ(1)のかげ消ゆるまで立尽して見おくり申候。かゝるおもはぬ野道などにておもはずお目にかゝるやうの事あらば、とはかなき事申あひて帰り候ひしが、その時直《す》ぐに文さし出さんの心成しかど、猶その折はまける事のくやしくけふまで打置き候ひぬ。彦根の風に染まり給ひて都をうはの空におぼさばかつ弥様とは申まじ、馬場様はそのやうの情なき不実の御方にてある筈なければ、此頃打たえおたよりのなきも御いそがしさのまぎれに筆とり給ふ御いとまのなきなるべく、さらば

(1) 形代。身代り。

おしては願ふまじ、唯おのづからの御序にとのみを。猶々申上度こと海山、それは十二月御めもじのふしならでは尽すまじう、たゞ明くれ指をりてそのほどいつと待わたられ候。御なつかしく候かな。

かしこ
なつ

馬場様　御もとに

11　馬場孤蝶から樋口夏子宛（抄）　明治二十八年十月十一日

弱り行く虫の音、風のけしきのうらさびしき、さては、やう〳〵緑あせ行く山の端《は》のすがたなど秋の哀は一日にまさりて、都恋しき今朝のほど、羽織袴に身を堅めて制帽片手に宿を走り出むとする刹那に、御意《こころ》細かき心も解くるやうなる御言の葉に接し只々あッと恐れ入り候《さうらふ》。御無音(2)は御互様の事、御詫も仕るまじく別に御挨拶には及ばず、ましてや彦根の風に

〔編者解題〕書簡（10）に対する孤蝶からの返信。「都恋しき今朝のほど……只々あッと恐れ入り候」というくだりからは、一葉の手紙を受け取った孤蝶の驚きと喜びがよく伝わってくる。孤蝶は一葉のリクエストに応え、「巻紙六枚をかさねて二枚切手の大封じ」（「水のうへ日記」明治二八・一〇・三一）のぶ厚い手紙を送る。

（2）便りを寄こさないこと。

そまりて都を忘れしかなどの御怨はさら〳〵御受け申上げがたく候、生憎《あいにく》や当時は善き吹かればゐのする風は無之、少しまごつくと噓《わらは》〔瘧〕病《やみ》(1)に取りつかれ候事に御座候。日々校舎の務に追はるゝとにはあらねど、破宿に帰りては気倦《う》み神疲れてぐずぐずにて時を空費し、筆取るも物憂く書読むも面白からず、思の外に諸方へも義理をかき候次第に御座候。去る九月廿九日の朝ははからず御高作『にごりゑ』を拝読、菊ノ井のお力さむの何処やら否《いな》確に御手許(2)の御化身《けしん》にはあらぬやとまでに驚かれ、大に感動仕り候。承る所に依れば、他にも追々御傑作御披露の御約束も有之候よし、只々御筆硯の万歳を祝し奉り候。『私の様なものが何うなりますものか』など、さう〳〵やたらには仰せられまじく候。小生は毎日生徒を相手におとなしく教務に服し居り候らへども休日になると、巣《す》口《ぐち》を飛び出したる銕砲玉の如く瀛車に乗るか、膝栗毛《ひざくりげ》(3)かにて思のまゝに走りまわり申候。先月廿二日は午後二時より宿を出で中仙道鳥居本といふを経て磨鍼嶺《スリハリ》に登りて、湖光万頃翠《ばんけいすい》

(1)『源氏物語』若紫巻の光源氏の病いを踏まえるか。

(2) あなたさま。

(3) 徒歩のこと。

巒《らん》に映ずる(4)を見、竹生《ちくぶ》(5)、多景《たけ》の島々、湖北の山々の画けるやうなるに見とれ候ひき。越へて廿三日は午前八時二十三分の列車にて大津へ行き、夫れより粟津の松林の間を雨に過ぎて、秋雨やう〳〵やみし頃、石山寺に紫式部が昔を忍び(6)近くは藤村が此わたりにさまよひし頃のことを思ひ出でゝ、こゝにも亦都路恋しき心は起り候ひき。見晴しよき台上の腰かけに休らひて眺むれば、瀬田川は滔々として流れたるに唐橋の組み上げたるやうに架せられたる、三上《みかみ》の山、比良の峯、の満々たる湖濤《こたう》(7)をさしはさむで静に相対したる、つきぬながめなるべしなど心に賞して山を下り、三日月屋といふがはなれ家の川に沿ふて立ちたるにしばし憩《いこ》ひて鯉の指〔刺〕身の鮮なるを食へり、蛍谷のほとりにて車夫のしきりに乗車をすゝむるに遭ひて、やがては草津までもと心掛けし計画をこゝにて変じ、車夫の案内にまかせて義仲寺《ぎちゆう》へ向ふ。膳所《ぜぜ》と大津との間の町内にある寺なり、粟津と聞きしかば知れざりしも無理ならぬ事と思ひて門を入るに、俗なる堂宇の多く建られたるは

(4) 広い湖の水面にみどり色の山が映し出されていること。
(5) 琵琶湖の北部にある風光絶佳の島。
(6) 紫式部が湖に映る月光を見て『源氏物語』の構想を得たとされる。
(7) 大波に満ちた湖。

惜むべけれど蕉翁の墓はさすがに物寂《さ》びたり、方七尺ばかりの石垣の中に大なる天然のまゝの台石ありて其の上に大凡《おほよそ》二尺ばかりもあらむか  此の如き形の墓標あり、数株の蕉葉はこれを盍〔蓋〕ふやうに後より生ひ出で右の方には、一株の萩の花の今日をさかりと咲き出たるが、雨の名残を露と宿して、こぼるゝばかりにたはみたる、『一ツ家《や》に遊女も寝たり(1)』とや詠ぜられけむむかしのことも思はれて、我を忘れて立ッ事之を久うし候ひき。それよりは三井寺に登りて、湖景の浩蕩《こうたう》(2)たるをながめ、月夜に鐘をつきしといふ狂女の上、さては又三井寺の門叩かばやといひし俳叟《そう》(3)の上などに思を馳せ、名物の大津絵(4)など買ひ求めて高観音に登り、道を問ふて逢坂山(5)を横切り、関大明神といふ蟬丸の宮に詣づ、宮は、銕道のトンネルの通り居る山の方にあり、落葉、散りしく、境内のさま、古寂、幽邃《いうすい》(6)、そゞろに詩仙の祠《ほこら》たるに恥ぢず、神様はかくありてこそなど下らぬ理屈を心の内にくり返して、大谷停車場にて滊車待ツ間のすさびに端書をさし上げ

(1)「奥の細道」にある芭蕉の句「一家に遊女もねたり萩と月」。
(2)広大なこと。
(3)元禄四年、芭蕉が義仲寺で作った「三井寺の門たたかばや今日の月」の句。
(4)大津の追分、三井寺辺で売り出されていた民衆絵画。
(5)大津市南部にある東海道の坂。歌枕。
(6)景色などが物静かで奥深いこと。

しにて候ひき。帰途はうら悲しき秋の野中を車にゆられて宿へは八時頃帰り着きぬ、去る廿九日は九時頃より湖畔をたどりて長浜へ向ひ候ひしが、途上の光景なかなか面白きもありき。磯山といふに近きほとりにては、繁りたる葦のなかを分け行くやうに道はつけられたり、漁舟《いさりぶね》のあし間がくれのみぎわにつながれたるなど、ことに面白く候ひき。湖の波はなか〳〵に高く候て、恰も鎌倉あたりの波位は平常にても有之候、長浜までは大約《およそ》四里半、四時頃帰着、三成《みつなり》の城跡沢山《さわやま》といふに登りて湖景の美しきを賞し、宿には七時頃帰り着き候ひき。

〔中略〕

毎度ながら御手紙の御言の葉は我等如き世間見ずは魂ゆらぐばかりに御座候、余りにお調子のよろしく候ては、それがしとても人間なれば、いかなる狂の出で来ずとも限り難かるべし、其の時知らぬとは仰せられまじき御義理ならむかと存ぜられ候らへば、まづ余りにそれがし如き田舎者をばおだて給ふな、此暮には是非〳〵上京の上、いろ〳〵御礼可申上候。

さても恐しきは君が筆ならずや、大音寺前(1)を捉《とら》へ、丸山の光景(2)を使ひ、此次は何をか写し給ふべき、追々おはちが我々の方へも廻り来べきかと恐ろしく候、お力さむとやらは如何にも活て居るやうなる心地致し候、何と云ふても、文芸倶楽部第九編の白眉は御高作『にごりゑ』なるべく、驚く可きは小倉山人と残花先生との小説(3)に候、銭が欲しければ此んな物までも書くかと、悲しきやうなる心地も致し候ひき、如何にしても老朽の士はだめなるべし、盛春妙齢の御許様(4)などます〱御奮発なされ度くと只管《ひたすら》祈上候。あらもの屋の御計画は左迄さしかゝりて御急ぎにならずとも宜しかるべく、まづ、其御暇に御高作をどしどし御見せ被下度、希望の至に御座候。君は頗ぶる神経質な御方なりと聞く、度々差上候手紙の中、不注意なるそれがし或は無礼の言、不当の語少なしとせざらむ、それらは常に生が悪意より出しにあらざるを信じ給はらむことを願ふ、此の手紙の中にも二三失敬なる事あるやも知れねど、それをぬり消すも返りて悪るかるべしと存じ、此

(1) 吉原遊廓裏手に設定された「たけくらべ」の舞台。
(2) 「にごりえ」のモデルとなった新開地。
(3) 「にごりえ」と同時に掲載された小倉山人「老書生」と戸川残花「たのむ木蔭」のこと。
(4) あなたさま。

まゝにて指〔差〕し上げ候間、悪からず御推読あらむ事を願上候、孤蝶いかでか恩に報ゆるの道を知らでやあるべき。
敬具

十月十一日夜
勝　弥

おなつ様

御北堂様并《ならび》に御令妹へ末ながら宜しく御鳳声願上候

12　斎藤緑雨宛　明治二十九年一月九日

〔編者解題〕秘密厳守の約束と筆（手紙）か口頭（訪問）かを問い合わせる緑雨の初書簡が一葉のもとに届いたのは、明治二九年一月八日。一葉は見事な筆跡で秘密の厳守と手紙による交際に応じた。

御ふみ拝し参らせ候《さうらふ》。御親もじの御意、身にあまりて有がたく、人には得こそもらすまじく候まゝ、ひたすら御申し聞け願度《ねがひたく》たゞちに参上御ひざもとにてと飛たつ様に存じ候へど、男ならぬ身なれば、さるかたに御見ゆるし御教へのいたゞかれ候やう神かけねんじまゐらせ候、お返事のみを。

あら〳〵かしこ

なつ

一月九日

斎藤様　御前に

13　斎藤緑雨から樋口夏子宛　明治二十九年一月九日

おそく帰り候処、御返書参り居り拝見いたし候《さうらふ》、さらば我が思ふよし遠慮なく可申上候、もとより筆にてと存じ候なれども、乍失敬御心入いかゞと存じ、わざと御尋ね申上たる事に候、凡そ人間の交りの上に於てためすなどゝ申すは甚だよろしからざる事ニ候、こゝに我れは実を吐いてまづ御侘〔詫〕び申上置候。さてこれより「二つ三つ」の本文に候へども、女性に対し甚だ申にくき事を申すにて候へば、無論失礼は覚悟の上に候、尤も礼とは一種の規則に有之、飾るを以て礼とは心得不申、おもひ切つて飾らざるわが言葉の裡《うち》に何ものか

〔編者解題〕書簡(12)を眼にした緑雨が書いたかなり長文の手紙。一葉の存在は「武蔵野」時代から知っていたが、「たけくらべ」「ゆく雲」以降、筆が格段に上がったこと、題材では「わかれ道」は「にごりえ」より上だが、「みだれ(濫れ)」の傾向があることなど率直に述べている。後者は「めさまし草」(明治二九・一・三一)掲載の評文「金剛杵」にも見える。文面からは彼の孤立感とともに、後進の

探りあて玉ふ所あらば幸ひと存じ候。ことさらに君と呼び申候、君が名は改進(1)成しかむさし野(2)成しか忘れたれど、我れは早くより承知致し居、其後「たけくらべ」「ゆく雲」等をよみて（但全編通してにはあらず）多分御同人と推し、其筆のいたく上り給へるに驚き候。「にごり江」出で、御名の余りに評論界にかしましきにより、われも窃かに注意致居候処、「わかれ道」に至つて昨日の如き書面をさし上ざるを得ざる次第と相成候、何となれば「わかれ道」に於ては明らかに御作の漸くみだれんとするの（乱にあらず寧ろ濫《らん》也）傾向あるをみとめ得らるべく候。どことさす事は今暫らく見合すべく候へども、「にごり江」に比して数等の下に居り候。人は「にごり江」を殊の外とりはやし候へども、われは寧ろ材は「わかれ道」の方まされりと存じ候にも拘らず、今の評論界と申すは一トロにいへばめくらの共進会に候、実際的批評すたれて科学的批評のみ行はれ居り候。世間の事何も知らず、たゞ本で覚えた理屈に無理に当てはめて初めて成るほど、合

女性作家一葉への励ましも見られる。

（1）「改進新聞」。「別れ霜」が掲載された。

（2）「武蔵野」。創刊号には緑雨も戯文を寄せていた。一葉の「闇桜」「たま襷」「五月雨」が掲載された。

点致すやうの連中のみに候、か丶る連中にほめられ候とて何ほどの事か候べき。われを以ていはしむれば、「にごり江」の評判よきはかれ等が夢にも知らざる事実を組合し給ひたれば、大半はそれにうたれて他は評したくも評すべき力なき故に候。力なきと申よりは評すべき気がつかぬのに候。我れも「にごり江」には感服いたし候へどもかれ等とは殆ど反対の点に於て感服いたし候。此辺猶大に申べき事有之候へども、議論に渉《わた》りて長く相成候ニ付、省き申候。御作のみだれんとするの原因についてわが疑を短刀直入に申し候へば、君が多少かれ等の批評に心ひかされ給ふ所あらずやとの事に候、さる弱々しき御こゝろにては候まじけれど、たとひかれ等がほめ候とも、くさし(1)候とも、一向眼にも目《ママ》〔耳〕にも入れ給はぬがよろしく、ただ君が思ふ所にまかせてめくら共に構はずマツすぐに進まれん事をわれは希望致候。斯くの如くにして出来そこなひ候とも、決して耻には候はず、なまじひなる議論に心とめてわれと我れをいぢくり廻し候こそ、却《かへつ》て耻と

(1) 批判する。

存候、約言すれば直往(2)し給へとばかりには候へども、これ実にわれの君につげんと存候第一に候。猶すゝみて御身の上に及び候、但し此だん〔談〕は風説のまゝを申すなれば、真偽はしらず候、決して我れが悉く真事実とおもひて申すとはおぼし召給はるまじく候。嘗て君が浪六(3)のもとに原稿を携へ行き給ひしとの事をきゝて、われは君が考への頗る異なるに不審の眉をひそめ候。此事は今申さゞるべし、其後聞候へば、君がもとに文人と称するもの大分入込み候よし、勿論深く御交際あるには候はざらんが、望むらくは夫等の輩は断然逐ひ払ひ玉はんかた御為と存候、いづれ参りても疎な事を申すにては候はざるべく、われより察し候へば、多分夫れ等は世辞転〔軽〕薄の少々も並ぶるに過ぎずと存候。訪問と申す事は利己か利他の二つを出でず候へども、それ等のは利己でもなく利他でもなく唯おもしろづくにまぜつ返しに参るばかりニ候、其証拠ハ君が家に行きて菓子をこひしに、妹御が金花糖をもとめて参られたりなど申すことまでも翌日は直ぐに風聴

(2) わき目をふらず、真直ぐ進むこと。

(3) 村上浪六。奴の任侠物を描いた撥鬢小説で知られる。

しあるくを以ても明らかに候。此ほど中より君をおとづるゝものに碌な奴なしと申す事はわれは断言するに憚からず候、半名はみな存じ居候、われが君を訪ふ事を好まずと申候も、半ばは此故に候。友は無かるべからず、心ある人々と道など語り合はし給ふは妨なし、称へのみは文人にて俗人にも劣れる（文人のいやしきは俗人のいやしきに劣り候）奴共の相手をし給ふには及ばず、よき事は少しもいはで、あしき事のみ伝へ候、チト厳めしく見せ候へば、話しするにもふるへ候ほどのしろ物たちなれば、頓着なくはねつけ給ひてやくざ共の余り参らぬやうになさるべく候、やがて何かに思ひよらぬあやまりを背負玉ふ事あるべくと君が心の底はしらず候へども、われは察し申候。われは常に孤立致し居候のみならず、作家は必らず孤立すべきものと考へ居候。異方面の人に会ふはおもしろく候へども、御宅へ此ごろ参り候やうなるやくざ文人などに取まかれ候は、何の益もなく害あり候、われはやくざ共の受けよろしからず、種々の悪名を山の如く負ひ居り候へども、少しも構はず、たとへるも如何なれど、仏は頭に鳥の糞かゝり候とも、仏たる事をうしなはず、鳥の糞は一時にてわれさへ取合はずば雨が来て洗つてくれ申候、君が今やくざ共をはねつけ給ふによりて、かれ等が何と申さうとも、さる事は御懸念《けねん》に及ばず精々御遠ざけあるべく候。やくざ共の唱ふる風説一二にして止まらず、果は何がしは君に結婚の事をすゝめに参りたりの、君は君よりも想の低き何がしと其約ありのと、人間の大事までもよくもきはめず風聴(1)致居候、われは此風説の内申度箇条少々あれど、まことか嘘かの分を分きかね候まゝ、こゝには記さず候、さし当る所はまづ以上の二件に候。おそらくは君が文界の内状など知り給ふまじければ、瑣細の事とおぼし召さんも知れず候へども、われの考へ候ところにては、等閑《なほざり》(脱文あり)最後に御断り申置くことは、今の評者をめくらと申し文人をやくざと申候とて、何等の恩怨あるには無之、唯君が為に打割つて申までに候へば、怪しみ給はざらん事を祈り申候。のこれるハ其内折を得て可申上候。

(1)　一八七頁参照。

性根すわらぬやからの万一にほひをかぎて何かと申さんもわづらはしければ、御書面お返し申上置候。御誓言ありたれば御疑ひ申す次第には候はねど、わが昨日の書面も、この書面も、御覧後御序《ついで》に御戻し下され度候、この書につきては御判断は君にある事に候へば、御返事には及ばず、わが書面だけ封じて御送り下され候へば、其封筒はもとより火中いたすべく候。只今夜二時の鐘をきゝ申候、名代の悪筆乱筆順序立てゝ記したるに候はねば、よろしく御判読ありたく候〔いつかは御目にかゝる事の全く無きにも候はざるべければ、こまかくは其折になりとも〕(見せ消ち)

九日夜　　　　　　　　　　　　　　　　緑　雨

一葉様

資料篇――回想・作家論

一葉全集　序

斎藤緑雨(1)

一葉女史、樋口夏子君は東京の人なり。明治五年三月廿五日を以て生る。歌を善くし、文を善くし、兼て書を善くす。其初めて筆を小説に下したるは、明治廿五年二月なり。こゝに小品とゝもに、集むるもの廿四篇、別に通俗書簡文の著あり。明治廿九年十一月廿三日、病を得て歿す、歳二十五。

(明治30年6月『校訂一葉全集』博文館)

故樋口一葉女史

幸田露伴[2]

○故《こ》樋口《ひぐち》一葉《いちえう》女史は一見した所、先づ薄皮立《うすかはたち》の締《しま》つた、聡明《りかう》そうな顔した人であつた、敢て醜《みにく》いと云ふ程ではないが、去りとて非常な美人ではなかつた、寧《むし》ろ妹の方が顔立《かほたち》は好《よ》かつたやうに思ふ、

○其れから又応対《おうたい》が巧《たく》みであつた、進退動作《しんたいどうさ》節《せつ》に合《がつ》して決して人を反《そ》らさない、是迄の生涯《しやうがい》が如何に辛労《しんらう》の生涯であつたかは是に拠《よ》つても察《さつ》せられる、婦人で少し学問でもある者は漢語《かんご》などを殊更《ことさら》に交《まじ》へ至極生意気臭《なまいきくさ》いものだが、女史に於ては決して、そう云ふ事はなかつた、能く消化の出来た言葉付《ことばつき》であつた、

○女史は其名の世間《せけん》へ高まつてからは勿論《もちろん》、其前から殆ど独力で家を支えて居た、婦人の手一つで家を支えんとするは随分《ずゐぶん》の重荷《おもに》故《ゆえ》女史も少なからず苦んだに違《ちが》いない、其苦心の跡《あと》は当時の女史が日記を見れば歴々《れき〱》として明かなる事である、

○此様《このやう》に別に資産《しさん》と云ふ物の無き人が、妹や母を支《さゝ》えつゝ其名を成《な》すまで遣《や》つて来《き》たのは、中々《なか〱》一通《とほり》や二通でなかつたに違《ちが》いないが、然《しか》し其少なからざる苦心をする中に又種々《いろ〱》の人情《にんじやう》にも接《せつ》し、世態《せたい》にも通じ、竟《つひ》に之を其文字の上に顕《あらは》すを得るに至つたのである、

結局《つまり》之を別言すれば其悲しむべき閲歴其物が大に女史の才を養ふに補ひがあつたのである、

○余は女史の小説に就ては、たけくらべを読むまでは余《あま》りに多く感服せなかつた、然し之を読んで少なからず尊敬の念を起したのである、其事は当時発刊《はつかん》された目《め》ざまし草《くさ》に長く書いて置いた、

○余が女史に面《めん》したのは至つて僅《わづ》かの時間故、其性質の如何《いかん》までも深く立入つて研究《けんきう》する事は出来《でき》なかつたが、負けぬ気の、物に耐へる力ある、冷澹ならざる——然しながら人を腹の中で批評し得ぬ程馬鹿でない人である事は知られた、

○女史の父は官員かなどであつたから其生《い》きてる中は困《こま》らなかつたが、死《し》んでから酷《ひど》く困《こま》つたのである、格別高等の労働口《らうどうくち》もないから、裁縫をしたり、小商売などをして暮して居たやうである、

○何時頃《いつごろ》の事か判《わか》らぬが、女史は斯る貧苦の中から上野の図書館へも往《い》つて本を読んで居たやうである、其事は女史の日記に書いてある、

○余が女史のたけくらべに就いて深く感じた点を述《の》ぶれば第一描写《びやうしや》が如何にも巧みで、鮮明《せんめい》である、観察《くわんさつ》が行届《ゆきとゞ》いて居る、機知《きち》がある、刺激力《しげきりよく》が強《つよ》い、之が強《つよ》いのは事実《じゞつ》が小《ち》さくても観察描写《びやうしや》が甘《うま》いからだ、言語が多く具体的《ぐたいてき》に為つて居る、無効《むかう》に筆《ふで》を使用しあ

る部分が少ない、一切《さい》に対して聡明《そうめい》な面も趣味《しゆみ》ある筆で総《すべ》てを描《ゑが》いて居る、故に他人が描けば何にもならぬ物が此人の才で描けば其れが活動して頗る面白く活躍して見えるやうに為つて居る、

○明治の婦人文学者では先づ第一であらう、徳川氏時代より云ふも女詩人《ぢよしじん》としては此人の上に出るものはあるまい、

○勿論《もちろん》婦人に文才ある者もあるが、其多くは月謝《げつしや》が化《ば》けて来《き》たやうな者（月謝を払つて出来て来た）であるが、女史のは然らず全く其優《やさし》い心と、烈《はげし》い抵抗力《ていこうりよく》と、血《ち》や涙《なみだ》を以て、実世間《じつせけん》を写した物である、そこで人を動かすの力がある、別言《べつげん》すれば女史の文は血や涙や汗の化けたのである、世上多くの婦女子の文は父の恩《おん》、母の恩、月謝の恩が化《ば》けたのであるが、女史のは其《そ》れが決してそうでなかつた、是が大に女史の女史たる所以《ゆえん》である。

○女史は尚ほ自《な》ら文学を以て大に進まんとして居た、然るに中年に歿《ぼつ》したのは如何にも遺憾なる事である、

○女史が最初手《はじめ》にしたのは、半井桃水《なからゐとうすゐ》、村上浪六等の著作であつた、然るに其後長足《ちやうそく》の進歩をした、余をして忌憚《きたん》なく言はしむれば、文学界と接近した時代《じだい》から女史は著るしい進歩の傾向《けいかう》を有《も》つたのである、

○先づ最大傑作《けつさく》は、たけくらべ、十三夜、等であらう、

○女史は向島へ友達と連だつて花見に来た時代から既に文才があつたやうである、其頃の日記を見ると之が知《し》られる、感ずべきは如何にもそれを楽《たのし》んで書いたやうに見える点《てん》である、是が実に詩《し》の人たる所以《ゆえん》であると思ふ、

（此一篇は幸田先生の特に本誌の為めにせられし談話に係る文責一切記者にあり）

（明治37年7月「成功」）

一葉全集の末に（抄）

馬場孤蝶(3)

一葉君《いちえふくん》が住《す》んで居《ゐ》た下谷《したや》龍泉寺《りうせんじ》町《まち》――大音寺《だいおんじ》前《まへ》――の家《いへ》は三百六十八番地《ばんち》であつたさうだ。彼《あ》の辺《へん》も大分《だいぶ》変《かは》つたらうから、今私《いまわたし》の記憶《きおく》をたどつて書《か》いて見《み》た所《ところ》が役《やく》に立《た》つか何《ど》うか分《わか》ら無《な》いが、当時《たうじ》京《きやう》一の非常門《ひじやうもん》の少し手前《てまへ》から先《さ》きは、路《みち》がお歯《は》ぐろ溝《どぶ》に沿《そ》つて居《ゐ》て、左側《ひだりがは》には家《いへ》がホンのチラホラしきや無《な》かつた。何《なん》だか葭簾《よしず》囲《がこ》ひのやうな小屋《こや》もあり、駒寄《こまよ》せみたやうなものゝある空地《あきち》もあつたやうに思《おも》ふのだが、一葉君《いちえふくん》の家《いへ》はお歯《は》ぐろ溝手前《どぶでまへ》の角《かど》まで行《い》か無《な》いうちの左側《ひだりがは》で、角《かど》から四辻《よつつじ》の交番《かうばん》の方《はう》へ一町《ちやう》とは寄《よ》ら無《な》い所《ところ》であつたやうだ。一葉君《いちえふくん》の書斎《しよさい》とでも云《い》ひさうな所《ところ》は、奥《おく》の三畳位《でふぐらゐ》な所《ところ》で、その西《にし》が

中庭《なかには》のやうな空地《あきち》になつて居《ゐ》たやうであつた。商売《しやうばい》は荒物《あらもの》と駄菓子《だぐわし》を売《う》る重《おも》に子供相手《こどもあひて》のものであつた。令妹《れいまい》は客扱《きやくあつか》ひの片手《かたて》に廓内《かくない》の針仕事《はりしごと》を引受《ひきう》けた。商品《しやうひん》の買《か》ひ出《だ》しには一葉君自身《いちえふくんじしん》で出《で》た。多町《たちやう》へ初《はじ》めて行《い》つた時《とき》の話《はなし》は、一葉君自身《いちえふくんじしん》の口《くち》から聞《き》いた所《ところ》では『何処《どこ》でも姉《ねえ》さんと呼《よ》びかけられる。自分《じぶん》は妹《いもと》より外《ほか》の人《ひと》から姉《ねえ》さんと呼《よ》ばれたことは滅多《めつた》に無《な》いのだから、何《なん》だか他《ほか》の人《ひと》のことでは無《な》いかと、ともすれば四辺《あたり》が顧《かへり》みられた』『羽織《はおり》を着《き》て行《ゆ》くと、人《ひと》が不思議《ふしぎ》さうに見《み》ていかぬので、次《つ》ぎからは、羽織《はおり》を着《き》ずに、商品《しやうひん》の箱《はこ》を背負《しよ》ふやうに為《し》た』といふのであつた。一葉君《いちえふくん》は又斯《またか》うい ふ話《はなし》もした、『年《とし》の暮《くれ》に、店《みせ》に小児《こども》が集《あつ》まつて話《はなし》を為《し》て居《ゐ》る。お正月《しやうぐわつ》になつて二十銭《せん》か三十銭《せん》あると金儲《かねまうけ》が出来《でき》るがなアと云《い》つて居《ゐ》る。何《ど》うするのだと聞《き》くと、お宝《たから》を売《う》りに行《ゆ》くのだといふ。それで、売《う》りに行《ゆ》く先《さ》きはと云《い》ふと、俺等《おいら》は柳橋《やなぎばし》だとか、俺等《おいら》は公園《こうゑん》だとか、俺等《おいら》は数寄屋町《すきやまち》だとか、皆《みんな》それ〴〵盛《さか》り場《ば》に眼《め》を着《つ》けて居《ゐ》るのであつた』『或日《あるひ》、店《みせ》の前《まへ》へ乞食《こじき》が立《た》つた。店《みせ》で遊《あそ》んで居《ゐ》た小児《こども》が「出無《でな》いよ」といふと、「イヤ俺《おれ》は買物《かひもの》に来《き》たんだ」と云《い》つて、懐中《くわいちう》から穴銭《あなせん》か何《なに》かを出《だ》して塵紙《ちりがみ》を買《か》つて行《い》つた。大音寺前《だいおんじまへ》を去《さ》つてから一年程経《ねんほどた》つて、中島家《なかじまけ》の歌会《うたくわい》の時《とき》、貴婦人《きふじん》の中《なか》にまじつて歌《うた》を読《よ》んで居《ゐ》ながら、フト乞食《こじき》に物《もの》を売《う》つて有《あ》り難《がた》うございますと云《い》つたこともあつたと憶《おも》ひ出《だ》して、妙《めう》な心持《こゝろもち》がした』それから又《また》『何処《どこ》の人《ひと》だか知《し》らぬ男《をとこ》が来《き》て、紙入《かみい》れと袴《はかま》とを翌朝《よくあさ》まで預《あづか》つて呉れと云《い》ひ「行《ゆ》く先《さき》は何《ど》うせ貴方《あなた》がたの前《まへ》では申《まを》し憎《にく》い例《れい》の土地《とち》ですが、これも世間《せけん》で、為《し》方《かた》がありません。まア笑《わら》はずに置《お》てください」などと言《い》ひ訳《わけ》をして出《で》て行《い》つたこともある』といふ話《はなし》も聞《き》いたが、この話《はなし》を事実《じじつ》として考《かんが》へると、一葉君《いちえふくん》が半井氏《なからゐし》の門《もん》に入《はい》つたのは二十四年《ねん》の春《はる》であるし、二十五年《ねん》の秋《あき》と二十五年《ねん》の春《はる》とには一葉君《いちえふくん》の『うもれ木《ぎ》』と『暁月夜《あかつきづくよ》』とが雑誌《ざつし》『都《みやこ》の花《はな》』に出《で》て居《ゐ》たので、一部《いちぶ》の人々《ひとぐ》の間《あひだ》には一葉君《いちえふくん》の名《な》は知《し》られて居《ゐ》たらうから、その客《きやく》の方《はう》では一葉君《いちえふくん》の家《いへ》と知《し》つて、所持品《しよぢひん》を預《あづ》かつて貰《も》らつたのかも知《し》れ無《な》いのだ。以上《いじやう》の話《はなし》は皆福山町《みなふくやまちやう》の家《いへ》で聞《き》いたものなのだが、私《わたし》が一葉君《いちえふくん》に初《はじ》めて会《あ》つたのは『日記《につき》』にある通《とほ》り二十七年《ねん》の二月《ぐわつ》十二日《にち》、何《なん》でも雨《あめ》の上《あが》り切《き》らぬ日《ひ》であつた、西《にし》の戸《と》が引《ひい》てあつたやうに思《おも》ふ。一葉君《いちえふくん》は『殿方《とのがた》がお野掛《のがけ》でお出掛《でか》け遊《あそ》ばすのは、嘸《さ》ぞご愉快《ゆくわい》でございましようねえ』と云《い》つたやうな調子《てうし》で話《はなし》を初《はじ》めたが、やがて『師匠《しゝやう》の所《ところ》では、樋口《ひぐち》の荒物病《あらものびやう》だと皆《みな》さんが仰《お》つしやるんでございますが、妙《めう》な病気《びやうき》も有《あ》つたものではございませんか』と皮肉《ひにく》な顔付《かほつき》で一葉君《いちえふくん》は云《い》はれた。

一葉君《いちえふくん》が大音寺前《だいおんじまへ》を引払《ひきはら》はれたのは、小商《こあきなひ》の煩《わづら》はしさが厭《いや》になつたからで、決《けつ》して商《しやう》売《ばい》が不振《ふしん》であつたのでは無《な》いさうだ。

一葉君《いちえふくん》の文名《ぶんめい》が高《たか》くなつた二十八年《ねん》の暮頃《くれごろ》から、一葉君《いちえふくん》の閲歴《えつれき》に関《くわん》するさま〴〵な浮《ふ》説《せつ》が世《よ》に行《おこな》はれた。或《あ》る友人《いうじん》が、『一葉《いちえふ》さんは吉原《よしはら》でおでん屋《や》をやり、おツかさんは何《ど》の楼《うち》かの遣手《やりて》であつたといふやうな事《こと》を云《い》つてるものがあるさうだが、随分途法《ずゐぶんとはふ》も無《な》い噂《うはさ》では無《な》いか。第《だい》一彼《あ》のおツかさんが遣手《やりて》などになれる人《ひと》かなれ無《な》い人《ひと》か位《ぐらゐ》は一見《いつけん》しても分《わか》ることでは無《な》いか』と、大笑《おほわらひ》を為《し》ながら、私《わたし》に話《はな》したことがある。一葉君《いちえふくん》の大音寺《だいおんじ》前《まへ》の生活《せいくわつ》は『日記《につき》』にある通《とほ》りである。人《ひと》の噂《うはさ》など丶いふものは何時《いつ》でも先《ま》づ斯様《こん》なものなのだ。

（明治45年6月『一葉全集』後編、博文館）

一葉女史の日記に就て（抄）

半井桃水(4)

兼々《かねぐ》評判《ひやうばん》の一葉全集《えふぜんしふ》は、此《こ》の程博文館《ほどはくぶんくわん》から先《ま》づ前篇《ぜんぺん》が出版《しゆつぱん》された。その内容《ないよう》は今《いま》まで筺底《きやうてい》に秘《ひ》められて居《ゐ》た、故女史《こぢよし》の日記《につき》と文範《ぶんはん》とである。此《こ》の日記《につき》を一読《どく》すれば、女史《ぢよし》の短《みじか》い生涯《しやうがい》が如何《いか》に悲惨《ひさん》であつたかゞ充分《じゆうぶん》に窺《うかゞ》ひ知《し》られる。

私《わたくし》は当時《たうじ》の文壇《ぶんだん》に女史《ぢよし》を手引《てびき》した最初《さいしよ》の案内者《あんないしや》であつた為《た》め、従来《これまで》も女史《ぢよし》に就《つい》て、種々《しゆぐ》の質問《しつもん》を受《う》けた事《こと》もあり、二三の雑誌《ざつし》には女史《ぢよし》の性行《せいかう》を記述《きじゆつ》して、世人《せじん》の誤解《ごかい》を正《たゞ》さうと試《こゝろ》みた事《こと》もあつたが、先頃馬場孤蝶君《さきごろばゞこてふくん》が、読売新聞《よみうりしんぶん》に日記《につき》の一節《せつ》、而《しか》も私《わたくし》に関《くわん》する事《こと》ばかりを抜抄《ばつせう》されて以来《いらい》、一層《そう》激《はげ》しい質問《しつもん》を受《う》ける事《こと》となり、全集《ぜんしふ》の出《で》た後《のち》は、更《さら》に〳〵激《はげ》しくなつた。

一葉女史《えふぢよし》の日記《につき》が保存《ほぞん》されてある事《こと》は、広津柳浪君《ひろつりうらうくん》のお話《はなし》で知《しつ》た。慥《たし》か去年《きよねん》の夏《なつ》であつた。何《なに》かの序《つひで》に談《はなし》故女史《こぢよし》に及《およ》んだ時《とき》、柳浪君《りうらうくん》は真面目《まじめ》になつて、一葉《えふ》の恋人《こひびと》は正《まさ》しく君《きみ》であつたさうな、その事《こと》は日記《につき》の中《うち》に記《しる》されて居《ゐ》ると言《い》はれたが、私《わたくし》は女史《ぢよし》の為《ため》、辞《ことば》を尽《つく》して打消《うちけ》さうと試《こゝろ》みた。

全集《ぜんしふ》の前篇《ぜんぺん》が出来《でき》て、故女史《こぢよし》の令妹国子《れいまいくにこ》どのから、わざ〳〵お送《おく》り下《くだ》された後《のち》は、随分《ずゐぶん》諸方《しよはう》から種々《しゆ〴〵》の書面《しよめん》を受取《うけと》つたが、就中《なかんづく》私《わたくし》と多年《たねん》親《した》しく交《まじ》はつて居《ゐ》る一友人《いうじん》の如《ごと》きは、斯《こん》な穏《おだや》かならぬ手紙《てがみ》を寄《よ》せた。

一葉日記出版《えふにつきしゆつぱん》の事承《ことうけたま》はり取敢《とりあへ》ず借覧候処《しやくらんさふらふところ》明治《めいぢ》の清女《せいぢよ》とた、へられし女史《ぢよし》は正《まさ》しく恋《こひ》に死《し》したるものと断言《だんげん》するに憚《はゞか》らず候《さふらふ》而《しか》もその下手人《げしゆにん》が吾兄《ごけい》なるに至《いた》つては一驚《きやう》を喫《きつ》し申候《まをしさふらふ》不日参上《じつさんじやう》当時《たうじ》の御感想《ごかんさう》も伺《うかゞ》ひ度《た》く併《あは》せて御馳走《ごちそう》に預《あづか》り可申《まをすべく》候間《さふらふあひだ》予《あらか》じめ御用意《ごようい》置《お》き被下度候《くだされたくさふらふ》と。

人間《にんげん》の通《とほ》り相場《さうば》五十を越《こえ》た私《わたくし》が、此《こ》の節《せつ》は冷《ひや》かされ脅《おびや》かされ、イヤハヤさん〴〵の仕《し》合《あは》せである。

此比《このひ》類《るゐ》なき秘書《ひしよ》が感情熾烈《かんじやうしれつ》なる女作家《ぢよさくか》の忌憚《きたん》なき告白録《こくはくろく》として、人生《じんせい》に対《たい》する偽《いつは》らざる観察誌《くわんさつし》として公刊《こうかん》せられたる上《うへ》は、関係深《くわんけいふか》き私《わたくし》が、多《おほ》く書《か》ゝれて居《ゐ》る、私《わたし》が如何《いか》に女史《ぢよし》を見《み》て居《ゐ》たか、また如何《いか》に取扱《とりあつ》かつたかを、参考《さんかう》として記《しる》さる事《こと》も、強《あなが》ち無益《むえき》ではないと信《しん》ずる。

私《わたくし》は何人《なんぴと》に対《たい》しても、故女史《こぢよし》とは親友《しんいう》であつた、言得《いひう》べくんば兄妹《きやうだい》であつたヨリ以上《いじやう》の何事《なにごと》もなかつたと、常《つね》に明言《めいげん》して居《ゐ》たのである。私《わたし》は少《すこ》しでも女史《ぢよし》の胸中《きようちう》を窺知《きち》して居《ゐ》ながら、偽《いつは》り飾《かざ》つた訳《わけ》ではない、実際女史《じつさいぢよし》の心《こゝろ》には恋《こひ》てふもの、影《かげ》だにも映《うつ》る事《こと》を許《ゆる》されないと確信《かくしん》して居《ゐ》たのである 夫《それ》ゆゑ一二の文士《ぶんし》に付《つい》て女史《ぢよし》が恋物語《こひものがた》りを伝《つた》へられた時《とき》も、私《わたくし》は一笑《せう》に付《ふ》し去《さつ》て、斯《かう》いつた事《こと》を覚《おぼ》えて居《ゐ》る 女史《ぢよし》は恋《こひ》を歌《うた》ふ人《ひと》で、実行《じつかう》し得《う》る人《ひと》ではない女史《ぢよし》は恋《こひ》を理想化《りさうくわ》せしめたいと力《つと》める人《ひと》で、同時《どうじ》に理想《りさう》の恋《こひ》は歌《うた》ふべくして実現《じつげん》せぬといふ事《こと》を知《し》りぬいて居《ゐ》る人《ひと》であると。私《わたくし》は日記《につき》に書《か》ゝれて居《ゐ》る女史《ぢよし》の文《ぶん》を見《み》て、初《はじ》めて女史《ぢよし》が理想《りさう》の恋《こひ》の研究材料《けんきうざいれう》の一部分《ぶぶん》に使《つか》はれて居《ゐ》た事《こと》を知《しつ》た。それより以《い》前《ぜん》は何事《なにごと》も一切《さいし》知らなかつたといふ外《ほか》はない。

（明治45年8月「女学世界」）

女としての樋口一葉（抄）

平塚らいてう(5)

一葉になほ多くの年齢《よはひ》を与へて現代に生存せしめたらばどうだつたらう。彼女は変つたらうか。

私の見る処では一葉はさう大して変れない人間のやうだ。急激な心的革命の得られる人ではない。屹度《きつと》婦人の自覚問題や、新しい女などには寧《むし》ろ没交渉で生きてゐるに相違ない。何《な》ぜなら彼女は已にあまりに修養が出来てゐた。否、生れながらにして或程度迄修養の出来てゐる人間だつた。小さいながらも已にちやんと型にはまつた「完成された人」だつたから。

彼女に歌道の為めに尽さうといふ真面目な覚悟があつたことは既に言つた。

けれど小説を書くことに関しては彼女は生活の資料を得る以外何の意味も認めてなかつた。又作家としての生活がどれ丈価値あるものかといふやうなことも曽て考へても見なかつた。

只々親兄弟を養はむが為めであつた。親兄弟の為めに余儀なく筆を執つた一葉はなほも生活難に堪へないで親兄弟の為めに小商売を始めた。それは吉原近きとある乞食町だつた。

この間の生活は彼女が人生、社会に対する眼界を広め、経験を増さしめあはせて作家としての観方、態度を新にし、作品の上に一大進境を示させた。

彼女が一代の傑作「にごり江」「たけくらべ」「わかれ道」は即ちこの間の生活の産物である。

かくて一葉の名声、作家としての価値は動かぬものとなつた。けれど一葉にとつてはこれは全く偶然の結果に過ぎない。

一たび自分の名声が世に高まつて仕舞つたので、流石《さすが》に負け嫌ひの乗り出した舟ひく訳にも行かず、さてはとこゝに決心の臍《ほぞ》を固めたやうな次第なのだ。

実に彼女の天才を発揮させたものは、そして彼女の生命を明治文学史上に不朽にしたものは直接、生活の圧迫だつた。只々親兄弟大事と思ふ一念だつた。その深いいつくしみの情だつた。よく己れを捨てるものはまたよく己れを得るのだ。

けれど啻《ただ》に作家としてのみ認められることは、それがいかに紫清以後の女流文学の天才として万人の許す処であらうとも一葉の本懐ではあるまい。否、寧ろ彼女自身の与《あづか》り知らざる処であらう。

彼女の生涯は女の理想（彼女自身の認めた）の為め、親兄弟の為めに自己を殺したもの。其の価値は消極的の努力奮闘そのものである。

彼女の生涯は否定の価値である。

矢張《やは》り彼女は「過去の日本の女」であつた。

「誠に我れは女なりけるものを、何事の思ひありとてそはなすべきことかは。」

（大正元年10月「青鞜」）

私の考へた一葉女史（抄）

田村俊子[6]

弱《よわ》いものは常《つね》に率《ひき》ゐる一種《いつしゆ》の庇護性《ひごせい》とも云《い》ひ度《た》いやうな特質《とくしつ》が、ある期間《きかん》において女《ぢよ》史《し》を任俠的《にんけふてき》な強《つよ》いものに養《やしな》つてきたのは当然《たうぜん》であつた。女史《ぢよし》は此任俠的《このにんけふてき》な強《つよ》いある力《ちから》をもつて現実的《げんじつてき》に社会《しやくわい》の表面《へうめん》に打《ぶ》つ衝《つ》からうと云《い》ふ事《こと》を思立《おもひた》ちだした。自《みづか》ら投《とう》じた境遇《きやうぐう》とは云《い》へ一銭《せん》一厘《りん》の利益《りえき》の争《あらそ》ひにおど〱しい貧生活《ひんせいくわつ》にしばらく圧迫《あつぱく》された。女史《ぢよし》は、青《せい》春《しゆん》の血《ち》と共《とも》に漲《みなぎ》りきつた肉体《にくたい》の拡張力《くわくちやうりよく》と、自重自尊《じちようじそん》の驕慢的《けうまんてき》な心意《しんい》とでこの圧迫《あつぱく》を押《お》し退《の》けようと試《こゝろ》みだした。女史《ぢよし》の所謂《いはゆる》「うきよに捨《すて》もの、一身《しん》を何所《いづこ》の流《なが》れにか投《な》げこむべき、学《がく》あり金力《きんりよく》ある人《ひと》によりておもしろくをかしくさわやかにいさましく世《よ》のあら波《なみ》をこぎ渡《わた》らんとて」、即《すなは》ち久佐賀《くさか》何某《なにがし》と云《い》ふ山師的《やましてき》の易者《えきしや》のところまで相場《さうば》をやつて見《み》ようと云《い》ふので出掛《でか》けて見《み》る事《こと》もしたのであつた。

又三宅龍子《またみやけたつこ》が和歌《わか》の家門《かもん》を起《おこ》すと云《い》ふ事《こと》を和歌《わか》の師匠《ししやう》から聞《き》いて、その反感《はんかん》から同門《どうもん》の田中《たなか》なにがしを引《ひ》つ張《ぱ》りだして龍子《たつこ》の家門《かもん》に当《あた》るだけの別派《べつぱ》を立《た》てようと云《い》ふ様《やう》な事《こと》にも奔走《ほんさう》して見《み》たりした。彼方此方《あちこち》と独立《どくりつ》の伝手《つて》を求《もと》め、何《なに》か一事業《じげふ》の計画《けいくわく》を試《こゝろ》みやうとしてもがき出《だ》したが社会《しやくわい》の表面《うはべ》へ打《ぶ》つ衝《つ》かつて見《み》るとさて想像《さうぐ》したやうにいくら自分《じぶん》の身体《からだ》を投《な》げだして見《み》たところで其《そ》れを抱《かゝ》へ入《い》れるだけの空隙《くうげき》は何所《どこ》にも見《み》いだされないものである。今更久佐賀《いまさらくさか》と云《い》ふ者《もの》が山師《やまし》であつたと心付《こゝろづ》いて心《こゝろ》の限《かぎ》り罵倒《ばたう》するところなぞは、まだ〳〵女史《ぢよし》の多《おほ》く現実《げんじつ》に面《おもて》を向《む》けてゐなかつた木蔭《こかげ》の花《はな》のやうな可憐《しをら》しさを残《のこ》してゐるのだと思《おも》はせる。いきり立《た》つては見《み》たが無論筆《むろんふで》を捨《す》てゝ他《た》の途《みち》に就《つ》くと云《い》ふ様《やう》な良《い》い方法《はうはふ》も見付《みつ》からない。自然一度《しぜんいちど》取《と》り上《あ》げた筆《ふで》の先《さ》きに一切《いつさい》を打任《うちまか》せるより仕方《しかた》がないと云《い》ふところに女史《ぢよし》の考《かんが》へは又戻《またもど》つて来《き》た。創作《さうさく》にすべてを集注《しふちう》する為《ため》には矢《や》つ張《ぱ》り煩《わづら》はしい店《みせ》の商《あきな》ひを打捨《うちす》てなければならないさうして手広《てびろ》く小説《せうせつ》を書《か》かうと思《おも》ひ立《た》つた即《すなは》ち金《かね》の為《ため》には文《ぶん》は書《か》かないと云《い》ふ以前《いぜん》の女史《ぢよし》の主義《しゆぎ》も此究極《このきゆうきよく》した考《かんが》への前《まへ》には撤回《てつくわい》しなければならなくなつて来《き》た。実際《じつさい》と想像《さうぞう》との食《く》ひ違《ちが》ひがかうして女史《ぢよし》の主張《しゆちやう》と行為《かうゐ》とに矛盾《むじゆん》を生《しやう》じさせると云《い》ふ事《こと》に就《つ》いて女史《ぢよし》に明《あき》らかな憤懣《ふんまん》があつた。自棄《じき》な分《ぶん》子《し》の交《まじ》つた偏癖《へんぺき》な社会観《しやくわいくわん》はこの時《とき》から女史《ぢよし》の胸《むね》に宿《やど》り初《はじ》めたのであつた。人情紙《にんじやうかみ》の如《ごと》く薄《うす》くと、云《い》つた調子《てうし》の女史《ぢよし》の折々《をりく》の嗟嘆《さたん》は、社会《しやくわい》の表面《へうめん》へ出《で》ようとして其所《そこ》で幾多《いくた》の障碍《しやうげ》に出逢《であ》つた自分《じぶん》の弱《よわ》さを振返《ふりかへ》り見《み》る程度《ていど》をもつて世《よ》の中《なか》の強者《きやうしや》に対《たい》する反抗《はんかう》を一層高《いつそうたか》めたその叫《さけ》びであつた。

（大正元年11月「新潮」）

樋口一葉（抄）

長谷川　時雨(7)

秋《あき》にさそはれて散《ち》る木《こ》の葉《は》はいつとてかぎりないほど多《おほ》い。ことに霜月《しもつき》は秋《あき》の末《すゑ》である、落葉《おちば》深《ふか》からう道理《だうり》である。私《わたし》がここに書《か》かうとする小伝《せうでん》の主《ぬし》一葉女史《えふぢよし》も、病葉《わくらば》が秋の託言《かごと》に誘はれ、霜《しも》の傷《いた》みに得《え》堪《たへ》ぬように散《ち》つた世《よ》に惜《をし》まれる女《ひと》である。明治《めいぢ》二十九年《ねん》十一月《ぐわつ》二十三日《にち》午《ご》前《ぜん》に、この一代《だい》の天才《てんさい》は二十五歳《さい》のほんに短《みじか》い、人世《じんせい》の半《なかば》にやうやく達《たつ》したばかりで逝《い》つてしまつた。けれど布《ぬの》は幾《いく》百丈《ぢやう》あらうともただの布《ぬの》であらう。蜀《しよく》紅《こう》の錦《にしき》は一寸《すん》でも貴《たつと》く得難《えがた》い。短《みじか》い一葉女史《えふぢよし》の命《いのち》の生活《せいくわつ》の頁《ページ》には、それこそ私達《わたしたち》がこれからさき幾《いく》十年《ねん》を生伸《いきの》びようとも、とてもその機微《きび》にも触《ふ》れることの出来《でき》ないものがある。そして一葉女史《えふぢよし》の味《あぢ》はつた人世《じんせい》は苦味《にがみ》のあるものであつたらう。諦《あきら》めと負《まけ》じ魂《だましひ》との試煉《しれん》を経《へ》た哲学《てつがく》でもあつたらう。

信実《まつたく》のところ私《わたし》は一葉女史《えふぢよし》をいふまでもなく畏《ゐ》敬《けい》し推服《すゐふく》してゐたが、私《わたし》の性質《せいしつ》として何《なん》となく親《した》しみがたく思《おも》つてゐた。それは虚偽《いつはり》のない全《まつた》くの私《わたし》の思《おも》つてゐたことであつた、もし傍近《そばぢか》くに居《ゐ》たならば、チクチクと魂《たましひ》にこたへるやうな辛辣《しんらつ》なことを言《い》はれるに違《ちが》ひないといふようにも思《おも》つたりした。それはいふまでもなくそんな事《こと》を考《かんが》へるには、一葉女史《えふぢよし》の在世中《ざいせいちう》の私《わたし》ではない、その折《をり》はあまり私《わたし》の心《こゝろ》が子供《こども》すぎてただ豪《えら》いと思《おも》つてゐたに過《す》ぎなかつたから。四十五年《ねん》になつて故人《なきひと》の秘書《ひしよ》の日記《につき》が公表《おほやけ》にされてからである。（中略）幾度《いくたび》かその日記《につき》を繙《ひもと》きかけては止《や》めてしまつた。愛読《あいどく》しなかつたといふよりは実《じつ》は通読《つうどく》することすら厭《いや》なのであつた。それは私《わたし》の強度《きやうど》に弱《よわ》まつてゐた衰弱《すゐじやく》しきつた体《からだ》がもつ神経《しんけい》が厭《いと》つたのであつたことは知《し》れてゐるが、あの日記《につき》には美《び》と夢《ゆめ》とがあまりすけなくて、あんまり息苦《いきぐる》しいほどの切詰《きりつま》つた生活《せいくわつ》が露骨《あからさま》に示《しめ》されてゐるのを、私《わた》は何《なん》となく他人《ひと》から胸倉《むなぐら》をとられでもしたやうな切《せつ》なさに堪《た》へられぬといつた気持《きも》ちがして、そのため読《よ》む気《き》になれなかつたのであつた。

然《しか》し今《いま》はどうかといふに私《わたし》も年齢《よはひ》を年《とし》の上《うへ》に加《くは》へてゐる。そして、様々《さまぐ》のことから心《こゝろ》の盲目《まうもく》を少《すこ》しづゝ開《ひら》かれ、風流《ふうりう》や趣味《しゆみ》から判断《はんだん》したことの誤《あやま》ちをさとるようになつた。この折《をり》こそと思《おも》つて私《わたし》は長《なが》くそのまゝにしておいた一葉女史《えふぢよし》の日記《につき》を読《よ》むことにした。

すこしでもあれ親《した》しみを持《も》ちたいと思《おも》ひながら。で、

（お前《まへ》はそしてどう思《おも》つたか？）と誰《だれ》かにたづねてもらひたいと思《おも》ふ。何故《なぜ》ならば、私《わたし》は私《わたし》の狭《せま》い見解《けんかい》を持《も》つたをりによくこの日記《につき》を読《よ》まないでおいたと思《おも》つたことである。妙《めう》に拗《こじ》れた先入主《せんにふしゆ》があつては、私《わたし》はこの故人《ひと》をかう彷彿《はうふつ》と見《み》るやうに思《おも》ひ浮《うか》べることは出来《でき》なかつたであらう。よくこそ時機《とき》のくるのを待《ま》つてゐたと思《おも》ひながら、日記《につき》のなかのある行々《くだり〳〵》にゆくと瞼《まぶた》を引擦《ひきこす》るのであつた。それで私《わたし》にそのあとでの故人《なきひと》の感《かん》じはと問《と》へば、私《わたし》はかう答《こた》へなければならないやうな気《き》がするのであつた。

（蕗《ふき》の匂《にほ》ひとあの苦味《にがみ》）

　これこそほんとにお世辞気《せじけ》のちつともない答《こた》へである。ほんとならば私《わたし》の好《この》みは花《はな》に譬《たとへ》なければ気《き》がすまないのであるが、どうしても私《わたし》を頷《うなづ》かせない。四月《ぐわつ》のはじめに出《で》る青《あを》い蕗《ふき》の、あまり太《ふと》くない、土《つち》から摘立《つみた》てのを歯《は》にあてると、いひようのない爽《さは》やかな薫《かを》りとほろ苦《にが》い味《あぢ》を与《あた》へる。その二《ふた》つの香味《かうみ》が一葉女史《えふぢよし》の姿《すがた》であり、心意気《こゝろいき》であり、魂《たましひ》であり、生活《せいくわつ》であつたような気《き》がする。


（大正7年6月「婦人画報」）

姉のことども（抄）

樋口くに⑧

姉は歌はほんとうにすきで、いま別府にいらつしやる田辺夏子様は、同年で、中島門の姉弟子で御座いましたが、その方とはお親しくしました。その夏子様と一所に、もつと〳〵研究して、もつと〳〵深い所まで行きたいと思つてゐたのでしたが、いろ〳〵のことに追はれて自分の思ふ様のことはできなかつたのであらうと存じます。「短いもので最も自分の心をこめられるものは歌である」と考へてゐました。少しでも、間《ひま》があると、歌の本や物語ものをよんでゐました。物語では源氏。殊に源氏ではあの雨夜の品定めが、姉の最も好きなもので御座いました。小学校の時分、青海学校の先生が歌を一寸よんでゐたやうで、其影響ではじめたらしく、当時「筆」といふ題でよんだのに

ほそけれど人の杖とも柱とも思はれにけり
筆のいのち毛

といふのがあります。其時分から幾らかよむでをりましたが、極幼稚なものをかいてをつたやうに存じます。然し規則だつたテニヲハなどにかまはず、口から出るもの即ち歌

であるといつて随分勝手によんでゐたやうです。今のやうな自由な歌がよめる時代にをつて、自由によめましたら、もつと好い歌もできたらうと思ひますが、どうで御座いませうか。又貧しいので、手習のつもりか、短冊は大抵裏表に書いて御座います。

（大正11年12月「心の花」）

その頃の私達のグループ（抄）

三宅　花圃[9]

みそ萩《はぎ》の花《はな》が風情《ふうぜい》ゆたかにその椽先《えんさき》に咲《さ》きこぼれてゐた。

明治《めいぢ》十九年《ねん》十一月《ぐわつ》九日《か》のことであつた。

和歌《わか》の道《みち》に志《こゝろざし》をもつ当時《たうじ》の顕門《けんもん》の令嬢《れいぢやう》を網羅《もうら》した中島歌子《なかじまうたこ》先生《せんせい》の門《もん》では、その日《ひ》、小《こ》石川区《いしかはく》水道町《すゐだうちやう》十四番地《ばんち》紅屋《べにや》と二三軒《げん》しかはなれてゐない先生邸《せんせいてい》で月並《つきな》みの歌会《かくわい》を催《もよほ》した。

母《はゝ》が下田《しもだ》歌子《うたこ》女史《ぢよし》等《ら》の姉弟子《あねでし》として中島先生《なかじませんせい》に師事《しじ》した関係上《くわんけいじやう》私《わたし》も九歳《さい》の折《をり》から入門《にふもん》して其道《そのみち》にいそしんでゐたのであつた。

春《はる》の花壇《くわだん》に咲《さ》き揃《そろ》つた百花《くわ》の様《やう》にあでやかに居並《ゐなら》ぶ令嬢《れいぢやう》の中《なか》、私《わたし》の隣《となり》に席《せき》を占《し》めたのは、選歌《せんか》に詠進《えいしん》したり、当時《たうじ》のモダンガールの唯《ゆゐ》一の雑誌《ざつし》であつた女学雑誌《ぢよがくざつし》等《とう》に盛《さかん》に投《とう》稿《かう》したり、英語《えいご》をぺら〳〵しやべつたり出来《でき》る才物《さいぶつ》、江崎《えざき》まき子嬢《こぢやう》であつた。

私達《わたしたち》は五目寿司《ごもくずし》の御馳走《ごちさう》になつた。

その寿司《すし》を運《はこ》んだのはついぞ見《み》かけた事《こと》のないほつそりとした、小綺麗《こぎれい》な十五歳位《さいぐらゐ》の髪《かみ》の毛《け》のうすい娘《むすめ》であつた。すゝめられた五目寿司《ごもくずし》の盛《も》られた小皿《こざら》を、ふと見《み》るともなく見《み》るとこんな文句《もんく》が書《か》きつけてあつた。

「清風徐吹来」

何《なん》の気《き》なく江崎《えざき》さんと私《わたし》とがこの文句《もんく》をよみあげると、前《まへ》に坐《すわ》つてゐたその娘《むすめ》はさかしさうに瞳《ひとみ》を輝《かゞや》かしながら、何《なん》となく気《き》まり悪《わる》さうに小《ちひ》さな声《こゑ》で、

「水波不起」と突差《とつさ》の間《ま》につゞけたのであつた。これらは有名《いうめい》な赤壁《せきへき》の賦《ふ》の中《なか》の文句《もんく》である。若《わか》い娘達《むすめたち》は漢学《かんがく》よりも仏蘭西《フランス》、英吉利《イギリス》の学問《がくもん》を励《はげ》んだものであつた。それにもかゝはらずこの小娘《こむすめ》は何《なん》といふ小生意気《こなまいき》なことであらう。私達《わたしたち》は顔《かほ》を見合《みあ》はせて驚《おどろ》いたが、すぐ「これが、面白《おもしろ》い娘《むすめ》が入《はひ》つて来《き》ましたよと中島先生《なかじませんせい》が先日仰言《せんじつおつしや》つた新参《しんざん》の内弟《うちで》子《し》なのだ」とさとつた。

この娘《むすめ》が樋口《ひぐち》一葉《えふ》、その頃《ころ》の私達《わたしたち》の間《あひだ》の呼《よ》び名《な》をもつてするならば「なつちやん」なのである。

なつちやんは口数《くちかず》こそ少《すくな》い方《はう》であつたが、幼《をさな》い折《をり》から随分苦労《ずゐぶんくらう》をしてきてゐるので、非常《ひじやう》なお世辞者《せじもの》で、私《わたし》に非常《ひじやう》によくなついて度々《たび〴〵》遊《あそ》びに来《き》た。おしやれにかけては一向《かう》に無頓着《むとんちやく》であつた。私《わたし》が変《へん》な着付《きつ》けをしてゐると、なつちやんはひどい近眼《きんがん》であつたが、それでも目敏《めざと》く見《み》つけては衣紋《えもん》を直《なほ》してくれたり、髪《かみ》の乱《みだ》れを直《なほ》してくれたものであつた。

　なつちやんは私《わたし》をまるで姉《あね》か何《なに》かのやうにしたつて、恋愛事件《れんあいじけん》なども話《はな》してきかせたものであつたが、その態度《たいど》が非常《ひじやう》に素直《すなほ》でなくて、妙《めう》にねち〳〵としてゐて、前口上《まへこうじやう》が非常《ひじやう》に長《なが》く、なか〳〵要点《えうてん》をさらけ出《だ》さないくせがあつた。

　ある時《とき》、多分明治《たぶんめいぢ》二十五年頃《ねんごろ》であつたと思《おも》ふがなつちやんが私《わたし》の家《いへ》へやつて来《き》た。一時間位《じかんくらゐ》、しなを作《つく》つては散々《さん〴〵》しねくねしねくねとした揚句《あげく》、帰《かへ》る時《とき》に言《い》ひ出《だ》したのは、「あの、私《わたくし》、貴女様《あなたさま》の御真似《おまね》を致《いた》したいのでございますけれど、あの、私《わたくし》のやうな者《もの》がそんなおまねをしたいなどゝ申《まを》し上《あ》げるのは恥《はづか》しうございますわ……」とか何《なん》とかいつてその日《ひ》はそれで帰《かへ》つて行《い》つた。

　私《わたし》の真似《まね》といふのは原稿稼《げんかうかせ》ぎをするといふことであつた。当時私《たうじわたし》は、つまらない物《もの》を書《か》いては雑誌《ざつし》などにのせたり、また最近《さいきん》には、金港堂《きんかうだう》から出版《しゆつぱん》したりしてゐた。貧《まづ》しいなつちやんにしてみれば、こうしたなりはひは濡《ぬ》れ手《て》で粟《あわ》を摑《つか》むやうなぼろい金《かね》もうけの方法《はうはふ》と思《おも》へたのかもしれない。

私《わたし》はなつちやんの文才《ぶんさい》を認《みと》めてゐたから、すぐに私《わたし》の知《し》つてゐる限《かぎ》りの出版業者《しゆつぱんげふしや》へなつちやんが進出《しんしゆつ》する道《みち》を拓《ひら》いてわたりをつけてあげたことであつた。

（昭和6年1月「婦人サロン」）

伝記物語　樋口一葉（抄）

平田秃木⑩

菊坂《きくざか》でももう、小説《せうせつ》の筆《ふで》は執《と》り初《はじ》めてゐたのであるが、頻《しき》りと発奮《はつぷん》して身《み》の懈怠《けたい》を責《せ》め、暇《ひま》あれば読書《どくしよ》に没頭《ぼつとう》してゐた。当時《たうじ》の新刊書《しんかんしよ》は多《おほ》く、他《た》より借覧《しやくらん》したものであつたが、近《ちか》くもあるので、上野《うへの》の図書館《としよくわん》へ出《で》かけて、何《なん》といふことなし雑書《ざつしよ》を猟《あさ》つてゐた。その中《うち》には日本紀《につぽんき》のやうな古典《こてん》もあれば、馬琴《ばきん》の随筆《ずゐひつ》といつたものもあつた。日本紀《につぽんき》の難解《なんかい》なのに困《こう》じ果《は》てゝ、花月草紙《くわげつさうし》にその退屈《たいくつ》を紛《まぎ》らしたといふこともあつたといふ。家《いへ》では、その秘蔵書《ひざうしよ》の中《うち》から文章軌範《ぶんしやうきはん》や十八史略《しりやく》などを読《よ》み、かと思《おも》ふとまた、近松《ちかまつ》の浄《じやう》瑠璃《るり》なども愛読《あいどく》してゐたやうである。当時《たうじ》図書館《としよくわん》へは婦人《ふじん》など行《ゆ》く者《もの》はなく、大抵《たいてい》は一人《ひとり》であつたらしいが、折《をり》には直《す》ぐ近《ちか》くの谷中《やなか》の美濃子女史《みのこぢよし》を誘《さそ》つたこともあるやうだ。

帰《かへ》りに連《つ》れ立《だ》つて池《いけ》の端《はた》へ出《で》て、蓮玉《れんぎよく》の蕎麦《そば》を味《あぢは》つたといふ、女史《ぢよし》には珍《めづ》らしい遊山《ゆさん》もあつたやうである。

その図書館《としよくわん》の帰《かへ》りであつたか、散歩《さんぽ》の折《をり》であつたか知《し》らぬが、大学裏《だいがくうら》へ差《さ》しかゝると、二人《ふたり》の可愛《かあい》らしい青年《せいねん》が、何《なに》か鉢物《はちもの》の花《はな》を縄《なは》でからげて持《も》つて来《き》たのを、ずるりとそれが解《と》けて仕舞《しま》ひ、困《こう》じ果《は》てゝゐるのを見兼《みか》ね、帯《おび》の扱《しご》きを解《と》いてそれを結《ゆは》いてやる、折《をり》からまた通《とほ》りかかつた大学生《だいがくせい》の一組《ひとくみ》がそれを見《み》て、「よう、お安《やす》くない」と、嘲笑《からか》はれたことが日記《につき》に出《で》てゐる。「たけくらべ」のみどりが龍華寺《りゆうげじ》の藤本《ふぢもと》に対《たい》する心《こゝろ》やりを思《おも》はせるエピソードである。

この頃《ころ》の女史《ぢよし》の日記《につき》を見《み》ると、内閣《ないかく》の更迭《かうてつ》、議会《ぎくわい》の動揺《どうえう》など、政界《せいかい》のことも詳《くは》しく記《しる》されてゐる。福島中佐《ふくしまちうさ》のシベリア横断騎馬旅行《わうだんきばりよかう》、郡司大尉《ぐんじたいゐ》の千島《ちしま》探険《たんけん》などにも深甚《しんじん》な注《ちゆう》意《い》が払《はら》はれ、その動静《どうせい》が記《しる》されてゐるのはちよつと今日《こんにち》の女性《ぢよせい》には見《み》られないことである。

二十五年《ねん》の秋《あき》、「都の花《みやこのはな》」に発表《はつぺう》された「埋れ木《うもれぎ》」の一篇《ぺん》を見《み》て初《はじ》めて女史《ぢよし》の作《さく》に接《せつ》し、翌《よく》二十六年《ねん》の春《はる》「文学界《ぶんがくかい》」へ送《おく》つて来《き》た、「雪の日《ゆきのひ》」の稿《かう》を手《に》にして、今《いま》までになき女流《ぢよりう》の偉才《ゐさい》此処《こゝ》にありと、当時《たうじ》通《かよ》つてゐた一高《かう》から遠《とほ》くもないので、思《おも》ひきつて突然《とつぜん》菊坂《きくざか》の居《きよ》に女史《ぢよし》を驚《おどろ》かしてみた。取《と》り次《つ》ぎに出《で》たのは邦子《くにこ》さんで、背《せ》の高《たか》い、大柄《おほがら》の、色《いろ》の白《しろ》い、面長《おもなが》な人《ひと》であつたが、いそいそと自分《じぶん》を迎《むか》へてくれ、奥《おく》の八畳《でふ》へ請《しやう》じ入《い》れられた。やがて女史《ぢよし》も座敷《ざしき》へ出《で》て来《き》たが、地味《ぢみ》とも何《なん》とも、如何《いか》にもくすんだ服装《ふくさう》で、何《ど》う見《み》ても三十か、それを一《ひと》つ二《ふた》つ越《こ》したと見《み》える古《ふる》けた様子《やうす》で、男女《だんぢよ》七歳《さい》にして席《せき》を同《おな》じうせずといふ風《ふう》に、ずつと引《ひ》き下《さが》つて、端然《たんぜん》と席《せき》の一隅《ぐう》に陣取《ぢんど》つたには驚《おどろ》いた。「都《みやこ》の花《はな》」の「埋《うも》れ木《ぎ》」を話題《わだい》に話《はなし》を進《すゝ》めると、言葉《ことば》も絶《た》えだえに、僅《わづ》かにそれに応答《おうたふ》するのみであつた。「埋《うも》れ木《ぎ》」は露伴《ろはん》張《ば》りの一作《さく》で、陶器《たうき》画工《ぐわこう》を主人公《しゆじんこう》としたものだが、女史《ぢよし》の次兄《じけい》虎之助《とらのすけ》氏《し》がその職《しよく》にあつて、貧苦《ひんく》の中《なか》に悶《もだ》えてゐるのをモデルとして描《ゑが》いたものらしい。陶器《たうき》の絵模様《えもやう》なども、とても精《くは》しい描写《べうしや》があるが、日記《につき》を見《み》ると、さうした事《こと》に就《つ》いても、一々克明《くこくめい》にノートがしてあるので、今《いま》から見《み》てもその苦心《くしん》の程《ほど》が察《さつ》しられる。自分《じぶん》が敢《あへ》て一葉女史《えふぢよし》を発見《はつけん》したといふ次第《しだい》ではないが、兎《と》に角《かく》この訪問《はうもん》が契機《けいき》となつて、女史《ぢよし》と「文学界《ぶんがくかい》」との縁《えん》が固《かた》められたのである。

（昭和14年8月「大陸」）

一葉女史とその遺稿に就て（抄）

佐藤 春夫(11)

まことに女史の文の如きが日本文学の正系であらう。言葉は短かに意は長く、表は穏やかにはげしさを裡につつんでゐる。伊勢や源氏に発したものを和歌をもつて養ひ更に西鶴あたりを宗にして近代の精神に参じたものであらうか。ともあれ花すすきほのかに説きながら人の世のあはれをよく示した。後年自然主義文学が外来のえげつない手法によつてなし得た世態と人情との描写を伝統的な日本文学の手法をもつて成し遂げた人としては指を先づ斯の人に屈しなければなるまい。夭折してその大は或は紅葉には及ばないかも知れないが、自然主義流の近代の詩趣の深さを解する点、庭前の一葉は満山の紅葉に劣るとも思はれない。

伝統をもつて近代日本文学の創造に先駆した女史が文学史上の意義は、蓋しこの点にある。また女史の全集が国民文学の呼声の高い今日新らしく繙かれなければならない所以も亦ここにあらう。伝統のなかに民族の心を見出し、民族の心をもつて人生の現実を知る以外に国民文学の道はないからである。

（昭和16年8月「日本女性」）

緑雨、一葉

田辺夏子⑫

斎藤賢氏が（緑雨）、一葉女史妹さんの紹介で、度々来られましたが、同氏が描くつもりでゐた、女史の性行閲歴は、立消で終りました。もし、それが出版されてゐましたら、死後、無根の事や、間違つた性格を、座談会や何かで、伝へらるゝ機会を、人に与へませんでしたでせうに、をしい事でした。

斎藤氏は、頬が削ぎ取つたやうで、着物の上から、背の瘦が見え、髪を額にバラリとたらし、色沢も悪く、「絵に描いた、貧乏神のやうだ」と、母が言ふてゐました。着物は忘れましたが、羽織は黒木綿で、下駄は桐柾でした。いつも車が待たせてあるので、母が少し懇意になつてから「私のやうな歳よりでも、丸山からこゝまで、（新小川町）行き帰り歩きますよ。車なんぞ待たせて贅沢な」と、言ひましたので、それから、母に貸して下さる小説本などぶら下げて、歩いて来られました。人の顔をまともに見ないで、静かに話され、折々、薄笑ひとともに、警句をもらされました。

母が、男女の間の、間違ひのできるのは、女が悪いのだと言ひましたら、「これは面白い。私も同じ事を申しました」と、その時は愉快さうでした。

一葉女史に付き、言ひ残した事がありますので、この端を借ります。

花圃女史と、一葉女史とが、稽古日に、歌の清書番であつたと、何かで見ましたが、これは、余り古い事なので龍子さんの憶え違ひだと、思ひます。第一、清書番などと定まつた者は無く、歌を書き馴れた弟子が、順番に、清書してゐました。

それに花圃一葉は、少し時代が違ひます。私は十一歳の時中嶋に入門しましたが、その時分、龍子さんは先輩で、私は特別にかわゆがつて頂きました。

私と同年の夏子さんは、十五六で入門したのですから、夏子さんが歌を書き馴れた頃には、龍子さんが稽古日に出席されると、「オヤおめずらしい」と、言はれた位で、めつたに、出て来られませんでした。（九日の会日には、比較的、度々出席されました。）

或る稽古日に、これから来るから、宿題を書き留めて行くと、言はれるので、私が、契不詠不来《ちぎつてよまずこず》と歌の題の風をして、言ふたのを、書いてから気が附き、肚立ち笑ひをして、私の背を打たれた事がありました。

コックリ様で騒いだ事はありました。世間見ずの令嬢が面白がるので、夏子さんも、ふざける気になつたのでせうが、大声で笑ふた事の無い人でしたから、案外まじめな顔をして、ゐたかも知れません。狐だの狸だのと、それほど、重くるしい意味では無かつたと思ひます。

（昭和25年1月『一葉の憶ひ出』八幡市潮鳴会刊）

樋口一葉の日記（抄）

和田芳惠⑬

一葉の日記は小説の実験場であり、また、人生探求の生活道場である。文学と生活とは不可分であると信ずるひとは、この中に限りなく澄まされた作家精神を発見されるであらう。また、文学に身をささげるひとでなかつたならば、この中にはげしく身をやく生活精神を見出すであらう。一葉の「日記」は平安朝時代から女性が好んであつかつてきた形式の日記文学である。文章や習字の稽古のために書いたものらしく、鼻紙にしたり、反古にしたり、また、妹の邦子に焼かせた場合もあつたので、現存するものよりは、量も遥かに多かつたと思はれる。

（昭和18年9月『樋口一葉の日記』今日の問題社）

一葉の季感（抄）

幸田　文⒁

若いときもいまも私はぞんざいな性分で、それは読書にもよく現れてしまふ。十六七の頃そのぞんざいで一葉を読んだ。眼はもちろん文字の上の事柄の進行につれてゐるのだが、皮膚が感じをもつのだつた。読んでゐてときに身のまはりにすう〳〵と冷たすぎる晩秋の夜気を感じたり、ときにはどう機嫌をよくしてみやうもない、夏の夕方のけだるさを感じたり、どの作と限らず大かたの読後には、「事件人物はほとんどみな季節にくるまつてゐる」といふ強い季節感が残るのだつた。むしろ人物のかなしさより、季節のもとに息づいてゐることのかなしさの方が大きく残つてゐるのを感じさせられたのだつた。この頃も相変らずのぞんざいで、少し読みかへしてみると、やはり濃い季感を受取らされるのである。十三夜などあつさりと題に十三夜を指定してあつて、本文には特別な季の描写がない。それだのに季はしつかりと全体をおさへてゐる。明治といふ時代の、女たちがまだ油でこてつけ元結《もとゆひ》でしばりあげた重い髷《まげ》を頭にのせてゐたときの、十三夜の季節を間違ひなく受取らされるのである。そのぞはりと冷たい後《おく》れ毛の、その黒ちりめんのしとつとした重さの、その離縁話をきり出して手をつく畳の古々しさの、さういふ季感はお関といふ女へ纏《まと》ひついて霞むばかりなのである。私はこれを父のいふ、「血のさしひきのある顔」へつなげて思はずにはゐられない。

一葉の季感は、血に受取り血に発して筆に留まるものではなからうかと思ふ。それだからあゝも籠めてゐることができるのではなからうか。血で季を捉へる、と考へれば私は、刃物をあてられるやうな気がして、ぶるつとするのである。

（昭和31年6月『一葉全集』月報第7号、筑摩書房）

一葉日記の二重構造（抄）

関　良一(15)

「若葉かげ」以降の一葉日記は、文学修業日記＝歌日記風の行き方と、市井の生活人としての日次の日記との二つの次元を、どちらかと言えば前者の行き方を基盤として一応一元化した日記だった。が、前者が萩の舎日記と桃水日記、あるいは文学日記と恋愛日記の二つの主題、性質を持たなければならなくなったとき、それはその二種に分裂するきざしを見せ、事実、時には日次の重複する二種の日記が「並んで」認《したた》められるという、いささか異常な事態にさえ立ち到ったことさえあった。その意味で、一葉日記は、言わば二重帳簿的であり、実際に残された形はかならずしもそうではなかったとしても、少なくとも桃水を知ってから以後はそういう傾向を潜在させていた。そして、それはもちろん一葉の（一葉個人には限らないだろうが、特に一葉の）生き方、性格あるいは運命および文学にかかわることがらだったと思う。

一葉日記に記されている「事実」にも、まだ謎は残っている。しかし、資料・史料としての一葉日記ではない、その全体がダイナミックな星雲なり流星群なりにも喩えられてよい、作品群として見た一葉日記は、また別の意味で、さらに多くの謎を伏在させているようだ。

（昭和39年8月「国文学　解釈と教材の研究」）

〔編者注〕この「資料篇」の「回想」は、一葉の同時代人を中心に作家の素顔や人物像が明確に出ているものを、「作家論」は明治45年の『一葉全集』刊行から戦後の昭和30年代まででおよそ半世紀間にわたる時間のなかで、すでに定評のあるものを収録した。

（1）斎藤緑雨（一八六七～一九〇四）　一葉の最晩年に出会った一葉文学のよき理解者。交流がはじまってから間もない彼はその死に衝撃をうけ、大橋乙羽編集『一葉全集』（博文館、明治30・1）のあと、『校訂一葉全集』（同、同30・6）の編集に全力を注いだ。序は短文ながら、このときまだ公刊されていない日記などをのぞく一葉の全業績を凝縮させている。

（2）幸田露伴（一八六七～一九四七）　一葉の同時代文学者。「紅露時代」の一翼を担った作家として一葉から尊敬されていた。一葉の死後、人物論の面から女性作家一葉の顕彰に努めた。

（3）馬場孤蝶（一八六九～一九四〇）　緑雨の死の直前、彼から一葉の日記草稿を預かり、日記公刊を実現させた文学者。生前の一葉ともっとも親しかった『文学界』同人。

（4）半井桃水（一八六一～一九二六）　一葉の小説の師として、「趣向」中心の指導を行った。『武蔵野』一～三号はその結実であり、一葉に際会した明治25年頃が彼の活躍のピーク。一葉日記公刊後、一葉が思慕をよせた対象として注目された。

（5）平塚らいてう（一八八六～一九七一）　一葉日記が公刊される前年の明治44年に『青鞜』を創刊した。青鞜社のなかでも注目を集めていた一葉日記を「新しい女」の立場から否定的にとらえた。

（6）田村俊子（一八八四～一九四五）　らいてうと同じく、一葉日記公刊に触発されて生れた作家論。おなじ女性作家の立場からの共感を示しつつも、言文一致体で本格的なデビューを果した時期の俊子らしく一葉の旧さも指摘している。

(7) 長谷川時雨（一八七九～一九四一）　一葉より七歳年下の女性作家・戯曲家。日本橋生まれで、その書き物は明治の社会や文壇の雰囲気をよく伝えている。『評釈 一葉小説全集』（冨山房、昭和13・8）は女性による最初の本格的な編集校訂篇。

(8) 樋口くに（一八七四～一九二六）　一葉の実妹で、姉の死後日記の保存に努めた。また文学者に先駆け、いち早く一葉年譜を作成した。姉の命日に発表された談話筆記は多いが、これは筆者晩年の最もまとまった回想録。

(9) 三宅（田辺）花圃（一八六八～一九四三）　萩の舎の姉弟子の歌人であり、同時に一葉の先輩にあたる女性作家。その一葉論はかなり辛辣であるが、女性表現の先駆者として当時における花圃の位置がうかがえる。

(10) 平田禿木（一八七三～一九四三）　一葉の同時代文学者。『文学界』同人として最初に一葉宅を訪問。馬場孤蝶の没後、彼に代わって同人としての立場から一葉像を世に伝えた。

(11) 佐藤春夫（一八九二～一九六四）　昭和17年1月に新世社から刊行された『樋口一葉全集』第1巻（小説篇）を編集した佐藤春夫はその「後記」で、初期小説は「彼女の王朝文学（抒情主義）と彼女の江戸文学（写実主義）との不調和」であり、その後の展開は「詩から散文への転向」を示すものとして重層的に捉えた。

(12) 田辺（伊東）夏子（一八七二〜一九四六）　花圃とは異なり、一葉の友人としての立場からの人物論を語った。

(13) 和田芳惠（一九〇六〜一九七七）　新世社版『一葉全集』の別巻『樋口一葉研究』の編集をおこなった和田は、その後『樋口一葉の日記』を刊行。作家一葉の全体像を提示し、戦後の『一葉全集』（塩田良平と共編。筑摩書房、昭和28〜31）、『樋口一葉集』（角川書店、昭和45）など本格的な一葉研究の基礎を築いた。

(14) 幸田文（一九〇四〜一九九〇）　露伴の娘で父の死後作家デビューした文は、一葉小説の雰囲気を独特の感覚でとらえた。このほかに少女期に樋口くにと出会ったことを回想した「こんなこと（あとみよそわか）」（「創元」昭和23・11）は一葉没後のくにの一面を活写して秀逸。

(15) 関良一（一九一七〜一九七八）　一葉日記は生活人としての日々の記録（日次）を基礎にしながらも、はじめは萩の舎が、桃水入門以後は彼への思慕が前景化されるという、日次と文学修業日記（歌日記）のふたつの面をもつ「二重帳簿的」な日記であることを指摘し、以後の一葉日記論に大きな影響をあたえた。

解説　一葉日記の世界

関　礼子

王朝と明治

現在残されている樋口一葉の日記は明治二十年一月から二十九年七月までであるが、本書では「若葉かげ」（明治二十四年四月－五月）から一葉が亡くなる直前まで、その生涯を語るうえで欠かせない出来事の記述を中心に収録した。本文のほか必要に応じて脚注や、同時代の雰囲気を想像するうえで参考になる挿絵を付し、明治という時代のなかで書くことを通じて自己実現を図ったひとりの女性作家の世界を十分味わっていただけるよう配慮した。

「明治女書生の厭世立志傳」（和田芳惠）とは、一葉日記の性格をよく言い表したことばである。このことばには、頼りになる父兄もなく、女学校も出ていないひとりの女性が作家を志し、種々の困難を克服しながらやがて当代一の小説の書き手になるまでの陰翳のある全軌跡が込められている。

しかし、このような伝記的な側面が一葉日記の魅力のすべてではない。明治四十五年に初めて一葉全集のなかに日記が収録されていらい、それは私たちの前に類いまれな女性作家の一代記として差し出されてきたが、たとえばよく引き合いに出される王朝の女性作家たちの日記からの影響など、いわば文学作品としての日記という側面も見落とすことができないのである。

たとえば一葉の日記はその住まいとの関連から、本郷菊坂町の「蓬生」時代、下谷龍泉寺町に転居した頃の「塵の中」、再び本郷にもどり丸山福山町に居を構えた「水の上」という三期に分類されることが多いが、このほかに一葉日記は本書に収録された「若葉かげ」「しのぶぐさ」「よもぎふ」など、それぞれの時期を象徴するかのような暗示的なタイトルがついている。これは一葉がたんにクロニクルとしてだけでなく、ゆるやかではあるが一定の表現意識のもとに執筆しようとしたことを物語っているのではないだろうか。ときには断片的な記述の集積にみえることもあるが、そのような場合でも書き手は最初の読者として、書かれている自分と書く自分の双方を対象化しよう、少なくとも書くという行為を通じて自分の立脚点を確かめようとするかのように日記を綴っている。

日記の表題は、草・樹木・塵・水などいかにも淡々しく、しかも優雅（塵というのさえどことなく優雅である）な名づけは、一葉日記がまぎれもなく和歌・和文を教養の原点とする王朝女性作家の日記に連なるものであることを示している。だがそれと同時に私たち読者は、半井桃水という新聞小説作家への入門に胸はずませるくだりや、家計の遣り繰りに四苦八苦する姿、あるいは一葉の母がかつて乳人として出仕した元旗本の姫の零落した暮しぶり、新興の相場占い師との丁々発止の遣り取り、さらには近代日本最初の国際戦争である日清戦争関係の記述等々、これは王朝や江戸などでは決してない明治という時空であることに今更ながら気づかされることにもなる。

日記の記述スタイルは王朝女性作家日記、書かれている内容は江戸の記憶がいまだに色濃く残る明治近代という、このような形と内容の稀有な二重性こそ一葉日記を特徴づけるものではないだろうか。

拮抗する「雅」と「俗」

小説が熱烈に待望された明治の前期、坪内逍遙は新時代としての明治に生きる人々の人情を託すのには、俗文と雅文の混交した「雅俗折衷体」の小説こそがふさわしいことを提唱した（『小説神髄』）。それに応えるかのように尾崎紅葉・幸田露伴・斎藤緑雨などが健筆をふるったのである。一葉もそのような時代の申し子にちがいはないが、彼ら男性作家とおおきく異なるのは、和歌や和文が彼女の文章力の原点だったという点である。

それゆえ一葉の最初のお手本は、萩の舎の先輩で作家でもあった田辺（三宅）花圃である。二十四年頃執筆したとされる随筆のなかで、一葉は花圃のことを「風彩容姿清と洒をかね給へるうへに学は和漢洋のみつに渡りて（中略）文章は筆なめらかにしてしかも余韻にとませ給ひ俗となく雅となく世の人もて遊ばぬはなし（『筆すさび 一』）と評している。花圃は、風采・容姿・学問・文章のあらゆる点で一葉が参照した女性であった。

ここで引用にある、文章を論じた「俗」と「雅」ということばに注目しよう。近世文学研究者の中野三敏は江戸期は全体として「雅」を上位として「俗」を下位とする価値観をもっていたが、「雅」は「品格」を「俗」は「暖かみ」を意味し、とくに中期において両者の間にはバランスが保たれていたとした（『内なる江戸』）。残念ながら近代における「俗」は、このような「暖かみ」というよりももっと辛辣なものに変質してしまっているが、少なくとも萩の舎に籍を置いていた花圃や一葉などの女性表現者には、近世＝江戸的な「俗」が残っていたようである。

花圃における「俗」はその後十分展開することが出来なかったが、一葉の場合それはやがて近代の遊廓という性風俗産業の周辺を舞台にした「たけくらべ」という小説で実現されることになる。ここでの一葉は、リアルではあるが辛辣さの一歩手前で辛うじてとどまっている。江戸から連続する遊廓という悪所を背景としながらも、源氏物語などで学んだ季節の確かな手応えや子どもたちの活き活きとした声など、「俗」と「雅」が拮抗する絶妙な世界を形づくっているのである。

これは小説だけに限らない。おそらく萩の舎という和歌・和文の塾で習得された言語体験や「湖月抄」をはじめとする彼女の実父が残してくれた古典籍の数々などは、遊廓の裏町で小商人になったときにも、またそこから再度本郷にもどり、小説と歌の二つを自らの課題として背水の陣で臨んだときも、一種の文化的記憶の拠り所として一葉の表現意識にはたらきかけたことは間違いない。一葉宅をサロンのように見立てて通った『文学界』同人たちも、一葉が古典にも通じている女性作家だからこそ、彼等の親炙する西洋文学のエキスとともに惜しみないエールを送ったのである。

初期の萩の舎を中心とする美しくも閉ざされた小宇宙から、しだいに明治の街の中へ、最後には出版メディアへと移り、そのヒロインとなる一葉日記の世界は、一葉が自己凝視から他者認識を経て「街の語り部」（前田愛）へと変身したことと対応している。そして語り部としてこのような人々の声を文章に採り入れるに際し、「雅」や「俗」の意識は世界を記述するうえで欠かせない表現の枠組を書き手に与えたのではないだろうか。

和歌のリテラシー

ではなぜ一葉のような和歌・和文系の出身者が、雅俗折衷体小説の遣い手になることができたのだろうか。その答えを探るヒントは、おそらく日記のなかに置かれた歌に隠されているように思う。

読者は一葉日記の全期にわたって散文のなかに和歌が挿入されることに気づかれるであろう。たとえば「若葉かげ」の四月十一日に置かれた亡父を思う「山桜ことしもにほふ花かげにちりてかへらぬ君をこそ思へ」や半井桃水との別離を歌った数首のうちのひとつ「いとゞしくつらかりぬべき別路をあはぬ今よりしのばるゝ哉」等々。どちらも心情的なものの表出であるが、前後の文章との関係は少し異なる。

前者の亡父追悼歌が散文と呼応して安定した位置を占めているのに対し、後者の歌は散文のなかで強い調子で発せられた訣別宣言を裏切るかのような、弱気ではあるがホンネに近い心を覗かせるものとなっている。さらに下谷龍泉寺町への転居を決めたときや、その逆に萩の舎復帰を決めるときなどには、前者は「とにかくにこえるをみまし空せみのよわたる橋や夢のうきはし」、後者は「すきかへす人こそなけれ敷島のうたのあらす田あれにあれしを」という決意表明（スローガン）として歌が置かれるのである。

興味深いことには、最後の「水の上」に至ると歌は散文のパラグラフをまとめる心の要約として機能するようになる。「極みなき大海原に出にけりやらばや小舟波のまにまに」などはその代表的な例であろう。ここでは歌と散文は相互に独立しつつ、しかも切り離せない。歌に依存していた歌日記体から歌がメタ・レベルとなる散文体へ。これ以降、散文は歌の力を潜ませたパワーのある文体として、明治のメディア社会のなかで寵児の位置を獲得した一葉自身の陰翳のある自画像や、彼女の家を訪問する男性作家・編集者たちの姿を、ときにユーモラスにときに辛辣に活写する文体へと変貌する。和歌はたんに歌を作るというだけでなく、文章を作成するうえで重要な役割を果したのである。

この意味で一葉日記の最終場面に登場するのが、「小説八宗」で各文学流派の文体模写をやってのけたばかりでなく、一葉の師である萩の舎主宰中島歌子が傾倒していた初代御歌所長高崎正風の歌までも揶揄した斎藤緑雨だったことは興味深い。歌人から限りなく遠いこの文学者との出会いは、「意気地・張り・媚び」などの要素まで含むいかにも散文的なはずむ会話を可能にし、一葉日記に最後の華やぎの場面をもたらすのである。

日記をめぐる没後のドラマ

いままで一葉日記を「当然視」して種々述べてきたが、実は一葉日記が刊行されるまではかなりの紆余曲折があった。一葉の死後なんどか日記公刊の話が持ち上がったが実現されず、日記草稿は妹くにから斎藤緑雨へ、彼の死後は馬場孤蝶へと手渡され、ようやく明治四十五年五月、博文館から『一葉全集 前編 日記及文範』が刊行された。自然主義文学の台頭のもと、実名が多く登場したり、書き手の金銭生活や性的な事柄までにおよぶ人間記録《ヒューマン・ドキュメント》に対するタブーが解けて、作家誕生に至る秘話や記録性が価値を得ることになったのである。

やがて第二次大戦後になると最初の博文館版や筑摩書房旧版では未分化だった和歌や随筆の類が分化した正系・非正系の二巻本からなる、近代作家全集の決定版ともいうべき筑摩書房新版『樋口一葉全集』(一九七四 - 一九九四年)に収録された日記が刊行される。そして二十一世紀を迎えた二〇〇二年には『樋口一葉日記 上・下(影印)』(岩波書店)が刊行され、いままで活字版でしか読むことができなかった一葉日記は、いまはじめて真筆で私たちのまえに姿を現すことになった。

だが同時にあらたな問題も生れた。彼女の真筆は千蔭流という幕末から明治維新にかけて歌人のあいだで流行した書風で、その流れるような華麗な草書は可読性の面で残念ながら一般的でないのである。

しかし、たとえば大変有名な明治二十九年二月二十日の「われは女成りけるものを」

のくだりを見ると、私たちはそこに墨黒々と筆写された一葉の書体に出会うことになる。その書体は活字で漠然と想像していたのとはかなり異なり、少しも「女らしく」ない。だが、文章内容の「女の嘆き」と「書体の逞しさ」のギャップは、「既知の女性作家」一葉から「未知の作家」一葉へのあらたな転回をもたらしてくれるかもしれないのである。また真筆版の登場は一葉日記がたんなる日件録などではなく、ひとつの編集意識をもった書き物であったことを書の面から考察させる糸口になるかもしれない。

なお本書には日記と併せて一葉および関係書簡も収録した。日記記述の補助資料として、あるいは明治人が実際に書いた手紙として鑑賞していただければ幸いである。

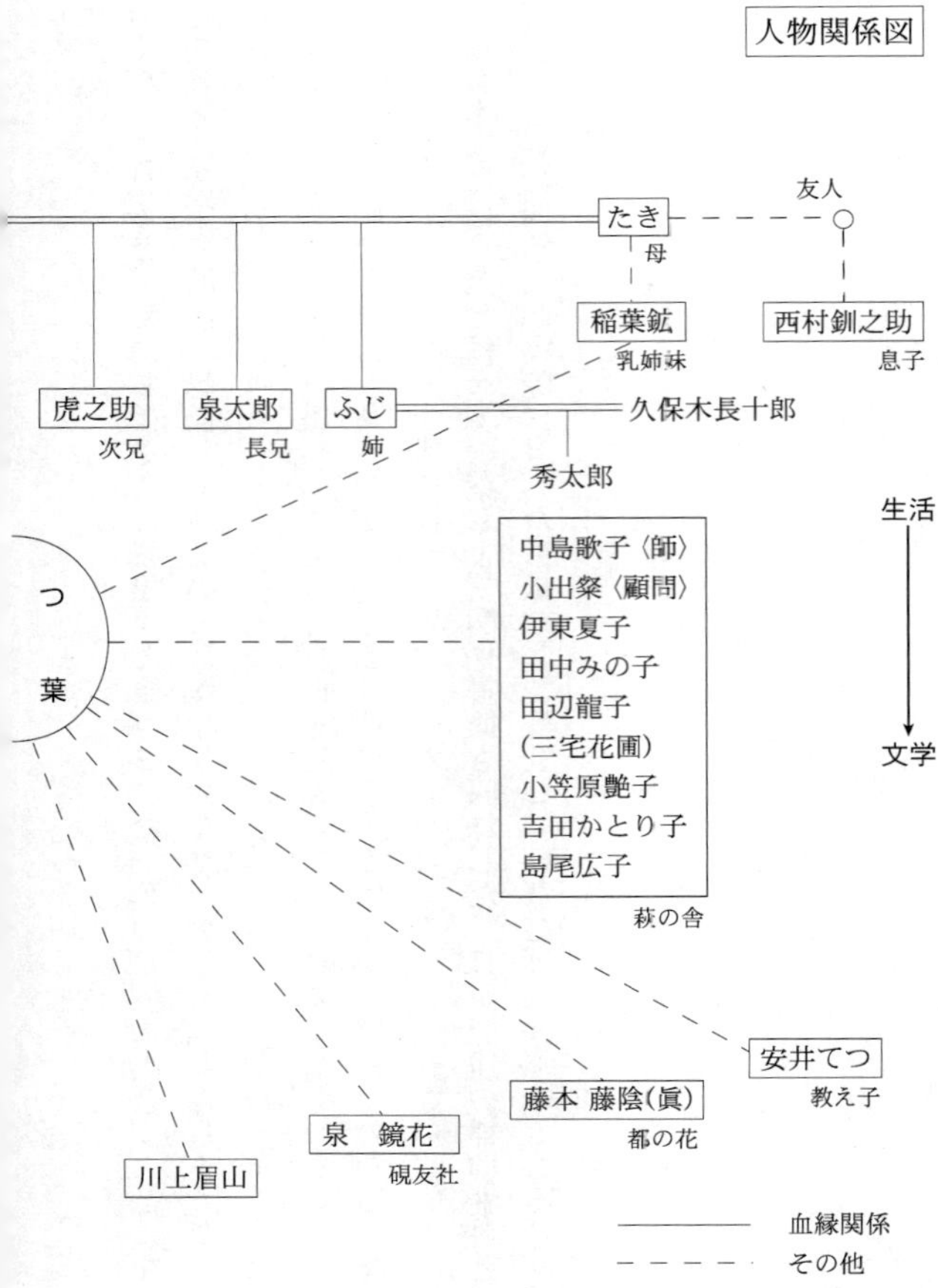

人物関係図
友人
たき
母
稲葉鉱
乳姉妹
西村釧之助
息子
虎之助
次兄
泉太郎
長兄
ふじ
姉
久保木長十郎
秀太郎
生活
文学
つ
葉
中島歌子〈師〉
小出粲〈顧問〉
伊東夏子
田中みの子
田辺龍子
(三宅花圃)
小笠原艶子
吉田かとり子
島尾広子
萩の舎
安井てつ
教え子
藤本 藤陰(眞)
都の花
泉 鏡花
硯友社
川上眉山
血縁関係
その他

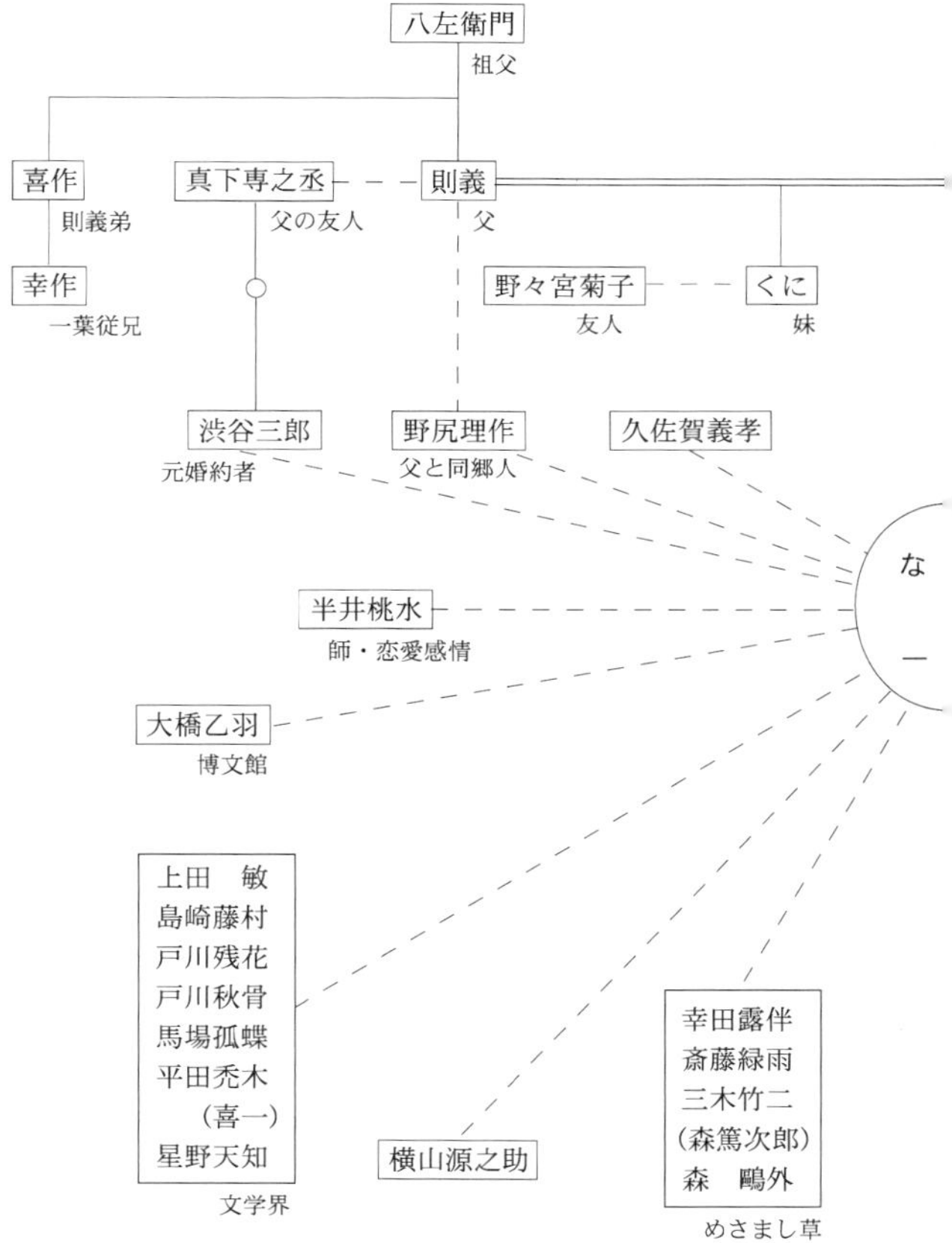
八左衛門
祖父
喜作
則義弟
幸作
一葉従兄
真下専之丞
父の友人
則義
父
野々宮菊子
友人
くに
妹
渋谷三郎
元婚約者
野尻理作
父と同郷人
久佐賀義孝
な
一
半井桃水
師・恋愛感情
大橋乙羽
博文館
上田　敏
島崎藤村
戸川残花
戸川秋骨
馬場孤蝶
平田禿木
（喜一）
星野天知
文学界
横山源之助
幸田露伴
斎藤緑雨
三木竹二
（森篤次郎）
森　鷗外
めさまし草

全』(博文館・明治30年9月12日)
図35　平出鏗二郎『東京風俗志』(明治34年)
図36　「流行」第12号　明治33年11月25日
図37　「都新聞」明治28年4月19日
図38　『日本民具辞典』平成9年5月
図39　「やまと新聞」明治28年5月30日
図40　「都新聞」明治28年5月22日
図41　「都新聞」明治28年6月7日
図42　「やまと新聞」明治24年10月20日
図43　「都新聞」明治29年11月5日
図44　「読売新聞」明治29年1月30日
図45　「読売新聞」明治29年4月30日
図46　「読売新聞」明治29年4月12日
図47　「読売新聞」明治29年5月11日
図48　「読売新聞」明治29年5月24日
図49　「絵入朝野新聞」明治20年7月24日

図版出典一覧

「日記（抄）」

図１　“MEN: A PICTORIAL ARCHIVE FROM NINETEENTH-CENTURY SOURCES” Dover Publications, 1980
図２　「絵入朝野新聞」明治 20 年 9 月 1 日
図３　「都新聞」明治 31 年 3 月 13 日
図４　「都新聞」明治 29 年 12 月 18 日
図５　「東京金物新報」明治 44 年 2 月 1 日
図６　「やまと新聞」明治 28 年 3 月 2 日
図７　「都新聞」明治 29 年 11 月 19 日
図８　「東京朝日新聞」明治 25 年 3 月 26 日
図９　「中央新聞」明治 24 年 12 月 27 日
図10　「東京朝日新聞」明治 25 年 4 月 19 日
図11　「読売新聞」明治 15 年 6 月 30 日
図12　「都の花」第 60 号　明治 35 年 11 月 12 日
図13　『新撰東京名所図会』第 2 編「上野公園之部　下」（明治 29 年 12 月 20 日）
図14　「国会」明治 25 年 2 月 5 日
図15　「都の花」第 95 号　明治 25 年 11 月 20 日
図16　「読売新聞」明治 29 年 4 月 25 日
図17　「都新聞」明治 26 年 5 月 28 日
図18　「読売新聞」明治 26 年 1 月 22 日
図19　「絵入自由新聞」明治 18 年 7 月 31 日
図20　「絵入朝野新聞」明治 19 年 6 月 13 日
図21　「都新聞」明治 29 年 10 月 30 日
図22　『新撰東京名所図会』第卅編「京橋区之部巻之二」（明治 34 年 4 月 25 日）
図23　「都新聞」明治 30 年 9 月 19 日
図24　「絵入朝野新聞」明治 20 年 10 月 8 日
図25　平出鏗二郎『東京風俗志』絵師松本洗耳（明治 34 年）
図26　『新潮日本文学アルバム 3 樋口一葉』（新潮社・昭和 60 年 5 月）
図27　『新撰東京名所図会』第 5 編「浅草公園之部　下」（明治 30 年 5 月 25 日）
図28　木田吉太郎『東京名所図会』（東雲堂・明治 23 年 3 月 13 日）
図29　「絵入朝野新聞」明治 18 年 2 月 19 日
図30　『艶娘毒蛇淵』下の巻　柳水亭種清作　楊洲周延画
図31　「絵入朝野新聞」明治 20 年 12 月 22 日
図32　伊藤晴雨『江戸と東京風俗野史』（昭和 2 年〜7 年）
図33　『日用百科全書』第 8 編［住居と園芸］（博文館・明治 29 年 1 月 5 日）
図34　坪谷善四郎『日本女禮式大

本書は『明治の文学17　樋口一葉』（坪内祐三・中野翠編　二〇〇〇年九月　筑摩書房）
を底本として再編集しました（書簡・資料・解説は除く）。

思考の整理学　外山滋比古

アイディアを軽やかに離陸させ、思考をのびのびと飛行させる方法を、広い視野とシャープな論理で知られる著者が、明快に提示する。

質問力　齋藤孝

コミュニケーション上達の秘訣は質問力にあり！　これさえ磨けば、初対面の人からも深い話が引き出せる。話題の本の、待望の文庫化。（斎藤兆史）

整体入門　野口晴哉

日本の東洋医学を代表する著者による初心者向け野口整体のポイント。体の偏りを正す基本の「活元運動」から目的別の運動まで。（伊藤桂一）

命売ります　三島由紀夫

自殺に失敗し、「命売ります。お好きな目的にお使い下さい」という突飛な広告を出した男のもとに、現われたのは？（種村季弘）

こちらあみ子　今村夏子

あみ子の純粋な行動が周囲の人々を否応なく変えていく。第26回太宰治賞、第24回三島由紀夫賞受賞作。書き下ろし「チズさん」収録。（町田康／穂村弘）

ベルリンは晴れているか　深緑野分

終戦直後のベルリンで恩人の不審死を知ったアウグステは彼の甥に訃報を届けに陽気な泥棒と旅立つ。歴史ミステリの傑作が遂に文庫化！（酒寄進一）

向田邦子ベスト・エッセイ　向田邦子　向田和子編

いまも人々に読み継がれている向田邦子。その随筆の中から、家族、食、生き物、こだわりの品、旅、仕事、私……、といったテーマで選ぶ。（角田光代）

倚りかからず　茨木のり子

もはや／いかなる権威にも倚りかかりたくはない……話題の単行本に3篇の詩を加え、高瀬省三氏の絵を添えて贈る決定版詩集。（山根基世）

るきさん　高野文子

のんびりしていてマイペース、だけどどっかヘンテコな、るきさんの日常生活って？　独特な色使いが光るオールカラー。ポケットに一冊どうぞ。

劇画　ヒットラー　水木しげる

ドイツ民衆を熱狂させた独裁者アドルフ・ヒットラーとはどんな人間だったのか。ヒットラー誕生からその死まで、骨太な筆致で描く伝記漫画。

ねにもつタイプ 岸本佐知子

何となく気になることにこだわる、ねにもつ。思索、奇想、妄想はばたく脳内ワールドをリズミカルな名短文でつづる。第23回講談社エッセイ賞受賞。

TOKYO STYLE 都築響一

小さい部屋が、わが宇宙。ごちゃごちゃと、しかし快適に暮らす、僕らの本当のトウキョウ・スタイルはこんなものだ！　話題の写真集文庫化！

自分の仕事をつくる 西村佳哲

仕事をすることは会社に勤めること、ではない。仕事を「自分の仕事」にできた人たちに学ぶ、働き方のデザインの仕方とは。（稲本喜則）

世界がわかる宗教社会学入門 橋爪大三郎

宗教なんてうさんくさい!?　でも宗教は文化や価値観の骨格であり、それゆえ紛争のタネにもなる。世界宗教のエッセンスがわかる充実の入門書。

ハーメルンの笛吹き男 阿部謹也

「笛吹き男」伝説の裏に隠された謎はなにか？　十三世紀ヨーロッパの小さな村で起きた事件を手がかりに中世における「差別」を解明。（石牟礼道子）

増補 日本語が亡びるとき 水村美苗

明治以来豊かな近代文学を生み出してきた日本語が、いま、大きな岐路に立っている。我々にとって言語とは何なのか。第8回小林秀雄賞受賞作に大幅増補。

子は親を救うために「心の病」になる 高橋和巳

子は親が好きだからこそ「心の病」になり、親を救おうとしている。精神科医である著者が説く、親子という「生きづらさ」の原点とその解決法。

クマにあったらどうするか 姉崎等／片山龍峯

「クマは師匠」と語り遺した狩人が、アイヌ民族の知恵と自身の経験から導き出した超実践クマ対処法。クマと人間の共存する形が見えてくる。（遠藤ケイ）

脳はなぜ「心」を作ったのか 前野隆司

「意識」とは何か。どこまでが「私」なのか。死んだら「心」はどうなるのか。——「意識」と「心」の謎に挑んだ話題の本の文庫化。（夢枕獏）

モチーフで読む美術史 宮下規久朗

絵画に描かれた代表的な「モチーフ」を手掛かりに美術を読み解く、画期的な名画鑑賞の入門書。カラー図版約150点を収録した文庫オリジナル。

太宰治全集（全10巻）　太宰治
第一創作集『晩年』から太宰文学の総結算ともいえる『人間失格』、さらに『もの思う葦』ほか随想集も含め、清新な装幀でおくる待望の文庫版全集。

宮沢賢治全集（全10巻）　宮沢賢治
『春と修羅』、『注文の多い料理店』はじめ、賢治の全作品及び異稿を、綿密な校訂と定評ある本文によって贈る話題の文庫版全集。書簡など2巻増巻。

夏目漱石全集（全10巻）　夏目漱石
時間を超えて読みつがれる最大の国民文学を、10冊に集成して贈る画期的な文庫版全集。全小説及び小品、評論に詳細な注・解説を付す。

芥川龍之介全集（全8巻）　芥川龍之介
確かな不安を漠然とした希望の中に生きた芥川の全貌。名手の名をほしいままにした短篇から、日記、随筆、紀行文までを収める。

梶井基次郎全集（全1巻）　梶井基次郎
「檸檬」「泥濘」「桜の樹の下には」「交尾」をはじめ、習作・遺稿を全て収録し、梶井文学の全貌を伝える。一巻に収めた初の文庫版全集。（高橋英夫）

中島敦全集（全3巻）　中島敦
昭和十七年、一筋の光のように登場し、二冊の作品集を残してまたたく間に逝った中島敦——その代表作から書簡までを収め、詳細小口注を付す。

ちくま日本文学（全40巻）　ちくま日本文学
小さな文庫の中にひとりひとりの作家の宇宙がつまっている。一人一巻、全四十巻。何度読んでも古びない作品と出逢う、手のひらサイズの文学全集。

内田百閒　ちくま日本文学
花火　山東京伝　件　道連　豹　冥途　大宴会　流渦　蘭陵王入陣曲　山高帽子　長春香　東京日記　サラサーテの盤　特別阿房列車　他　（赤瀬川原平）

阿房列車——内田百閒集成1　内田百閒
「なんにも用事がないけれど、汽車に乗って大阪へ行って来ようと思う」。上質のユーモアに包まれた、紀行文学の傑作。（和田忠彦）

小川洋子と読む　内田百閒アンソロジー　内田百閒　小川洋子編
「旅愁」「冥途」「旅順入城式」「サラサーテの盤」……今も不思議な光を放つ内田百閒の小説・随筆24篇を、百閒をこよなく愛する作家・小川洋子と共に。

ちくま文庫

樋《ひ》口《ぐち》一葉《いちよう》 日記《につき》・書簡集《しょかんしゅう》

二〇〇五年十一月十日 第一刷発行
二〇二三年十二月十五日 第五刷発行

著者 樋口一葉（ひぐち・いちよう）
編者 関礼子（せき・れいこ）
発行者 喜入冬子
発行所 株式会社 筑摩書房
東京都台東区蔵前二―五―三 〒一一一―八七五五
電話番号 〇三―五六八七―二六〇一（代表）
装幀者 安野光雅
印刷所 明和印刷株式会社
製本所 株式会社積信堂

Printed in Japan
ISBN978-4-480-42103-6 C0195